GOLDMANN

Buch

Als in den fünfziger Jahren Charles de Gaulle sich für ein unabhängiges Algerien einsetzt, verläßt Philippe Graf de Beaumont, letzter Nachkomme einer bedeutenden Offiziersfamilie Frankreichs und gleichzeitig überzeugter Nationalist und Verfechter eines französischen Algeriens, Frankreich und taucht auf einer Kanalinsel unter. Zusammen mit der O.A.S., einer rechtsradikalen Terrororganisation, versucht er von hier aus seine politischen Ziele durchzusetzen. Auf der benachbarten Ile de Roc lebt der »Eiserne Grant« mit seiner jungen Tochter Fiona und seiner hübschen Schwiegertochter Anne. Der alte Grant hat in England eine Motorjacht gekauft, die seine Schwiegertochter zur Insel bringen soll. Nicht ganz zufällig taucht der ehemalige Fallschirmjäger Neil Mallory im passenden Moment auf und wird von der jungen Anne Grant beauftragt, die Jacht über den Kanal zu schaffen.

Unterwegs bemerkt Mallory das U-Boot *Alouette*. An Bord befinden sich die rechtsextremistischen Fanatiker der O. A. S. Sie operieren offensichtlich im Auftrag des Grafen de Beaumont. Erbarmungslos geht Mallory gegen die Terroristen vor, um das Leben Charles de Gaulles und Frankreich zu retten, und nicht zuletzt, um seine Geliebte Anne Grant in Sicherheit zu bringen.

Autor

Jack Higgins (eigentlich Harry Patterson) wurde 1928 in Irland geboren. Er versuchte sich in mehreren Berufen: als Zirkushelfer, als Versicherungsvertreter und bei der Royal Horse Guard. Später studierte er Soziologie und Sozialpsychologie an der Universität London. Heute lebt er mit seiner Familie auf der Insel Jersey. Sein Roman »Der Adler ist gelandet« brachte ihm Weltruhm und wurde auch verfilmt.

Von Jack Higgins sind außerdem als Goldmann-Taschenbuch erschienen:

Die Nacht der Sinos (6513) · Eishölle (6543) · Der Ire (6591) · Nacht ohne Erbarmen (6646) · Dunkler Fremder (6704) · Tödliche Jagd (6777) · Gesichter der Nacht (6893) · Das Dunkel der Lagune (8378)

Jack Higgins

ZORN DES LÖWEN

Roman

Deutsche Erstveröffentlichung

GOLDMANN VERLAG

Aus dem Englischen übertragen von Wolfram Mergard
Titel der Originalausgabe: Wrath of the Lion
Originalverlag: John Long, London

Made in Germany · 5/86 · 2. Auflage

Umschlaggestaltung: Design Team München
Umschlagillustration: Enno Kleinert, München
Satz: IBV Satz- und Datentechnik GmbH, Berlin
Druck: Elsnerdruck, Berlin
Verlagsnummer: 6819
Lektorat: Elga Sondermann · Herstellung: Gisela Ernst/Voi
ISBN 3-442-06819-3

Inhalt

Die Wut des Löwen
ist die Weisheit Gottes.

William Blake

Obwohl hier Nachkriegsereignisse, besonders in Algerien, und politische Führer, die mit diesen Ereignissen in historischem Zusammenhang stehen, zur Sprache kommen, muß ausdrücklich festgestellt werden, daß dies ein Roman ist, und jede Ähnlichkeit mit lebenden Personen unbeabsichtigt ist.

1

Sturmwarnung

Das Glas mit dem eingeschliffenen Fadenkreuz beschlug und wurde vorübergehend durch einen Schleier grünen Wassers in Dunkel gehüllt, aber als die Spitze des Periskops die Oberfläche durchbrach, kam der kleine schmuddlige Frachter mit erstaunlicher Klarheit in das Blickfeld. Leutnant Fenelon packte die Griffe des Okulars und seufzte tief.

Jacaud neben ihm fragte: »Die *Kontoro*?«

Fenelon nickte: »Keine fünfhundert Meter entfernt.«

Jacaud ließ seine Zigarette fallen und zertrat sie mit dem Absatz. »Laß mich sehen.«

Fenelon trat zurück. Er spürte eine bedrückende Leere in der Magengegend. Er war sechsundzwanzig, war noch nie an Kampfhandlungen beteiligt gewesen und hatte auch keine Ahnung, was Krieg wirklich bedeutet, er kannte ihn einzig aus Erzählungen anderer Männer. Dies jedoch – dies war ein ganz neues Gefühl. Ihn überkam eine seltsame Benommenheit, und er fuhr sich mit der Hand über die Augen, während er so wartete.

Jacaud, ein großer und kräftiger Mann, brummte und drehte sich um. Er war ein Mann, der Gefahr ausstrahlte, stoppelbärtig und von einer gezackten Narbe auf seiner rechten Wange gezeichnet.

»Schön, daß sie pünklich sind.«

Fenelon schaute noch einmal durch das Rohr. Die *Kontoro* bewegte sich langsam nach rechts über die kleinen schwarzen Linien, die in das Glas des Periskops geritzt waren. Seine Kehle wurde trocken. Er bemerkte, wie diese sonderbare Erregung, die den Jäger beim unmittelbaren Anblick seiner Beute befällt, von ihm Besitz ergriff.

»Ein einziger Torpedo«, sagte er leise, »das reicht.«

Jacaud beobachtete ihn mit einem hämischen Lächeln. »Wo liegt das Problem? Niemand würde je etwas erfahren.«

»Vermutlich nicht.« Fenelon rief den Kontrollraum durch das Sprachrohr: »Eins-Null-Fünf steuern und fertig machen zum Auftauchen!«

Eilig holte er das Periskop ein. Das Zischen, das es hervorrief, als es in seinen Schacht zurückglitt, mischte sich mit dem Lärm des Alarmsignals. Als er sich umdrehte und sich Schweißtropfen von der Stirn wischte, zog Jacaud gerade eine Luger aus der Hosentasche. Er nahm das Magazin ab, überprüfte es mit der Schnelligkeit des Fachmanns und ließ es mit einem Knacken in seine Halterung zurückschnappen.

Dann zündete er sich eine neue Zigarette an. Als er wieder aufblickte, war sein Lächeln verflogen.

Im Ruderhaus der *Kontoro* gähnte Janvier, der Erste Offizier, als er sich über die Karte beugte. Er nahm eine schnelle Messung vor und warf den Bleistift hin. Bei genauester Berechnung befanden sie sich vierzig Seemeilen westlich von Ouessant. Der Wetterbericht verhieß nichts Gutes. Drohende Stürme wurden für die Seegebiete um Rockall, Shannon, Sole und Finistère gemeldet.

Es lag eine unnatürliche Ruhe über dem Wasser. Die See hob und senkte sich in einer mächtigen öligen Dünung. Janvier war müde, seine Augen aufgrund des fehlenden Schlafes schmal und verklebt. Ihm, dem gebürtigen Provenzalen, war es nie gelungen, sich an die Kälte der nördlichen Meere zu gewöhnen. Ihn schauderte. Mit Abscheu starrte er in das Grau der Morgendämmerung.

Hinter ihm öffnete sich die Tür zur Kajütentreppe. Der Steward trat ein, in jeder Hand eine Tasse mit dampfendem Kaffee. Die eine reichte er Janvier, die andere dem Steuermann. Während dieser sich an dem Getränk labte, übernahm der Steward das Ruder.

Janvier öffnete die Tür und trat auf die Brücke hinaus. Er stellte sich an die Reling, trank seinen Kaffee und sog die kühle Morgenluft in tiefen Zügen in sich auf. Seine Laune besserte sich zusehends. Wenn sie erst einmal jenseits der Biskaya waren, konnte man sich auf die lange Strecke nach Süden freuen – Madeira, dann das Kap und immer nur Sonne. Er trank den Kaffee aus und kippte den Bodensatz ins Meer. Er war gerade im Begriff sich umzudrehen, als plötzlich etwa hundert Meter über Steuerbord das träge, glatte Wasser heftig aufwallte. Weißer Gischt schäumte auf, und plötzlich tauchte ein Unterseeboot an der Oberfläche auf, seltsam und fremd wie ein Ungetüm aus grauer Vorzeit.

Janvier stand vor Überraschung wie angenagelt. Er beobachtete, wie sich die Luke des Kommandoturmes öffnete, und ein junger Offizier mit Schirmmütze erschien, gefolgt von einem Matrosen, der unverzüglich eine kleine Flagge hißte. Eine plötzliche Windbö erfaßte sie, und das

Blau-Weiß-Rot der Trikolore hob sich leuchtend vom Grau der Wolken ab.

Der Steward trat aus dem Ruderhaus heraus und gesellte sich zu Janvier. »Was halten Sie davon, Sir?«

Janvier zuckte die Achseln. »Wir sollten besser den Kapitän holen.«

Ein dritter Matrose erschien im Kommandoturm. Er hielt eine Signallampe in der Hand. Das U-Boot näherte sich und verengte den Raum zwischen den Schiffen. Dann begann die Lampe rasch zu blinken.

Als Marineoffizier der Reserve hatte Janvier keine Mühe, die Zeichen zu verstehen. Nachdem er sie entziffert hatte, verharrte er eine Weile stirnrunzelnd an der Reling, ging dann zurück in das Ruderhaus und löste die Signallampe vom Haken.

Als er wieder hinaustrat, flackerte das Licht vom Turm abermals. Das Begehren wurde wiederholt. Während Janvier mit »Meldung erhalten« antwortete, kam der Kapitän die Leiter vom Hauptdeck herauf, den Quartiermeister im Schlepptau.

Henri Duclos war annähernd fünfzig, und nach dreißig Jahren auf See, fünf davon als Korvetten-Kapitän bei der Freien Französischen Marine, vermochte ihn so schnell nichts aus der Ruhe zu bringen.

»Was hat das zu bedeuten?« wollte er wissen.

»Sie haben zweimal dasselbe Signal gegeben«, berichtete Janvier, »›Dreht bei. Ich möchte an Bord kommen.‹«

»Was haben Sie geantwortet?«

»›Meldung erhalten.‹«

Duclos verschwand im Ruderhaus und kehrte mit einem Fernglas zurück. Einen Moment lang betrachtete er prüfend das U-Boot und brummte dann: »Es ist tatsächlich französisch. Ich erkenne die Uniformen. Ziemlich klein für ein U-Boot.« Er reichte dem Quartiermeister das Glas. »Was halten Sie davon?«

Der alte Mann ließ sich Zeit. Dann nickte er: »Die *Alouette*. Ich habe sie letztes Jahr bei Flottenübungen vor Oran gesehen. Ein ausgemustertes U-Boot. Gehörte zu einer Versuchsreihe, an der die Deutschen bei Kriegsende gearbeitet haben. Eins davon hat die Marine übernommen.«

»Jetzt wissen wir wenigstens, mit wem wir es zu tun haben. Nur – was wollen sie, verdammt noch mal, von uns?« Duclos wandte sich an Janvier. »Bitten Sie um deutlichere Auskünfte.«

Eine kurze Pause trat ein, als die Lampen wieder aufflackerten. Janvier drehte sich verblüfft um. »Sie bedeuten uns: ›Dringend erforderlich, daß ich an Bord komme. Angelegenheit von nationalem Interesse. Bitte halten Sie Funkstille.‹«

Die Lampe auf dem Kommandoturm erlosch. »Was soll ich antworten, Sir?« fragte Janvier.

Für einen Moment hob der Kapitän das Fernglas an seine Augen, dann ließ er es wieder sinken. »Was können wir schon antworten? Wenn es wichtig genug ist, ein U-Boot hinter uns herzuschicken, dann wird die Sache wohl wichtig sein. Signalisieren Sie: ›Kommen Sie an Bord.‹« Er verzog das Gesicht und blickte den Quartiermeister an: »Ich habe mich schon so auf die Sonne gefreut; mein Rheumatismus hat mich in letzter Zeit fast umgebracht. Hoffen wir, daß wir nicht Brest anlaufen müssen.«

Der Quartiermeister zuckte mit den Achseln: »In diesen Zeiten geschehen merkwürdige Dinge in der Republik.«

»In welcher Republik?« forschte Duclos höhnisch. »Ganze Mannschaft Plätze einnehmen. Laßt eine Leiter runter.«

Der Quartiermeister ging davon, und Janvier senkte die Lampe. »Sie bedanken sich für die Zusammenarbeit.«

»Tatsächlich, schon?« bemerkte Duclos. »Hoffentlich verplempern sie nicht unsere Zeit. Alle Maschinen stop!«

Janvier begab sich in das Ruderhaus. Der Kapitän zog seine Pfeife hervor, und während er sie mit dem Tabak aus einem abgegriffenen Tabaksbeutel stopfte, beobachtete er das U-Boot. Die Vorderluke wurde geöffnet und ein großes gelbes Schlauchboot herausgeworfen und aufgeblasen. Der Frachter verlangsamte seine Fahrt, und die beiden Schiffe trieben aufeinander zu, bis der Abstand schließlich nur noch zwanzig bis dreißig Meter betrug.

Der U-Boot-Kommandant kletterte die Leiter vom Turm herunter, hielt am unteren Ende inne und beobachtete die Handvoll Matrosen, die sich am Schlauchboot zu schaffen machten. Er war schlank und wirkte sehr jungenhaft in seiner Matrosenjacke und den Gummistiefeln, die Schirmmütze verwegen in das Gesicht gezogen. Er warf einen flüchtigen Blick hinauf zu Duclos, lächelte und winkte, schritt den Rumpf des U-Boots entlang und stieg in das Schlauchboot.

Ein halbes Dutzend Matrosen folgte ihm. Die meisten trugen Maschinengewehre, die sie quer über den Rücken gehängt hatten. Vier von ihnen paddelten das Boot über den schmalen Wasserstreifen zur Strickleiter, die über die Außenwand der *Kontoro* geworfen war. Zwei Matrosen, die noch an der Vorderluke des U-Boots standen, rollten sorgfältig eine Verbindungsleine ab.

»Sie tragen eine Menge Eisen, was?« bemerkte Janvier.

Duclos nickte. »Ich mag dies alles ganz und gar nicht. Kann uns alle in große Schwierigkeiten bringen. Vielleicht sind sie hinter jemandem aus der Besatzung her, ein O. A. S.-Mann, der versucht, sich aus dem Staub zu machen.«

Die Matrosen erklommen das Schiff sehr rasch. Drei rissen ihre Maschinengewehre vom Rücken und postierten sich auf dem Hauptdeck, während der junge Offizier die Treppe zum Brückendeck hinaufstieg, dicht gefolgt von den anderen dreien.

Er streckte dem Kapitän seine Hand entgegen und lächelte: »Kapitän Duclos? Mein Name ist Fenelon. Dies alles tut mir außerordentlich leid, aber ich habe Befehlen zu gehorchen, Sie verstehen?!«

Der Mann, der als nächster die Leiter heraufkam, hatte ein narbiges, brutales Gesicht und verwildertes Haar. Wie Fenelon trug auch er eine Matrosenjacke und Gummistiefel, aber keine Mütze. Lässig lehnte er sich an die Reling und zündete sich eine Zigarette an. Die beiden Matrosen postierten sich hinter Fenelon, die MG's im Anschlag.

Duclos begann, sich merklich unwohler zu fühlen. »Sagen Sie, was geht hier eigentlich vor? Was hat das alles zu bedeuten?«

»Alles zu seiner Zeit«, erwiderte Fenelon. »Sie haben meiner Bitte entsprochen, Funkstille zu bewahren?«

»Natürlich.«

»Gut.« Fenelon wandte sich um und nickte kurz einem seiner Männer zu. Dieser überquerte das Deck zum Funkraum, der sich hinter dem Ruderhaus befand, öffnete die Tür und ging hinein.

Ein Schreckensschrei ertönte, unmittelbar gefolgt von einer Explosion. Einen kurzen Augenblick später taumelte der Funker aus der Tür, sein Gesicht blutüberströmt. Er fiel zu Boden. Janvier eilte hinüber, um ihm wieder auf die Beine zu helfen.

»Das Funkgerät«, jammerte der Mann, »er hat es in die Luft gejagt.«

Es erhob sich ein jähes, unheilvolles Murren in der Mannschaft auf dem Hauptdeck, das von einer Geschützsalve erstickt wurde: Kugeln zischten durch die stählerne Takelage. Duclos blickte über die Reling und bemerkte ein schweres Maschinengewehr, das auf einem Drehgelenk an der Kante des U-Boot-Turmes angebracht war. Selbst wenn er den Höhenunterschied zwischen den beiden Schiffen in Betracht zog, war das Maschinengewehr in der Lage, auf dem größten Teil des Decks der *Kontoro* ein Blutbad anzurichten.

Er wandte sich langsam um. Sein Gesicht war totenblaß. »Wer sind Sie?«

Fenelon lächelte: »Genau die, die wir zu sein scheinen, Kapitän: Kommandant und Mannschaft des U-Boots *Alouette*. In besonderer Mission; in Frankreichs Diensten, wie ich Ihnen versichern kann.«

»Was wollen Sie von uns?« fragte Duclos.

»Einen Ihrer Passagiere, Pierre Bouvier. Ich habe erfahren, daß er gedenkt, mit Ihnen nach Madeira zu reisen.«

Duclos' Wut, die er bisher kaum zurückhalten konnte, ergoß sich nun in einem unbeschreiblichen Gebrüll: »Bei Gott, vorher schicke ich euch alle zur Hölle! Noch bin ich hier Kapitän.«

Jacaud, der noch immer lässig an der Reling lehnte, zog die Luger. Ein sauberer Schuß durchschlug das linke Bein des Kapitäns. Duclos schrie auf, als die schwere Kugel seine Kniescheibe zersplitterte. Mit schmerzverzerrtem Gesicht fiel er vornüber auf das Deck.

»Nur, um euch Beine zu machen«, bemerkte Jacaud mit unbeteiligter Stimme. »Jetzt bringt Bouvier hierher.«

Als Janvier sich umwandte, vernahm er eine ruhige Stimme: »Nicht nötig, Monsieur. Er ist schon hier.«

Der Mann, der nun aus dem Gang heraustrat, hatte die Lebensmitte schon überschritten. Er war hochgewachsen und dünn, mit hängenden Schultern. Sein Gesicht, eckig mit hervortretenden Backenknochen, war das eines Asketen, und sein graues Haar war stark gelichtet. Er trug einen Regenmantel, den er sich über den Pyjama gezogen hatte. Eine kleine grauhaarige Frau klammerte sich ängstlich an seinen Arm. Hinter ihnen standen zwei weitere Passagiere, die Kleider hastig übergeworfen, zögernd in der Tür.

»Sie sind Pierre Bouvier?« forschte Fenelon.

»Ja.«

Jacaud gab einem der Matrosen ein Zeichen: »Bring ihn her.«

Sogleich schrie die Frau auf; Bouvier jedoch beruhigte sie und ließ sich von dem Mann fortführen. Der Matrose stellte ihn mit dem Rücken zur Reling. Dann ging er hinüber und blieb neben Jacaud stehen.

»Was wollen Sie von mir?« fragte Bouvier.

»Vor etwa einem Monat waren Sie Ankläger bei einem Prozeß in Fort-Neuf«, erklärte Fenelon, »ein Prozeß, in dem sechs unserer

Freunde zum Tode verurteilt wurden.«

»Aha, die O. A. S. steckt dahinter!« Bouvier hob die Schultern. »Ich habe meine Pflicht getan, wie ich es für richtig hielt. Kein Mensch hätte anders handeln können.«

»Sie werden uns, dessen bin ich sicher, dasselbe Recht einräumen.« Fenelon zog ein Papier aus seiner Tasche, entfaltete es und begann zügig zu lesen: »›Pierre Bouvier, ich muß Sie davon in Kenntnis setzen, daß gegen Sie in Abwesenheit vor einem Gericht des Rates des Nationalen Widerstandes ein Verfahren stattgefunden hat und Sie des Verrats an der Republik für schuldig befunden wurden.‹«

Er hielt inne, und Bouvier warf höflich ein: »Das Urteil des Gerichts lautet auf Tod?«

»Selbstverständlich«, antwortete Fenelon. »Haben Sie noch irgend etwas zu sagen?«

Bouvier zuckte mit den Achseln, und ein Ausdruck von Verachtung glitt über sein Gesicht: »Sagen? Was sagen? Es gibt keinerlei Anschuldigung, auf die zu antworten nötig wäre. Das wissen Sie genausogut wie ich. Franzosen, wo auch immer, werden...«

Jacaud riß dem nächstbesten Matrosen das MG aus den Händen, zielte schnell und feuerte eine ganze Salve ab, die Bouvier gegen die Reling warf. Er wirbelte herum; der Stoff des Mantels fing Feuer, als die Kugeln in seinem Rücken einschlugen. Dann stürzte er zu Boden.

Seine Frau schrie auf, tat einen Schritt vorwärts und brach zusammen; einer der Passagiere fing sie auf, als sie fiel.

Ein stummer Seufzer ging durch die Reihen der Besatzung auf dem Hauptdeck. Dann trat Stille ein. Jacaud warf dem Matrosen das MG wieder zu, dem er es vorher entrissen hatte, und kletterte die Treppe hinab, wobei er kurz zurückschaute. Fenelon machte den Eindruck, als würde ihm jeden Moment schlecht werden. Er nickte seinen Männern zu und folgte hastig dem großen Mann. Auf halbem Wege abwärts verpaßte er eine Stufe und wäre fast auf das Deck gestürzt.

Nacheinander kletterten sie an der Schiffswand der *Kontoro* hinunter, während vom Kommandoturm des U-Boots das Maschinengewehr ihren Rückzug deckte. Als sich alle Mann im Schlauchboot befanden, holten die beiden Matrosen, die an der Vorderluke des U-Boots postiert waren, die Leine unverzüglich ein.

Sie kletterten aus dem Schlauchboot, ließen es treiben und verschwanden in der Luke. Nur Fenelon schritt über den Rumpf zum

Turm und erklomm die Leiter. Er verharrte einen Moment lang und blickte zum Frachter hinauf, während die beiden Schiffe langsam auseinanderdrifteten. Auf der *Kontoro* herrschte eine unheimliche Stille.

Die beiden Matrosen bauten das schwere MG ab und stiegen in das Innere des Bootes. Fenelon zögerte noch ein, zwei Augenblicke, bevor er ihnen folgte. Die Luke des Kommandoturms schloß sich mit einem lauten Knall, dessen Echo sich matt über das Wasser breitete.

Das schien den Bann, der über der *Kontoro* gelegen hatte, zu brechen, und alle strebten zur Reling hin. Noch nie in seinem Leben hatte sich Janvier so hilflos gefühlt wie jetzt, und aus einem unerklärlichen Grunde war er den für ihn ungewohnten Tränen nahe.

In der Ferne begann der Wind die Wellen zu kräuseln und mit Schaumkronen zu zieren. Janvier erinnerte sich an die Sturmwarnung. Die *Alouette* sank in die Wellen wie ein grauer Schatten; kühn flatterte die Trikolore, bis auch sie verschwand. Dann war da nur noch Wasser.

2

Mit dem Teufel speisen

Dünner Nebel schwebte vom Meer her über die Bucht von Southampton, als das Taxi um die Sraßenecke bog und am Randstein zu stehen kam. Anne Grant spähte durch die Scheibe auf den Gebäudekomplex, der düster in die Nacht ragte.

Der ursprüngliche Bau war wohl georgianisch gewesen, das sah man deutlich; aber die Zeit hatte ihre Spuren hinterlassen. Eine Reihe ausgetretener Stufen führte zur Eingangstür hinauf, deren Anstrich Risse hatte und abbröckelte, wie im diffusen, gelben Schein der Straßenlaterne zu erkennen war. Darüber stand auf einem kleinen Glasschild *Regent Hotel.*

Sie klopfte an die Trennscheibe, und der Fahrer öffnete sie. »Sind Sie sicher, daß wir hier richtig sind?«

»Regent Hotel, Farthing Lane. Das haben Sie mir gesagt, und genau da sind wir jetzt«, antwortete der Mann, »das ist nur so eine Seemannsabsteige, für Matrosen, die in ihrer ersten Nacht an Land einen Platz zum Schlafen suchen. Was haben Sie denn erwartet – das *Ritz*?«

Anne öffnete die Tür und stieg aus. Einen Augenblick blieb sie unschlüssig stehen, als sie an der feuchten, verfallenen Fassade des Hotels hochblickte. Um sie herum war vollkommene Stille, nur durch das Plätschern des Wassers gegen die Stützpfähle des Piers auf der anderen Straßenseite unterbrochen. Musik und Gelächter, die aus weiterer Entfernung erklangen, als dort die Tür einer Kneipe geöffnet wurde, schienen von einem anderen Stern zu kommen. Anne reichte dem Taxichauffeur zehn Shilling, bat ihn zu warten und stieg die Treppe hinauf.

Der Korridor war nur spärlich beleuchtet, eine Treppe führte nach oben ins Dunkel. Anne rümpfte die Nase vor Ekel, als ihr eine Mischung aus Küchen- und Toilettendünsten entgegenkam. Schnell schritt sie weiter.

Auf der linken Seite befand sich eine Tür, in deren Milchglasfüllung das Wort *Bar* geschliffen war. Als Anne sie öffnete, lag vor ihr ein langer, schmaler Raum, dessen hinteres Ende in Dunkelheit gehüllt war. Eine mit Marmor belegte Theke zog sich an der einen Wand entlang, dahinter ein zerbrochener Spiegel. Der Barmann lehnte neben der Zapfanlage und war in eine Zeitung vertieft.

Kopfüber ausgestreckt auf einem Tisch lag ein Betrunkener. Sein schweres, pfeifendes Atmen durchbrach die Stille. An einem kleinen offenen Kamin saßen zwei Männer, die sich leise unterhielten, während sie Karten spielten. Sie drehten sich gleich neugierig nach ihr um. Anne zog die Tür zu und ging an ihnen vorbei.

Der Barkeeper war alt mit schütterem Haar und dem müden, verbitterten Gesicht eines Mannes, der über das Stadium hinaus war, sich von irgend etwas noch überraschen zu lassen. Er faltete die Zeitung sauber zusammen und schob sie unter die Theke.

»Was kann ich für Sie tun?«

»Ich suche einen Herrn Van Sondergard«, erklärte sie. »Ich habe erfahren, daß er hier abgestiegen ist.«

Die beiden Männer am Kamin beobachteten sie durch den Spiegel, der über dem Barmann hing. Der eine war von kleinem Wuchs, untersetzt, und hatte einen schmuddeligen schwarzen Bart. Sein Begleiter war gut ein Meter fünfundachtzig groß, mit einem harten, knochigen Gesicht und Händen, die nie zur Ruhe kamen und unaufhörlich die Karten mischten. Er grinste sie an, und einen Moment lang erwiderte Anne seinen Blick. Dann wandte sie sich ab.

»Sondergard?« Der Barmann versuchte sich zu erinnern.

»Sie wird den Norweger meinen«, bemerkte der hochgewachsene Mann mit einer weichen irischen Stimme.

»Ach, der Kerl!?« nickte der Barmann. »Ist gestern abgereist.«

Er wischte mit einem Tuch über die Bar. Anne Grant war verdutzt: »Das kann doch nicht wahr sein. Ich habe ihn erst letzte Woche über die Seemannsvermittlungsstelle angeheuert. Er sollte morgen eine Motorjacht, die momentan in Lulworth liegt, zu den Kanal-Inseln überführen.

»Da werden Sie sich aber beeilen müssen, wenn Sie ihn noch erwischen wollen«, unterbrach sie der Ire. »Er hat heute morgen den Hafen an Bord der *Ben Alpin* als Quartiermeister verlassen, Richtung Suez und alles, was weiter östlich liegt.« Er erhob sich und kam langsam zur Bar herüber. »Kann ich Ihnen behilflich sein?«

Noch ehe sie antworten konnte, schnitt ihr eine Stimme scharf das Wort ab: »Wie wär's, wenn man zur Abwechslung mal hier hinten bedient würde?«

Sie wandte sich überrascht um und bemerkte erst jetzt, daß am hinteren Ende der Bar im Halbdunkel ein Mann stand. Er hatte den Kragen seiner Matrosenjacke hochgeschlagen, sein seltsam bleiches Gesicht, in dem die Augen wie dunkle Höhlen lagen, wurde von einer Schirmmütze beschattet.

Der Barkeeper ging zu ihm hinüber, während der Ire sich an die Bar lehnte und Anne angrinste. »Wie wär's mit 'nem Drink?«

Sie schüttelte höflich den Kopf, drehte sich um und ging zur Tür. Sie schritt durch den Korridor nach draußen und blieb oben an der Treppe stehen. Das Taxi war weg; und der Nebel, der vom Hafen herüberkam und wie etwas Lebendiges um die Straßenlaternen herumwirbelte, war noch dichter geworden.

Sie stieg die Stufen hinunter und ging auf dem Gehsteig entlang. Unter der ersten Straßenlaterne blieb sie stehen und schaute zurück. In der Eingangstür des Hotels standen der Ire und sein Begleiter. Als Anne sich zum Weitergehen wandte, kamen die beiden die Treppe herunter und folgten ihr.

Neil Mallory zündete sich noch eine Zigarette an, hob sein Glas und hielt es gegen das Licht; dann setzte er es wieder ab. »Das Glas ist drekkig.«

Der Barkeeper näherte sich ihm mit finsterem, wildem Blick: »Und was soll ich jetzt tun?«

»Mir ein neues bringen«, erwiderte Mallory gelassen.

Seine Stimme hatte einen eigenartigen Unterton, und seine dunklen Augen schienen etwas auszudrücken, das den Barmann eine scharfe Entgegnung schlucken ließ und ihm ein Lächeln abrang. Er füllte ein frisches Glas und ließ es schwungvoll über die Bar gleiten.

»Wir sind bestrebt, jedermann zufriedenzustellen.«

»Genau das dachte ich«, meinte Mallory, während seine Augen den Iren und dessen Freund beobachteten, als sie durch die Tür gingen, um der Frau zu folgen. Er trank den Whisky in einem Schluck und ging ihnen nach.

Oben an der Treppe blieb er stehen und lauschte in den dichten Nebel, der alles, auch Geräusche, zu schlucken schien. Ein Schiff glitt durch das Wasser: Er vernahm den matten Klang des Nebelhorns, fremdartig und sonderbar, und es rührte etwas tief in seinem Innern an. Unwillkürlich schauderte ihn. In eben diesem Augenblick hörte er

Anne Grant aufschreien.

Er lief die Stufen hinunter, hielt inne und lauschte mit leicht nach vorn geneigtem Kopf. Der Schrei ertönte abermals von links, merkwürdig matt und gedämpft durch den Nebel. Er lief los. Auf leisen Sohlen eilte er um die Hausecke auf einen Pier am Ende der Straße zu. Dort überraschte er sie. Im gelblichen Schein einer Straßenlampe hielten die beiden Männer die sich verzweifelt wehrende Frau am Boden fest.

Dem Iren, der sich erschreckt umdrehte, versetzte Mallory einen Fußtritt ins Gesicht; der Mann taumelte mit einem Schmerzensschrei zurück, rollte über die Kante des Piers und blieb drei Meter tiefer im weichen Morast des Uferschlamms liegen.

Der Bärtige riß ein Messer aus der Hosentasche. Mallory wich zurück. Der Mann stürzte sich mit hämischem Grinsen auf ihn. Als das Messer vorzückte, suchte Mallory das Handgelenk des Angreifers zu fassen, riß den Arm hoch, wobei er ihn nach außen drehte, und hielt ihn mit eisernem Griff fest. Der Mann schrie auf und ließ das Messer fallen. Mit seinem Unterarm versetzte Mallory ihm einen wuchtigen Schlag in den Nacken, so daß er zu Boden stürzte.

Anne Grant lehnte an der Mauer, ihr Gesicht blaß im schwachen gelblichen Lichtschein. Aus einer tiefen Schramme in ihrer Wange rann Blut. Sie lachte unsicher und strich sich eine Strähne ihres schwarzen Haares aus der Stirn.

»Sie machen wohl keine halben Sachen, was?«

»Was soll's?«

Ihr Wollkostüm war verdreckt und durchnäßt, die Bluse zerrissen. Als sie ein paar Schritte tat, bemerkte er, daß sie stark auf dem rechten Bein humpelte. Sie hielt an, um ihre Handtasche aufzuheben. Der Mann auf dem Boden stöhnte und rollte sich auf den Rücken.

Sie schaute einen Moment auf ihn herab und wandte sich dann an Mallory: »Werden Sie die Polizei holen?«

»Soll ich's denn?«

»Nicht unbedingt.« Sie begann leicht zu zittern. »Mir ist plötzlich sehr kalt.«

Er ließ die Matrosenjacke von seinen Schultern gleiten und hängte sie ihr über. »Was Sie jetzt brauchen, ist etwas zu trinken. Wir kehren zum Hotel zurück. Sie können sich in meinem Zimmer wiederherrichten, während ich ein Taxi besorge.«

Sie wies auf den am Boden liegenden Mann: »Wird er wieder auf die

Beine kommen?«

»Diese Sorte immer.«

Er nahm ihren Arm. Sie kehrten um und bogen um die Ecke wieder in die Straße ein. Es begann zu regnen, ein feiner Nieselregen, der silbern auf den Eisengeländern perlte. Sie spürte einen dumpfen Schmerz im Knöchel. Die alten Häuser schwebten im Nebel vorbei, unwirklich und geisterhaft, Teil jenes furchtbaren Traumes, aus dem sie erst noch erwachen mußte. Der Boden schien unter ihren Füßen wegzugleiten.

Mallory legte sofort seinen Arm um sie, stark und beruhigend, und sie blickte zu ihm auf und lächelte in das fremde, blasse Gesicht mit den dunklen Augen. »Es wird schon wieder gehen. Sie sind ein bißchen benommen, das ist alles.«

Das Hotelschild tauchte aus dem Nebel auf, um sie willkommen zu heißen. Sie durchschritten die Eingangstür und stiegen die wackelige Treppe hinauf. Sein Zimmer befand sich am Ende des Flures. Er öffnete die Tür, schaltete das Licht an und schob sie behutsam hinein.

»Fühlen Sie sich wie zu Hause. Ich bin in ein paar Minuten zurück.«

Das Zimmer strahlte die seltsame, ziemlich tote Atmosphäre aus, wie sie allen billigen Hotels dieser Welt zu eigen ist: ein Stück ausgefranster Teppich auf dem Boden, ein Eisenbett, ein schäbiger Schrank und eine abschließbare Truhe. Der einzige Hauch von Luxus bestand in einem Waschbecken in der Fensterecke. Anne humpelte hinüber.

Überraschenderweise strömte heißes Wasser aus der Leitung, und sie wusch sich Gesicht und Hände. Dann betrachtete sie sich eingehend in dem Spiegel, der über dem Becken angebracht war. Die Schramme auf der Wange war nicht tief; sie schien keine schwereren Verletzungen davongetragen zu haben. Nur das Kostüm war ruiniert. Sie saß auf der Bettkante und untersuchte ihren Knöchel, als Mallory zurückkehrte.

Er stellte eine kleine Flasche Brandy und zwei Gläser auf das Nachtschränkchen und ließ sich dann auf einem Knie vor ihr nieder: »Irgendeine Verletzung?«

Sie schüttelte den Kopf: »Eine häßliche Schramme, das ist alles.«

Er holte einen abgenutzten Koffer unter dem Bett hervor und entnahm ihm einen dicken Seemannspullover, den er ihr in den Schoß fallen ließ. »Den sollten Sie besser überziehen. Sie sind ja ganz durchnäßt.«

Als sie den Pullover angezogen und die Ärmel hochgerollt hatte, nahm er ihren rechten Fuß, legte ihn auf sein Knie und begann ihn fachmännisch mit einem gefalteten Taschentuch zu bandagieren. Sie musterte ihn dabei schweigend.

Er war mittelgroß, mit breiten Schultern, und trug typische Seemannskleidung: ein einfaches blaues Flanellhemd und eine schwere Arbeitshose aus irgendeinem dunklen Stoff, die durch einen breiten Ledergürtel mit Messingschnalle gehalten wurde. Aber dies war kein gewöhnlicher Mann. Sein Gesicht war auffällig, hart und undurchschaubar, das Gesicht eines Mannes, mit dem niemand gern sein Spielchen treiben würde. Die Haut war hell und blutlos, das Haar, schwarz und gekräuselt, lief zur Stirn hin spitz zu. Das außergewöhnlichste Merkmal jedoch waren seine Augen, die so dunkel waren, daß jeglicher Lichtschein in ihnen erstarb.

Auf dem Pier war er furchterregend gewesen in seiner Wut, kämpferisch und grausam; und als er jetzt zu ihr aufblickte, ging der Blick seiner dunklen Augen durch sie hindurch, als wäre sie aus Glas. Zum ersten Mal an diesem Abend wurde sie von echter Furcht ergriffen; aber dann nahm ein breites Lächeln von seinem Gesicht Besitz, ein Lächeln von einem so vernichtenden Charme, daß in ihm eine völlige Persönlichkeitsveränderung vorzugehen schien.

»Sie sehen sehr jung aus in diesem Pullover.«

Sie lächelte sanft und hielt ihm eine Hand hin: »Ich heiße Anne Grant; ich möchte Ihnen danken.«

»Mallory«, stellte er sich vor, »Neil Mallory.«

Er berührte ihre Hand nur kurz, öffnete dann die Flasche mit dem Brandy, füllte eines der Gläser sehr großzügig und reichte es ihr. »Ich habe den Barmann beauftragt, ein Taxi zu bestellen. Es kann eine Weile dauern, bis es hier ist.«

»Ich würde gerne wissen, warum der Fahrer, der mich herbrachte, nicht gewartet hat«, wunderte sie sich. »Ich bat ihn darum.«

»Die sind nicht so scharf darauf, nachts in den Docks rumzuhängen. Das ist eine ziemlich ungemütliche Gegend, und Taxifahrer sind offensichtliche Angriffsziele.« Er grinste sie an: »Das gilt übrigens doppelt für schöne Frauen.«

Sie lächelte bekümmert: »Müssen Sie mir das unter die Nase reiben? Ich habe ja gar nicht gewußt, worauf ich mich da einließ; aber ich war langsam verzweifelt. Fast den ganzen Tag lang habe ich in Lulworth auf jemanden gewartet. Als es ziemlich klar wurde, daß er nicht auftauchen würde, entschloß ich mich, ihn zu suchen.«

»Van Sondergard?« bemerkte Mallory. »Ich hörte Sie den Barmann nach ihm fragen.«

»Kannten Sie ihn?«

»Er bewohnte ein Zimmer am anderen Ende des Flures. Ich habe einmal mit ihm in der Bar gesessen und etwas getrunken. Nicht mehr. Wo haben Sie ihn kennengelernt?«

»Habe ich gar nicht«, erklärte sie. »Die ganze Sache wurde von der Seemannsvermittlung organisiert. Ich teilte ihnen mit, daß ich jemanden brauchte, der eine Motorjacht zu den Kanal-Inseln überführen und sie einen Monat lang als Kapitän steuern sollte, bis meine Schwägerin und ich in der Lage wären, sie selbst zu bedienen. Ich erzählte ihnen auch, daß wir vorzugsweise jemanden nähmen, der Erfahrung im Sporttauchen hätte. Sie stellten den Kontakt zu Sondergard her.« Anne seufzte. »Er schien ziemlich erpicht auf den Job zu sein. Ich wüßte wirklich gern, was ihn dazu veranlaßt hat, seine Meinung zu ändern.«

»Das ist ziemlich schnell erklärt: Er saß halbbetrunken in der Bar, in Selbstmitleid vergehend, als einer seiner ehemaligen Kapitäne zur Tür hereinkam, der für sein Schiff, das mit der Morgenflut nach Suez auslaufen sollte, einen Quartiermeister suchte. Es bedurfte nur dreier Drinks, bis Sondergard aufstand, seinen Krempel packte und mit ihm davonging. Seeleute sind halt so.«

Er schluckte seinen Brandy, holte ein altes ledernes Etui hervor und bot ihr eine Zigarette an. »Sind Sie Seemann, Mr. Mallory?« fragte sie, als er ein Streichholz anzündete und es ihr im Schutz seiner Hände entgegenhielt.

Er zuckte die Achseln. »Auch. Unter anderem. Warum?«

»Ich war nicht so sicher. Ich hätte Sie eher für einen Soldaten gehalten.«

»Wie kommen Sie darauf?«

»Ich glaube, man könnte sagen, daß ich die Sorte kenne. Mein Vater war einer und ebenso mein Mann. Er fiel in Korea.«

Da es dazu nicht viel zu bemerken gab, zündete sich Mallory eine weitere Zigarette an und schlenderte zum Fenster hinüber. Er spähte hinaus. Dann wandte er sich um.

»Die von Ihnen erwähnte Motorjacht: Was für ein Modell ist sie?«

»Eine Zehn-Meter-Jacht von Akerboon. Doppelschraube, Stahlgehäuse.«

»Nur das Beste, was?« Er schien beeindruckt. »Wie wird sie angetrieben?«

»Penta Benzinmotor. Auf vollen Touren macht sie so zweiundzwanzig Knoten.«

»Echolot, automatische Steuerung, nur das Beste vom Besten?« Er grinste sie an. »Ich würde sagen, das Boot hat Sie mindestens fünftausend Pfund gekostet.«

»Nicht mich«, stellte sie richtig, »meinen Schwiegervater. Ich habe nur seine Anweisungen befolgt. Er hat mir genau erklärt, was er wollte.«

»Hört sich an, als handele es sich um einen Mann, der gewohnt ist, seinen Willen durchzusetzen.«

Sie lächelte: »Eine Eigenart, die er nicht aufgeben kann. Er ist Generalmajor.«

»Grant?« Mallory runzelte die Stirn. »Reden Sie vom Eisernen Grant? Dem Wüstenfuchs des Westens?«

Sie nickte. »Genau den. Er lebt seit seinem Abschied von der Armee auf den Kanal-Inseln. Ich besorge ihm den Haushalt.«

»Womit beschäftigt sich der alte Herr denn so in diesen Tagen?«

»Er ist fast blind«, erzählte sie, »aber er ist immer noch erstaunlich aktiv. Er hat sich einen Namen gemacht als Kriegsgeschichtsschreiber. Er spricht seine Berichte auf Band, und Fiona, seine Tochter, und ich tippen sie dann in die Maschine.«

»Sie sagten, daß Sie von Sondergard Erfahrung im Sporttauchen erwarteten? Wofür war das?«

»Das war nicht unbedingt nötig, aber es wäre von Vorteil gewesen. Ein kleines Fischerdorf mit Burganlage auf der Île de Roc wurde im fünfzehnten Jahrhundert überschwemmt und ging unter. Die Ruinen befinden sich jetzt einige hundert Meter vor der Küste in ungefähr fünfzehn Meter Tiefe. Wir nehmen eine eingehende Untersuchung und Vermessung vor. Fiona und ich haben bisher die meiste Taucharbeit selbst geleistet.«

»Klingt interessant«, bemerkte er. »Sie werden keine Schwierigkeiten haben, von der Vermittlung einen anderen Mann zu bekommen, der einen solchen Job übernehmen würde.«

Er schaute zum Fenster hinaus in den gelblichen Nebel, als er sie sagen hörte: »Ich frage mich, ob Sie nicht vielleicht interessiert wären?«

Langsam drehte er sich zu ihr hin, und ein leichter Zweifel lag auf seinem Gesicht. »Sie wissen doch gar nichts von mir.«

»Was gibt es da zu wissen? Sie selbst erzählten mir, daß Sie Seemann sind.«

»Aus Notwendigkeit«, stellte er fest, »nicht aus freiem Willen.«

»Sie meinen, Sie könnten mit der *Foxhunter* nicht umgehen?«

»So heißt sie also?! Doch ja, ich habe schon mit solchen Booten zu tun gehabt. Ich habe sogar schon ein wenig Sporttauchen betrieben.«

»Achtzig Pfund im Monat und alle Unkosten«, erklärte sie. »Könnte Sie das reizen?«

Er konnte sich eines Grinsens nicht erwehren: »Das tut es in der Tat, Mrs. Grant.«

Mit einer gezwungen burschikosen Geste streckte sie ihm ihre Hand entgegen: »Ich freue mich.«

Einen Augenblick lang hielt er die Hand und schaute Anne fest in die Augen. Und wieder war sie sich dieser unbestimmten, irrationalen Angst bewußt. Etwas davon muß sich auf ihrem Gesicht widergespiegelt haben, denn sein Griff wurde fester, und er lächelte weich. In diesem einzigen Augenblick verflog ihre Furcht, und eine unerklärliche Zärtlichkeit durchflutete sie. Draußen auf der Straße ertönte eine Autohupe. Er half ihr aufzustehen.

»Es ist Zeit. Wo wohnen Sie?«

»In einem Hotel im Stadtzentrum.«

»Sie werden einiges Aufsehen erregen, wenn Sie durch die Halle gehen«, bemerkte er, als er ihren Arm nahm und sie zur Tür hinübergeleitete.

Der Nebel schien sich ein wenig zu lichten. Mallory half ihr in das Taxi. Sie kurbelte die Scheibe herunter und lehnte sich hinaus: »Ich muß mich morgen noch um einige Dinge kümmern; daher kann ich vor dem Abend nicht nach Lulworth hinunterkommen. Wir treffen uns dann dort.«

Er nickte zustimmend: »Sie könnten einen Vormittag im Bett vertragen.«

Sie lächelte matt in das bleiche Licht, doch bevor sie etwas erwidern konnte, war das Taxi schon angefahren. Mallory blieb eine Weile stehen, schaute in den Nebel und lauschte dem Motorgeräusch, bis es in der Ferne erstarb. Er wandte sich um und stieg die Stufen hinauf.

Er betrat die Bar. Der Barmann war wieder in seine Zeitung vertieft. »Wo sind sie?« fragte Mallory.

Der hob den Arm, und sein Daumen bewegte sich in Richtung Hintertür. »Dort drinnen.«

Als Mallory die Tür öffnete, fand er den Iren an einem Tisch neben dem Kamin sitzend, vor sich eine Schüssel mit heißem Wasser. Seine Kleidung war schlammverschmiert, und er wischte sich Blut ab, das aus einer klaffenden Wunde rann, die sich vom Ohr bis zur Kinnspitze hinzog. Der Mann mit dem schwarzen Bart lag auf einem alten Roßhaarsofa, hielt sich den rechten Arm und wimmerte leise.

Der Ire erhob sich taumelnd; seine Augen sprühten vor Wut. »Du Schwein. Wolltest du uns umbringen?«

»Ich habe euch aufgetragen, dem Mädchen ein wenig Angst zu machen, das war alles. Aber ihr wolltet natürlich schlauer sein. Was ihr gekriegt habt, habt ihr euch selbst zuzuschreiben.« Mallory zog ein paar Banknoten aus seinem Geldbeutel und warf sie auf den Tisch. »Das sollte die Rechnung begleichen.«

»Zehn Pfund!« schrie der Ire, »zehn lausige Pfund! Und was ist mit Freddy? Du hast seinen Arm gebrochen.«

»Ist nicht mein Bier«, erwiderte Mallory gelassen, »sag ihm, er soll es beim Gesundheitsdienst versuchen.«

Er verließ den Raum. Der Ire fiel in seinen Stuhl zurück; vor seinen Augen drehte es sich. Der Barkeeper kam herein und betrachtete ihn. »Wie fühlst du dich?«

»Beschissen. Wer ist das Schwein?«

»Mallory?« Der Mann von der Bar zuckte die Achseln. »Ich weiß nur eines: Er ist der kälteste Fisch, der mir je vorgekommen ist, und ich kannte etliche.« Er sah auf den Bärtigen hinab und schüttelte den Kopf. »Freddy sieht nicht besonders gut aus. Vielleicht sollte ich den Krankenwagen rufen?«

»Mach, was du willst«, rief der Ire wütend.

Der Barmann ging kopfschüttelnd zur Tür. »Ihr kennt doch das Sprichwort: ›Wer mit dem Teufel speist, braucht einen langen Löffel.‹ Ich schätze, ihr seid ihm etwas zu nahe gekommen.«

Er seufzte schwer und verschwand in der Bar.

3
London vertraulich

Der Raum lag im Halbschatten, nur die Lampe auf dem Schreibtisch warf durch einen Schirm gedämpftes Licht. Der Mann, der seitwärts in seinem Drehsessel saß und aus dem breiten Fenster hinaus auf die glitzernden Lichter Londons schaute, war klein mit einem merkwürdig alterslosen Gesicht.

Es war das Gesicht eines außergewöhnlichen Menschen, eines Mannes, der schmerzvolle Erfahrungen gemacht, sich erfolgreich mit ihnen auseinandergesetzt und sie überwunden hatte.

Die grüne Gegensprechanlage auf dem Schreibtisch summte einmal. Er schwang in seinem Sessel herum und drückte auf einen Knopf. »Ja?«

»Mr. Ashford ist hier, Sir Charles.«

»Schicken Sie ihn herein.«

Die Tür öffnete sich geräuschlos, und Ashford kam über den dicken Teppich herübergeschritten. Er war ein hochgewachsener, leicht ergrauender Mann in den Vierzigern. Sein angespanntes Gesicht war das eines Berufsbeamten, der einen zu großen Teil seines Lebens dicht an den Schalthebeln der Macht verbracht hatte.

Er setzte sich in den Sessel gegenüber, öffnete seine Aktenmappe und holte daraus einen Ordner hervor, den er sorgfältig auf dem Schreibtisch ablegte. Sir Charles schob ihm eine silberne Zigarettendose hin.

»Wie lautet das Urteil?«

»O ja, der Premierminister stimmt voll mit Ihnen überein. Die ganze Angelegenheit muß untersucht werden. Wir möchten jedoch unbedingt die Presse heraushalten. Sie müssen verdammt vorsichtig sein.«

»Sind wir immer.« Sir Charles' Stimme war eisig.

»Es gibt nur eine Sache, über die der Premier nicht so erfreut ist.« Ashford öffnete die Akte auf dem Schreibtisch. »Dieser Mallory, glauben Sie wirklich, daß er der beste Mann für diesen Job ist?«

»Mehr als das«, bekräftigte Sir Charles. »Er ist der beste Mann, den ich habe; und außerdem hat er früher schon mit dem ›Deuxième Bureau‹ erfolgreich zusammengearbeitet. Offen gesagt, die haben ihn schon zweimal angefordert. Seine Mutter war Französin, und das mögen sie natürlich.«

»Es ist diese scheußliche Perak-Affäre 1954, die dem Premier unangenehm aufstößt. Verdammt noch mal, der Kerl konnte froh sein, am Gefängnis vorbeigekommen zu sein.«

Sir Charles griff nach dem Ordner, zog ihn zu sich und drehte ihn herum. »Dies ist ein Bericht über einen ziemlich ungewöhnlichen Offizier.« Er setzte sich eine randlose Brille auf und begann laut vorzulesen, wobei er wahllos Daten herauspickte.

»›Während des Krieges bei der Luftwaffe mit besonderen Aufgaben betraut... dreimal über Frankreich abgesprungen... an die Gestapo verraten... sechs Monate in Sachsenhausen überlebt... Fallschirmjäger-Hauptmann in Palästina... Major in Korea... zwei Jahre in einem Gefangenenlager in der Mandschurei... 1953 entlassen... Januar '54 in besonderer Mission nach Malaya geschickt...‹«

Er schloß die Akte und blickte auf. »Oberstleutnant mit dreißig. Vermutlich damals der jüngste in der Armee.«

»Und mit einunddreißig rausgeschmissen«, konterte Ashford.

Sir Charles zuckte die Achseln. »Ihm war befohlen worden, die letzten kommunistischen Guerillas aus Perak zu vertreiben. Und genau das hat er getan. Ziemlich skrupellos, mag sein, aber er hat's getan. Seine Vorgesetzten seufzten befreit auf und warfen ihn den Wölfen zum Fraß vor.«

»Und Sie haben nur darauf gewartet, ihn zu fassen, nehme ich an?«

Sir Charles schüttelte den Kopf. »Ich ließ ihn ein Jahr lang umhertreiben: Bombay, Alexandria, Algier. Ich wußte immer, wo er sich aufhielt. Als ich mich davon überzeugt hatte, daß er der stahlharte Mann war, den ich brauchte, schnappte ich ihn mir. Seitdem hat er ständig für mich gearbeitet.«

Ashford seufzte und stand auf. »Machen Sie es, wie Sie's für richtig halten, aber wenn etwas schiefgeht...«

Sir Charles mußte lächeln. »Ich weiß, dann ende ich wie Neil Mallory: Im Regen stehengelassen.«

Ashford lief rot an. Er drehte sich um und verließ hastig den Raum. Die Tür schloß sich hinter ihm, und er ließ Sir Charles in Gedanken versunken zurück. Einige Zeit später drückte dieser erneut einen Knopf der Gegensprechanlage.

»Schicken Sie Mallory zu mir.«

Er zündete sich eine Zigarette an und stellte sich ans Fenster. Sein

Blick wanderte hinaus über die Stadt, die immer noch die größte war, was immer auch andere sagen mochten. Er öffnete das Fenster und atmete den Duft ein, der vom Fluß heraufstieg. Der Klang der Sirene eines Schiffes, das gerade das Hafenbecken verließ, wurde matt durch die stille Luft zu ihm hochgetragen.

Er war müde, und irgendwo hinter seinem rechten Auge spürte er diesen leichten Schmerz. Er sollte deswegen endlich einmal einen Arzt aufsuchen. Andererseits, vielleicht war es besser, nichts Näheres darüber zu erfahren? Er fragte sich, ob Mallory sich lang genug am Leben halten könnte, um eines Tages in diesem stillen Raum den Platz hinter dem Schreibtisch einzunehmen. Es wäre ein beruhigender Gedanke gewesen, jedoch, das war nicht sehr wahrscheinlich.

Die Tür hinter ihm wurde geöffnet und wieder geschlossen. Als er sich umdrehte, stand Mallory neben dem Schreibtisch. Er trug einen bequemen dunklen Kammgarnanzug, der seine breiten Schultern betonte. Sein Adlergesicht vermittelte den Eindruck von Willensstärke und Bildung, die an jedem Ort und in jeder Situation ihre Wirkung nicht verfehlt hätten.

Sir Charles trat vom Fenster zurück und setzte sich wieder in seinen Sessel. »Wie geht es Ihnen, Neil?«

»Wieder ganz schön fit, Sir. Ich war jetzt sechs Wochen auf der Insel.«

»Ich weiß. Was macht Ihre Schulter?«

»Keine Probleme mehr. Die haben mich wieder gut hergerichtet.«

Sir Charles nickte. »Beim nächsten Mal sollten Sie etwas vorsichtiger sein.« Er schlug einen Aktendeckel auf, zog maschinengeschriebene Papiere hervor und schob sie zu Mallory hinüber. »Sehen Sie sich das mal an.«

Während er sich mit einigen anderen Schriftstücken beschäftigte, überflog Mallory die drei engbeschriebenen Seiten. Als er damit fertig war, reichte er sie mit ausdruckslosem Gesicht zrück.

»Wo befindet sich die *Kontoro* jetzt?«

»Der Zerstörer, der sie fand, brachte sie unverzüglich nach Brest. Im Augenblick halten die Franzosen absolutes Stillschweigen. Höchste Sicherheitsstufe und so weiter. Sie können es jedoch nicht länger als drei, vier Tage geheimhalten. Solche Ereignisse pflegen früher oder später doch nach außen zu dringen.«

»Was unternehmen die Franzosen in dieser Angelegenheit?«

»Die üblichen Überprüfungen von allen Leuten, die auch nur entfernt verdächtigt werden, mit O. A. S. oder C. N. R. etwas zu tun zu haben. Darüber hinaus wurden ›Deuxième Bureau‹ und ›Brigade Criminelle‹, die von allen verfügbaren Kräften des militärischen Sicherheitsdienstes unterstützt werden, der Befehl erteilt: ›Findet das U-Boot.‹«

»Das kann doch nicht allzu schwer sein.«

»Da bin ich nicht so sicher«, meinte Sir Charles, »vor allem ist das kein normales U-Boot. Es ist ziemlich klein. Ein Schiff, mit dem die Deutschen bei Kriegsende herumexperimentierten.«

»Wie groß ist sein Radius?«

»Kaum mehr als tausend Meilen.«

»Was bedeutet, daß es in Spanien und selbst in Portugal untergeschlüpft sein könnte.«

»Genau das sind die Vermutungen, denen die Franzosen gerade nachgehen. Sie müssen jedoch sehr vorsichtig sein. Darüber hinaus durchkämmen sie die gesamte Biskaya-Küste, jede Bucht, jede Insel.« Er seufzte schwer. »Ich habe das furchtbare Gefühl, daß sie ihre Zeit vertun.«

»Ich habe mich schon die ganze Zeit gefragt, wann Sie zu diesem Punkt kommen würden«, bemerkte Mallory.

Sir Charles schmunzelte schelmisch, öffnete eine Schublade und nahm eine Karte heraus, die er auf dem Schreibtisch ausbreitete. Es war eine Marinekarte mit großem Maßstab, die die Kanal-Inseln und den Golf von St. Malo abbildete.

»Schon mal von Philippe de Beaumont gehört?«

»Dem Oberst der Fallschirmjäger, der geholfen hat, de Gaulle wieder an die Macht zu bringen?«

»Genau den. Er war einer der Anführer des Militärcoups vom Mai 1958 und ein frühes Mitglied des Komitees für Öffentliche Sicherheit. Philippe, Graf de Beaumont, letzter Sproß einer der bedeutendsten Offiziersfamilien Frankreichs.«

»Und der lebt auf den Kanal-Inseln?«

»Er war ein bedeutender Verfechter eines französischen Algerien. Als sich de Gaulle der Seite der Befürworter eines unabhängigen Algeriens zuneigte, nahm de Beaumont seinen Abschied und verließ Frankreich.« Mit einem Zirkel schlug Sir Charles einen Kreis auf der Karte etwa dreißig Meilen südwestlich von Guernsey. »Dort gibt es eine Insel, die Île de Roc heißt und dem alten Hamish Grant gehört.«

»Sprechen Sie von dem Eisernen Grant, dem Wüstenfuchs des Westens?«

»Genau den meine ich. Er lebt dort seit fünf Jahren mit seiner Tochter Fiona und schreibt an seinen Kriegserinnerungen. Seine Schwiegertochter, Mrs. Anne Grant, scheint den Laden dort zu schmeißen. Ihr Mann ist in Korea gefallen. Ungefähr eine Meile westlich von der Île de Roc befindet sich eine kleinere Insel, die St. Pierre heißt.«

»Und dort lebt de Beaumont?«

»Ja. Der hat die Insel vor zwei Jahren von Grant gekauft. Auf der Höhe des Felsens steht eine Art Schloß, die irgendein verschrobener Kauz im neunzehnten Jahrhundert in neugotischem Stil bauen ließ.«

»Und Sie vermuten, daß de Beaumont nichts Gutes im Schilde führt?«

»Ich würde es so ausdrücken: Die Franzosen haben in den letzten zwei, drei Jahren versucht, alles über ihn herauszufinden, und obwohl man weiß, daß er mit ihren Zielen liebäugelt, hat man keinerlei Hinweise für Verbindungen zur O.A.S. oder C.N.R. entdecken können. Um ganz offen zu sein, selbst das Außenministerium glaubt, daß er nur ein ›Grand Seigneur‹ ist, der, weil er sich mit de Gaulle überworfen hat, nicht ins Land zurückkehren will.«

»Sie stimmen dieser Annahme demnach nicht zu?«

»Bis gestern abend hätte ich das noch getan.«

»Was war der Grund dafür, daß Sie Ihre Meinung geändert haben?«

»Ich hatte, sozusagen als Vorsichtsmaßnahme, einen Mann dorthin abgestellt, der de Beaumont im Auge behalten sollte. Auf der Île de Roc gibt es ein kleines Hotel. Dort arbeitete er in der Bar. Seit Dienstag wurde er vermißt, und gestern wurde seine Leiche mit der Abendflut an Land geschwemmt. Die zuständige Polizeibehörde in Guernsey schickte Leute hinüber und ließ den toten Mann abholen. Es erübrigt sich, festzustellen, daß man keinerlei Hinweis auf Fremdeinwirkung finden konnte.«

»Sie gehen davon aus, daß er irgend etwas gesehen haben könnte?«

Sir Charles hob die Schultern. »Ich sehe keinen Grund, das Gegenteil anzunehmen. Die *Alouette* verließ Brest vor zwei Tagen zu einer Übungsfahrt. Sie könnte sich kurz in St. Pierre aufgehalten haben und dort von unserem Mann beobachtet worden sein. Für mich ist ziemlich klar, daß er irgend etwas bemerkt hat. Das ›Deuxième Bureau‹ stimmt darin mit mir überein. Die schicken übrigens auch jemanden rüber, der mit Ihnen dort zusammenarbeiten soll.«

»Jetzt kommen wir also zum Punkt«, stellte Mallory fest.

Sir Charles schob ihm einen Ordner hinüber. »Raoul Guyon, neunundzwanzig. Er war Hauptmann in einem Fallschirmjägerregiment. Ging 1952 direkt von St. Cyr nach Indochina.«

Mallory betrachtete das beigefügte Foto. Es zeigte einen schmalhüftigen, athletischen jungen Mann, der die Ärmel seiner Tarnanzugsjacke hochgekrempelt hatte und seine gebräunten Arme sehen ließ. Sein sonnenverbranntes Gesicht wirkte ruhig, seine Augen waren dunkel, und eine Schirmmütze, die Schatten auf sein Gesicht warf, verlieh ihm ein merkwürdig finsteres und bedrohliches Aussehen.

»Warum hat er die Armee verlassen?«

»Gott weiß warum«, merkte Sir Charles an. »Ich könnte mir vorstellen, daß jedem Menschen sechs Jahre Algerien gereicht hätten. Er bat um unbezahlten Urlaub, und Legrande vom ›Deuxième‹ bot ihm einen Job an.«

»Wann werde ich ihn kennenlernen?«

»Gar nicht, zumindest nicht im Augenblick. Er scheint ein passabler Maler zu sein, und das benutzt er zur Tarnung. Morgen wird er auf der Île de Roc eintreffen und dort im Hotel absteigen.«

»Was ist mit mir?«

»Das ist leider etwas komplizierter. *Wenn* de Beaumont etwas mit der Sache zu tun hat, rechnet er mit Besuch. Wir müssen Ihr Erscheinen so unverdächtig wie möglich gestalten, um ihn mindestens ein, zwei Tage lang täuschen zu können. Ich kann Ihnen gleich offen sagen, daß das die äußerste Zeitspanne ist, die Ihnen zur Verfügung steht.«

»Was muß ich also tun?« wollte Mallory wissen.

Sir Charles öffnete eine weitere Akte und reichte ihm daraus ein Foto. Das Mädchen, das ihm aus dem Bild entgegenschaute, war etwa zwanzig Jahre alt. Sie hatte schwarzes, kurzgeschnittenes Haar und mandelförmige Augen, die schräg über hohen Wangenknochen lagen. Man hätte sie im landläufigen Sinne nicht als schön bezeichnen können, aber selbst in einer Menschenmenge wäre sie aufgefallen.

»Anne Grant?« vermutete er instinktiv.

Sir Charles nickte. »Sie kam heute morgen herüber, um den Kauf einer Zehn-Meter-Jacht namens *Foxhunter* perfekt zu machen. Die liegt in Lulworth vor Anker. Offensichtlich hat Mrs. Grant über die Vermittlungsstelle einen Matrosen angeheuert, der das Schiff eine Zeitlang als Skipper führen soll, bis sie und ihre Schwägerin selber in der Lage sind, es zu bedienen. Ziemlich großes Boot für zwei junge Frauen.«

Mallory nickte zustimmend. »Ich habe ein solches Boot 1959 mal in Tanger geführt. Sie erinnern sich?«

»Trauen Sie sich das noch mal zu?«

»Kein Grund, daran zu zweifeln«, grinste Mallory.

Sir Charles war sichtlich zufrieden. »Als erstes müssen Sie mit diesem Matrosen fertig werden, und dann versuchen Sie, seinen Job zu bekommen.«

»Das dürfte sich nicht als so schwierig erweisen.« Mallory schien etwas unschlüssig, bevor er fortfuhr: »Kann man nicht versuchen, mit General Grant in Kontakt zu kommen und ihn in die Sache einzuweihen? Er wäre bestimmt bereit, mit uns zusammenzuarbeiten.«

Sir Charles schüttelte den Kopf. »Noch ehe Sie wüßten, wo Sie sich befinden, hätte er die ganze Sache in die Hand genommen. Ich habe immer Bedenken, Amateure in solche Angelegenheiten hineinzuziehen, wenn es sich irgendwie vermeiden läßt. Sie geben das Spiel zu früh aus der Hand. Wenn es unbedingt sein muß und es nicht mehr anders geht, dann weihen Sie ihn auf alle Fälle ein und bitten ihn um Hilfe.« Er erhob sich abrupt. »Ich möchte in diesem Fall Ergebnisse sehen, Neil, und ich möchte sie sobald wie möglich. Räumen Sie alle Hindernisse ohne Rücksicht aus dem Weg, ich werde Ihnen den Rücken freihalten, was auch passiert.«

Mallorys Mundwinkel verzogen sich zu einem ironischen Grinsen. »Wenn ich mich recht erinnere, hat das schon mal jemand zu mir gesagt.«

Sir Charles' Gesichtsausdruck war ernst und leidenschaftslos, seine Augen ruhig. Mallory wußte jedoch ohne jeden Zweifel, daß ihn dieser Mann, wenn nötig, ohne die geringsten Bedenken fallenlassen und den Wölfen zum Fraß vorwerfen würde.

»Tut mir leid, Neil«, sagte er.

»Wenigstens weiß ich, woran ich mit Ihnen bin.« Mallory zuckte mit den Achseln. »Das ist doch schon etwas.«

Sir Charles zog eine alte goldene Uhr aus der Tasche und verglich die Zeit. »Sie müssen langsam los. Ich habe für acht Uhr einen Termin in der G 3 vereinbart, wo Ihnen die vollständigen Instruktionen erteilt werden. Dort wird man Sie mit allem versorgen: Geld, Seemannspapieren und einem speziellen Funkgerät. Bestätigen Sie Ihre Ankunft. Danach

Funkstille, bis Sie etwas Neues haben. Ich habe drei Torpedoboote in Richtung Jersey beordern lassen. Diese Boote sind auch für flache Gewässer einsatzfähig. In dem Augenblick, wo Sie positive Meldung machen, werden sie so schnell dort sein, daß de Beaumont gar nicht weiß, was ihn da eigentlich getroffen hat.«

Mallory bewegte sich auf die Tür zu. Als er sie öffnete, sagte der alte Mann hinter ihm: »Viel Glück, Neil. Wenn's gut läuft, könnte dies eine ziemlich direkt und leicht zu lösende Aufgabe sein.«

»Sind sie das nicht alle?« entgegnete Mallory trocken. Die Tür fiel sanft ins Schloß.

4

Die G3

Professor Yoshiyama war kaum größer als einen Meter fünfzig. Er trug einen ausgewaschenen Judoanzug, den ein schwarzer Gürtel über der Hüfte zusammenhielt. Das auffälligste Merkmal war sein Gesicht, dessen Haut pergamentfarben und fast durchsichtig war. Nichts Weichliches war in seinen Zügen zu entdecken, nur Willensstärke und Intelligenz mit einem Anflug von Sanftmut. Es hätte das Gesicht eines Heiligen oder Gelehrten sein können, und es handelte sich bei ihm tatsächlich um einen großen Meister, der seine Kunst schon über fünfzig Jahre ausgeübt hatte.

Seine Stimme klang trocken, irgendwie pedantisch, und beim Sprechen verschluckte er bisweilen die Vokale. Die Männer aber, es mochten ein Dutzend sein, saßen mit verschränkten Beinen auf dem Boden und schenkten ihm ihre volle Aufmerksamkeit. Ganz oben auf der Galerie der Sporthalle lehnte Mallory über die Ballustrade gebeugt und schaute zu.

»Die wörtliche Bedeutung der beiden japanischen Zeichen, die das Wort ›Karate‹ bilden, ist ›leere Hand‹«, belehrte sie Yoshiyama. »Dies beruht auf der Tatsache, daß sich ›Karate‹ als System der Selbstverteidigung entwickelte, das ganz allein auf unbewaffnete Techniken aufgebaut war. Das System entstand vor Jahrhunderten auf der Insel Okinawa, als den Bewohnern dort das Tragen von Waffen unter Androhung der Todesstrafe verboten war.«

Seine Redeweise schien merkwürdig veraltet, als ob er eine mühsam gelernte Lektion wiederholte. Er drehte sich zu einer Wandkarte hin, auf der der Umriß eines menschlichen Körpers abgebildet war. Alle lebenswichtigen Stellen, Organe etc., und die zugehörigen Schlagzonen waren genau markiert.

»Das System besteht aus Techniken des Abwehrens eines Angriffs und dem Gegenangriff durch Fausthiebe, Hand- und Armschläge sowie Fußtritten.« Er drehte sich um. »›Karate‹ bedeutet jedoch mehr als nur eingeübte Tricks und körperliche Gewalt.« Mit dem Finger tippte er sich an den Kopf. »Ganz wesentlich ist auch die Anwendung der Geisteskraft. Man wird Ihnen beibringen, Ihre ganze Willensstärke und -energie jederzeit auf ein bestimmtes Ziel hinzulenken. Lassen Sie mich vorführen, was ich damit meine.«

Ein kurzes Kopfnicken, und seine beiden Assistenten hoben drei Holzbretter hoch, wovon jedes knapp einen Meter lang und zweieinhalb Zentimeter dick war. Die beiden Männer nahmen vor Yoshiyama Aufstellung. Sie hielten die aufeinandergelegten Bretter etwa in Hüfthöhe zwischen sich. In einem einzigen unglaublich flüssigen Bewegungsablauf stampfte der alte Mann mit seinem linken Fuß nach vorne auf und riß gleichzeitig seine Faust aus der Hüfte nach oben, wobei die Knöchel der Finger sich scharf abzeichneten. Es gab einen Knall wie ein Pistolenschuß, und die Bretter zersplitterten.

Ein lebhaftes Gemurmel erhob sich in der Gruppe. Yoshiyama wandte sich ihnen gelassen zu. »Es ist übrigens auch durchaus möglich, mit der Handkante einen Ziegelstein zu zerschlagen.« Ein Lächeln huschte über sein Gesicht. »Aber das bedarf harter Übung. Darf ich Sie bitten, Major Adams?«

In der hinteren Reihe der Gruppe erhob sich ein kleiner, drahtiger Mann mittleren Alters mit ergrauendem Haar und einer schwarzen Binde über dem rechten Auge. Er trat nach vorne. Wie Yoshiyama trug auch er den schwarzen Gürtel. Anstelle des linken Armes jedoch baumelte eine Stahlprothese.

»Sie sehen, daß Major Adams ein recht kleingewachsener Mann ist. Er ist auch nicht mehr in der Blüte seiner Jahre«, stellte Yoshiyama fest. »Wenn wir noch die Tatsache hinzunehmen, daß er nur noch über einen gesunden Arm verfügt, würde man ihm normalerweise im Falle eines körperlichen Angriffs keine Chance einräumen. Nun, bei ihm handelt es sich eben nicht um einen normalen Fall.«

Er gab einem seiner Assistenten ein Zeichen und trat einige Schritte zurück. Der junge, kräftig gebaute Japaner lief hinüber zum entgegengesetzten Ende der Halle, griff sich von einem Tisch, auf dem verschiedenste Arten von Waffen lagen, ein Messer, machte kehrt und rannte mit einem schauerlichen Schrei vorwärts.

Er wich ein wenig zur Seite, stoppte plötzlich ab, griff dann unvermittelt an und stieß das Messer scheinbar in das Gesicht des Majors. Adams reagierte mit unglaublicher Schnelligkeit. Er fing die Hand mit dem Messer durch seinen ausgestreckten Abwehrarm ab. Im gleichen Augenblick ließ er sich schräg nach vorn fallen und verabreichte seinem

Angreifer einen Tritt in die Leistengegend. Noch im gleichen Bewegungsablauf trat er mit demselben Fuß seinen Gegner in das Kniegelenk. Der Japaner überschlug sich und kam flach auf seinem Rücken zu liegen, und der Fuß schlug dumpf über seinen Kehlkopf hinweg.

Einen Augenblick lang lagen die beiden Männer regungslos da. Dann rappelten sie sich mit einem breiten Grinsen wieder auf. »Unter anderen Bedingungen, wenn die Schläge mit voller Wucht ausgeführt worden wären, läge mein Assistent jetzt tot da«, bemerkte Yoshiyama gelassen.

Adams griff sich ein Handtuch und wischte sich damit den Schweiß aus dem Gesicht, dabei entdeckte er Mallory, der oben auf der Galerie stand. Er nickte ihm kurz zu, wechselte ein paar Worte mit Yoshiyama und verließ die Halle. Mallory trat ihm im Gang entgegen.

»Was haben Sie eigentlich vor? Sich im Ruhmesglanz zu verabschieden?«

Adams mußte lachen. »Es passiert so oft, daß mich der Anblick meines Schreibtisches einfach ankotzt, daß ich an die Decke gehen könnte. Yoshiyama bietet mir das wirksamste Ventil dafür.« Mit einer Hand strich er an seiner rechten Hüfte entlang und zuckte leicht. »Dieser letzte Fall hat mir verdammt weh getan. Ich glaube, ich werde alt.«

Sie stiegen die Treppe am Ende des Flures hinauf. Mallory beschäftigte sich in Gedanken mit Adams. Der war einer der besten Agenten, den die Abteilung je gehabt hatte: mit allen Wassern gewaschen und mit einem glasklaren Verstand ausgestattet, bis zu jener Nacht, in der er jemandem zu nahe gekommen war, und man eine Bombe am Türgriff seines Hotelzimmers in Kairo angebracht hatte.

Jetzt saß er also am Schreibtisch als Leiter der G 3, der Aufklärungsabteilung, die das Herzstück der gesamten Organisation war. Es gab Leute, die meinten, daß er dort zufrieden sein müßte. Adams war das jedoch ganz und gar nicht.

Er öffnete die Tür zu einem kleinen, schmalen Büro. Eine grauhaarige Frau mittleren Alters, die man als altjüngferlich hätte beschreiben können, saß an der Schreibmaschine. Sie schaute auf und warf ihnen durch ihre randlose Brille einen mißbilligenden Blick zu. Adams' Mund verzog sich zu einem Grinsen.

»Sagen Sie's nicht, Milly. Bestellen Sie nur, daß ich jetzt soweit bin.«

Sie schritten weiter und gelangten in sein Büro. Wie das von Sir Charles bot es einen herrlichen Blick über den Fluß. Der Schreibtisch stand am Fenster. Adams öffnete einen Schrank, holte einen dicken Bademantel heraus und zog ihn an.

»Tut mir leid, daß es so spät wurde. Ich hatte gedacht, Sir Charles würde Sie mindestens eine Stunde bei sich behalten.«

»War nur 'ne Viertelstunde«, erklärte Mallory. »Er hat die Angewohnheit, immer gleich zum Kern der Sache zu kommen, wenn es sich um besonders delikate Angelegenheiten handelt.«

»So würde ich sie nicht bezeichnen«, widersprach Adams. »Eher interessant. Die ganze Sache kann sich natürlich als Sturm im Wasserglas erweisen. Gehen wir rüber in den Vorführraum.«

Sie durchquerten den Raum, gingen durch die Tür am hinteren Ende und stiegen ein paar Stufen hinab in einen kleinen Saal. Einige Reihen komfortabler Sessel und eine große Leinwand befanden sich darin. Der Raum war menschenleer. Sie setzten sich, und Mallory bot Adams eine Zigarette an.

»Irgendwelche Fallstricke bei dieser Sache?«

Adams blies den Rauch in einem genüßlichen Seufzer in die Luft. Er schüttelte den Kopf.

»Ich glaube kaum. Jedenfalls keine von Bedeutung. Hat der Alte Ihnen schon viel mitgeteilt?«

»Er hat die Aufgabe umrissen und mir die wichtigen Leute beschrieben. Mehr nicht.«

»Gut, fangen wir also an.« Adams wandte sich zu dem Projektionsraum, wo ein schwaches Licht brannte. »Wir sind soweit.«

Einige Augenblicke später flimmerte ein Film über die Leinwand. Ein U-Boot wurde bei der Einfahrt in einen Hafen gezeigt, die Besatzung war in Reih und Glied auf dem Rumpf angetreten.

»Gleich zu Anfang das Objekt, um das sich alles dreht«, kommentierte Adams die Bilder. »Die *Alouette*. Die Aufnahmen wurden vor ein paar Jahren in Oran gemacht.«

»Sie wirkt ziemlich klein. Können wohl kaum mehr als ein Dutzend Männer an Bord sein.«

»Ursprünglich war es ein deutsches U-Boot vom Typ XXIII. Knapp dreißig Meter lang. Schafft etwa zwölf km/h unter Wasser. Sechzehn Mann Besatzung.«

»Wie ist es waffenmäßig ausgerüstet?«

»Zwei Dreiundfünfzig-Zentimeter-Torpedos im Bug und keine Ersatzmunition.«

»Das erlaubt keine Fehlschüsse.«

Adams nickte. »Bisher hat man mit ihr noch nicht viel anfangen können. Dieses Boot wurde 1945 von der Deutschen Werft gebaut und sank mit der gesamten Besatzung in der Ostsee. Es wurde 1946 gehoben, wiederhergerichtet und den Franzosen übergeben.«

Der Film war zu Ende, und es erschien ein Dia. Darauf sah man einen jungen französischen Marineoffizier mit ernsten Augen, die unter einer Schirmmütze hervorschauten. Das jungenhafte Gesicht spiegelte eine einstudierte Miene wider, die seiner Person Bedeutung geben sollte.

»Henri Fenelon, Leutnant und Kommandant der *Alouette*, sechsundzwanzig, ledig. Geboren in Nantes, wo auch sein Vater lebt, der einen kleinen Weinexport betreibt.«

Mallory studierte die Gesichtszüge einen Moment lang. »Er sieht sehr weich aus. Ist er jemals an irgendwelchen Kampfhandlungen beteiligt gewesen?«

Adams verneinte. »Warum fragen Sie?«

»Er macht einen so zerbrechlichen Eindruck. Weiß man etwas über seinen politischen Hintergrund?«

»Das ist das Überraschende: Wir haben absolut keinen Hinweis für eine Verbindung zur O.A.S.«

»Vielleicht hat er die ganze Sache nur aus Abenteuerlust gemacht«, vermutete Mallory. »Er brauchte ja nur die Zustimmung einer Handvoll Männer, den Rest können sie ja gezwungen haben.«

»Klingt plausibel«, bestätigte Adams. »Aber machen wir weiter.«

Etliche Dias folgten. Eine Marinestabskarte der Île de Roc war darunter. Auf ihr waren Hafen, Hotel und das Wohnhaus von General Grant deutlich markiert. St. Pierre bestand aus nicht mehr als einem Felsen, der circa dreißig Meter aus dem Wasser herausragte und von dem neugotischen Schloß aus viktorianischer Zeit gekrönt wurde.

Mallory schüttelte verständnislos den Kopf. »Kaum vorstellbar, wie man dies verdammte Ding da draußen hat bauen können.«

Adams klärte ihn auf: »Baujahr 1861; ein industrieller Emporkömmling namens Bryant, ein bißchen größenwahnsinnig, sah sich als Herrscher der Insel. Wird ihn mehr als hunderttausend Pfund gekostet haben, den Kasten hochzuziehen; und das war echtes Geld in jenen Tagen.«

»Ich kann keine Anlegestelle entdecken. Befindet die sich auf der anderen Seite?«

»Nein, es gibt eine Felsgrotte am Fuß der Klippen. Wenn Sie ganz genau hinschauen, können Sie den Eingang erkennen. Die Anlegestelle liegt im Innern.«

Das Bild mit dem Schloß verschwand, und ein anderes erschien. Es zeigte einen vornehmen Mann mit silbernem Haar und ruhigen Augen, die aus einem sinnlichen, schmalen Gesicht blickten.

»De Beaumont?« fragte Mallory.

»Ja, Philippe, Graf de Beaumont. Eine der ältesten französischen Adelsfamilien. Er ist sogar entfernt mit Sie-wissen-schon-wem verwandt, was natürlich die ganze Angelegenheit noch verkompliziert.«

»Ich weiß 'ne ganze Menge über seine Karriere in der Armee. Er ist so etwas wie eine Legende bei Fallschirmjägern in der ganzen Welt«, ergänzte Mallory. »Er kam doch während des Krieges hier herüber, um sich de Gaulle anzuschließen, nicht wahr?«

»Ganz recht. Hat jede nur denkbare Auszeichnung erhalten. Später ging er nach Indochina als Colonel der Fallschirmjäger in der Kolonialarmee. Die vietnamesischen Guerillas nahmen ihn 1954 nach der Kapitulation von Dien-Bien-Phu gefangen. Nach seiner Freilassung ging er nach Frankreich zurück. Dann wurde er nach Algerien versetzt. Lag sich unablässig mit den Befehlshabern in den Haaren. Einmal hatte er während eines offiziellen Empfanges sogar eine Auseinandersetzung mit dem alten Herrn persönlich, als es um die Frage ging, was einen Krieg im modernen Sinne begründet.«

»Das hätte doch das Faß zum Überlaufen bringen und ihn den Kopf kosten müssen.«

»Tja, die haben ihn wohl gebraucht, vermute ich. Außerdem war er wirklich der allerbeste Fallschirmjägeroffizier in Algerien zu der Zeit. Er übernahm alle unangenehmen Aufträge, an denen sich die Armeeführung nicht die Finger schmutzig machen wollte.«

»Er half auch, de Gaulle wieder an die Macht zu bringen?«

»Ja. Er war einer der Wortführer in der ›Algérie Française‹-Bewegung. Der General hat ihn jedoch vor den Kopf gestoßen, als er Algerien die Unabhängigkeit gewährte.«

»Und de Beaumont machte sich davon?«

»Nach General Challes fehlgeschlagenem Umsturzversuch letztes Jahr. Ob und wie er darin tatsächlich verwickelt war, entzieht sich unserer Kenntnis. Tatsache ist, daß er Frankreich verließ und von Hamish Grant die Insel St. Pierre kaufte. Das hat zu der Zeit in der französischen Presse ganz schön Staub aufgewirbelt.«

»Und seither scheint er eine weiße Weste zu haben?«

»Blütenweiß. Selbst die Franzosen können ihm nichts anhängen. Er besitzt übrigens ein Motorboot, eine Zwölf-Meter-Jacht mit Doppelantrieb. Sie heißt *Fleur de Lys* und ist das Beste, was zur Zeit zum Hochseekreuzen auf dem Markt ist, mit Echolot, automatischer Steuerung und einem einhundert PS DAF Dieselmotor. De Beaumont führt ein Einsiedlerleben, ist nur gelegentlich in St. Helier auf Jersey gesehen worden. Was halten Sie von der Sache?«

»Ich bin überzeugt, daß sich in ihm diese angeborene Arroganz zeigt, die aus der tausendjahrealten Haltung resultiert, immer recht zu haben oder zumindest zu glauben, daß es so ist«, stellte Mallory fest. »Männer wie er sind unfähig stillzusitzen. Sie müssen ständig in dieser oder jener Sache Pläne schmieden. Das ist wohl auf die naturgegebene Annahme zurückzuführen, daß alles, was im Widerstreit zur eigenen Meinung liegt, falsch sein muß.«

»Sehr interessant«, merkte Adams an. »Ich halte ihn mehr für einen Puritaner des siebzehnten Jahrhunderts. Einen jener dünnlippigen, intoleranten. Ein verdammt guter Offizier in der ›Armee des Neuen Modells‹.«

»Ein Christ ohne Pardon? Kaum. Er ist kein Frömmler. Eher wohl ein ziemlich arroganter Aristokrat mit einem begrenzten Blickfeld und dieser uneingeschränkten Überzeugung, daß all seine Handlungen richtig sind. Wenn er sich einmal für einen Angriff entschieden hat, führt er ihn auch durch bis zum bitteren Ende. Diese Einstellung hat ihn zu jenem hervorragenden Offizier gemacht. Bei Menschen wie ihm setzt die Einsicht erst dann ein, wenn sie über ihren Schatten springen können und bemerken, wie teuer sie die ganze Sache zu stehen kommt.«

»Das ist eine interessante Persönlichkeitsanalyse, wenn man bedenkt, daß Sie ihn nur vom Foto kennen.«

»Ich kenne ihn als Soldaten«, bemerkte Mallory. »In Dien-Bien-Phu bot man ihm an, ihn auszufliegen. Er war zu wertvoll, als daß man ihn verlieren wollte. In seiner letzten Meldung stellte er fest, daß sich alle, von der Heeresleitung bis hinunter zu ihm selber geirrt hatten, daß die ganze Strategie, auf die man aufgebaut hatte, ein furchtbarer Fehler gewesen war. Und wenn seine Männer bleiben und den Preis der Niederlage zahlen müßten, dann könne sein Platz nur an ihrer Seite sein.«

»Was natürlich zu seiner Popularität in der Armee nicht unwesentlich beigetragen hat«, fügte Adams hinzu.

»Menschen wie er werden von niemandem geliebt, nicht einmal von sich selbst«, stellte Mallory fest.

De Beaumonts Foto verschwand, und es erschien das Bild eines Mannes, dessen Gesicht hart und brutal war. Er trug kurzgeschnittenes, gelocktes Haar.

»Paul Jacaud«, klärte Adams auf. »Vierzig Jahre alt. Eltern unbekannt. Aufgezogen von der Besitzerin eines Stundenhotels im Marseiller Hafenviertel. Drei Jahre in der Résistance; nach dem Krieg Fallschirmjäger. Er war Hauptfeldwebel in de Beaumonts Regiment. Militärauszeichnung und ein Kriegsgerichtsprozeß wegen Mordes, der mangels Beweisen ohne Verurteilung endete.«

»Er ist aber immer noch bei seinem alten Chef?«

»Ja. Sie können sich darauf selbst Ihren Reim machen. Schauen wir uns nun die Guten in diesem Spiel an.«

Ein Foto von Hamish Grant wurde auf die Leinwand projiziert. Es war ein sehr berühmtes vom Winter '44 in den Ardennen. Montgomery stand an seiner Seite, und beide blickten lächelnd auf eine Landkarte. Jeder Zentimeter der Eiserne Grant, starke Schultern bauschten seinen Schaffellmantel.

»Ein toller Mann!« Mallory war beeindruckt.

»Und er hat sich seitdem kaum verändert. Natürlich, seine Augen sind nicht mehr so gut, aber er ist immer noch aktiv. Hat ein paar sehr gute Geschichten über seine Feldzüge im letzten Krieg geschrieben.«

»Was gibt es über seine Familie zu berichten?«

»Er ist Witwer. Der Sohn fiel in Korea. Im Augenblick gehören zu seinem Haushalt seine Tochter Fiona, seine Schwiegertochter Anne und ein ehemaliger Gurkha *naik* namens Jagbir, der mit ihm zusammen im Krieg war. Hier sieht man die Tochter.«

Fiona Grant hatte langes blondes Haar und ein herzförmiges Gesicht, das überaus ansprechend war. »Das ist ein kleines Früchtchen. Sie wurde im Süden Frankreichs aufgezogen, was jedoch keine positiven Spuren hinterließ. Man hat es dann in Roedean versucht; auch das war ein völliger Fehlschlag. Schließlich hat man sie nach Paris in ein Internat gesteckt, wo es ihr offensichtlich gefiel. Augenblicklich ist sie zu Hause.«

»Ich mag sie«, meinte Mallory, »sie hat einen schönen Mund.«

»Dann schauen Sie sich mal die hier an. Anne Grant, die Schwiegertochter des alten Herrn.«

Es war dasselbe Foto, das Sir Charles ihm schon gezeigt hatte. Mallory starrte es an, und aus einem unerklärlichen Grund wurde seine Kehle trocken. Ihm schien es, als wäre er ihr schon einmal begegnet; und doch wußte er, daß das unmöglich war. Die mandelförmigen Augen schienen zum Leben zu erwachen und seinen Blick zu erwidern. Mallory schüttelte nachdenklich den Kopf.

»Sie ist im Augenblick hier in England, um den Kauf eines neuen Bootes perfekt zu machen.«

»Das hat mir schon Sir Charles mitgeteilt. Was aber ist mit diesem Sondergard, den sie durch die Seemannsvermittlung angeheuert hat?«

»Wir werden ihn irgendwohin verfrachten. Da sollte es keine Probleme geben. Ich habe sogar schon einen Plan, wie wir Sie mit Anne Grant zusammenbringen können.«

Als nächstes erschien das Bild einer Französin, Juliette Vincente, die im Hotel auf der Île de Roc arbeitete. Es war nichts Nachteiliges über sie bekannt, ebensowenig wie über Owen Morgan, einen Waliser, den Besitzer des Hotels. Beide schienen harmlos zu sein. Das Gesicht des Letztgenannten verschwand, und Mallory streckte sich in seinem Sessel in der Annahme, daß dies das letzte Bild gewesen war. Überraschend tauchte ein weiteres Gesicht auf.

Er drehte sich erstaunt zu Adams hin. »Das ist doch Raoul Guyon, der Mann, mit dem ich zusammenarbeiten soll. Ich kenne das Bild schon. Was beabsichtigen Sie damit?«

Adams schien etwas unsicher. »Ich bin mir nicht ganz im klaren. Aber die Art und Weise, wie die Franzosen diese Sache angehen, gefällt mir nicht sehr. Ich hege den Verdacht, daß die alte Spinne Legrande und das ›Deuxième‹ uns nicht die volle Wahrheit sagen. Unter diesen Umständen kann es nur nützlich sein, alles über Raoul Guyon zu wissen. Er ist ein ungewöhnlicher Mann.«

Mallory betrachtete noch einmal das Foto, das ihm Sir Charles schon gezeigt hatte: den schlanken, drahtigen Körper im Tarnanzug, das sonnengebräunte Gesicht und die ruhigen, ausdruckslosen Augen.

»Erzählen Sie mir von ihm.«

»Raoul Guyon, neunundzwanzig. Ging 1952 direkt von St. Cyr nach Indochina. Er ist der einzige Überlebende der Kadettenklasse seines Jahrganges, soweit man weiß. Das ist genug, um jeden Mann von Anfang an als hervorragend zu betrachten.«

»Er war nicht in Dien-Bien-Phu?«

»Nein, aber er hielt sich an genügend anderen heißen Brennpunkten auf. Er war bis über beide Ohren im Algerienkrieg engagiert. Man sprach von einem Mädchen, einer einheimischen Maurin, die von der FLN ermordet wurde. Diese Sache hat ihn sehr mitgenommen. Ein oder zwei Tage später wurde er schwer verwundet.«

Es folgte ein Bild, das Guyon auf einer Bahre zeigte, mit halberhobenem Oberkörper, der gänzlich von einem dicken, blutdurchtränkten Verband umwickelt war. Sein Gesicht schien den Zustand jenseits allen Schmerzempfindens auszudrücken, und seine Augen starrten in den Abgrund der Einsamkeit.

»Das ist ein Junge, der im Feuer war«, sagte Mallory respektvoll.

»Einige Male sogar. Kommandant der Ehrenlegion, Militärisches Ehrenkreuz. Ein halbes Dutzend Mal in Kampfberichten lobend erwähnt. Und um das Maß voll zu machen, er malt wie ein Engel.«

»Alles in allem ein Mann, mit dem man rechnen muß.«

»Das sollten Sie nie vergessen.«

Die folgenden zwanzig Minuten verbrachten sie damit, Einzelheiten wie Zeitpunkt und Ort, technische Daten und viele andere Details, die für den erfolgreichen Verlauf der Operation von Belang waren, zu diskutieren. Als sie schließlich in das Büro zurückkehrten, setzte sich Adams hinter den Schreibtisch und wies mit der Hand auf das große, gefüllte Fach für die eingehende Post.

»Sehen Sie sich das Zeugs an.« Seine Stimme war voll Abscheu. »Ich würde sofort mit Ihnen tauschen, Neil.«

Mallory mußte grinsen. »Wundert mich nicht. Gibt es sonst noch irgend etwas?«

»Nein. Melden Sie sich in der technischen Abteilung. Dort wird man Ihnen ein schönes Funkgerät aushändigen und Ihnen dazugehörige Informationen über Rufsignale, Codes usw. liefern. Kommen Sie in einer halben Stunde wieder. Bis dahin habe ich Ausweise und andere Sachen bereitliegen, sowie einen groben Plan, wie man Sie mit Anne Grant zusammenbringen könnte.«

»Das ist wenigstens etwas, auf das ich mich freue«, meinte Mallory.

Das Komische war, daß er es wirklich tat. Während er den Flur entlang- und zur technischen Abteilung hinunterging, verfolgte ihn die Erinnerung an sie: jene Augen, die etwas zu suchen schienen.

Er seufzte schwer. Wenn man die Angelegenheit so im ganzen betrachtete, schien sie ganz schön kompliziert zu werden.

5

Nächtliche Überfahrt

»Foxhunter! Ahoi! Ahoi! *Foxhunter!«*

Das Boot lag etwa fünfzig Meter vor dem Ufer vor Anker. Sein Rumpf, cremefarben und gelb, bot einen lebhaften Kontrast zu den weißen Kliffs entlang der Bucht. Von der See her wehte ein leichter Wind, der das Wasser über den Kiesstrand trieb. Die Dunkelheit brach schnell herein.

Anne Grant zitterte leicht, als ihr der Nieselregen in das Gesicht wehte. Sie war müde und hungrig, und zudem hatte auch der Knöchel wieder zu schmerzen begonnen. Sie rief ein zweites Mal hinüber zum Boot. Jetzt erschien Mallory an Deck, stieg in das Beiboot und kam zu ihr herübergerudert.

Er trug knielange Gummistiefel. Als der Bug des Bootes auf dem Kies aufsetzte, sprang er heraus in das seichte Wasser und drehte das Boot herum bis das Heck auf dem Strand auflag.

Dann griff er den Koffer der jungen Frau und lächelte ihr zu. »Wie fühlen Sie sich?«

»Besser, weil ich endlich hier bin. Es war ein langer Tag, und ich hatte so viel zu erledigen.«

Sie trug ein Tweed-Kostüm mit einem engen Rock und einen Schaffellmantel. Mallory half ihr in das Boot, wo sie sich auf dem Sitz im Heck niederließ. Er stieß das Boot ab und ruderte zur Jacht hinüber.

Anne betrachtete den leuchtenden, abgerundeten Schiffsbug und das lange, abgeschrägte Deckhaus der *Foxhunter* mit großem Wohlgefallen. Sie sog die frische Seeluft tief in sich ein und lächelte Mallory zu.

»Was halten Sie von ihr?«

»Der *Foxhunter*? Ein erstklassiges Boot, klar. Trotzdem bedeutet es eine Menge harter Arbeit für zwei Frauen, es zu bedienen. Wie alt ist Ihre Schwägerin?«

»Fiona ist achtzehn, was immer das bedeuten soll. Ich glaube, Sie unterschätzen uns.«

»Und was ist mit den Motoren? Die müssen doch immer wieder nachgeschaut und gewartet werden.«

»Das bereitet uns keine Sorgen. Owen Morgan, der das Hotel auf der Insel betreibt, ist ein ehemaliger Schiffsingenieur. Er wird uns jede Hilfe zukommen lassen, die wir benötigen. Außerdem haben wir noch Jagbir.«

»Wer ist das?« fiel Mallory schnell ein, denn er durfte ihr gegenüber seinen Wissensstand nicht zugeben.

»Der Bursche des Generals. Er war *naik* in einem Gurkha-Regiment. Sie sind seit den ersten Kriegstagen zusammen. Er verfügt nicht über das, was man eine gute Bildung nennen würde, aber er ist immer noch der beste Koch, dem ich je begegnet bin. Außerdem hat er ein erstaunliches handwerkliches Geschick.«

»Scheint ein Mann zu sein, den man gern in seinem Haus um sich hat«, meinte Mallory anerkennend.

Sie stießen an die Bordwand der *Foxhunter* an. Er half ihr, die kurze Leiter zu erklimmen und folgte ihr mit dem Koffer. »Wann sollen wir aufbrechen?«

Sie nahm ihm den Koffer aus der Hand. »Wann immer Sie wollen. Haben Sie schon gegessen?«

»Seit heute mittag nicht mehr.«

»Ich werde mich umziehen und das Abendessen vorbereiten. Wir können danach losfahren.«

Nachdem sie gegangen war, zog Mallory das Beiboot zum Heck und hievte es über die Reling. Es war inzwischen dunkel geworden. Er schaltete die grünen und roten Positionslichter ein und stieg hinunter in die Kajüte.

Anne stand am Herd in der Kombüse, sie trug einen Drillichanzug und einen Rollkragenpullover. Sie erschien ihm darin noch weiblicher als zuvor. Sie schaute ihn über ihre Schulter an und lächelte.

»Es gibt Speck und Eier, gut?«

»Sagt mir zu«, erklärte er.

Als das Essen zubereitet war, setzten sie sich an den Salontisch und aßen in kameradschaftlicher Stille. Gerade als Mallory den Kaffee eingoß, setzte ein heftiger Regenguß ein.

Sie blickte ihn mit hochgezogenen Augenbrauen an. »Das hört sich nicht besonders gut an. Was sagt der Wetterbericht?«

»Winde, drei bis vier und Regenböen. Jedoch nichts, worüber man besorgt zu sein braucht. Beunruhigt Sie das?«

»Nicht im geringsten. Ich möchte immer nur gerne wissen, worauf ich mich einzustellen habe.« Ein leichtes Lächeln huschte über ihr Gesicht.

»Das wollen wir doch schließlich alle, oder nicht?« Er erhob sich. »Ich glaube, wir sollten langsam aufbrechen.«

Als er an Deck ging, war die Brise steifer geworden. Sie peitschte den Regen in silbrigen Spinnweben an den Positionslichtern vorbei. Mallory begab sich ins Ruderhaus, zog sich seine Matrosenjacke über und betrachtete eine Zeitlang die Seekarte.

Die Tür schwang auf, ein Windstoß erfaßte die Karte und blähte sie wie ein Segel. Anne Grant erschien an seiner Seite. Sie war in ihren Schaffellmantel gehüllt und hatte sich einen Schal um den Kopf gebunden, was ihr das Aussehen einer Bauersfrau verlieh.

»Startklar?« erkundigte er sich.

Sie nickte, und ihre Augen glänzten vor Aufregung. Mallory betätigte den Starter. Die Motoren keuchten kurz asthmatisch auf und verfielen dann in ein lebendiges Dröhnen. Er steuerte die *Foxhunter* in einer weitgezogenen, schwungvollen Kurve aus der kleinen Bucht heraus in die offenen Gewässer des Kanals.

Das Topplicht schwang gleichmäßig von einer Seite zur anderen, als die Dünung das Boot zu heben und zu senken begann. Der Gischt prasselte gegen die Fensterscheibe. Ein paar Strich Steuerbord konnte er in circa einer Meile Entfernung die Positionslichter eines Dampfers ausmachen. Mallory drosselte die Geschwindigkeit auf zehn Knoten. Sie pflügten durch das Wasser in die Dunkelheit. Das gedämpfte Klopfen der Motoren wurde durch die Nachtluft getragen.

Mallory schaute Anne in die Augen. »Scheint alles problemlos zu laufen. Mit ein wenig Glück werden wir eine glatte Überfahrt haben.«

»Wann soll ich Sie ablösen?«

»Keine Eile. Schlafen Sie ein wenig. Ich rufe Sie, wenn ich müde bin.«

Die Tür schlug hinter ihr zu. Ein kurzer Windzug pfiff um das Ruderhaus und erstarb in einer Ecke. Mallory ließ den Klappsitz von der Wand herunter, zündete sich eine Zigarette an, lehnte sich behaglich zurück und beobachtete die Gischtwellen, die gegen den Bug schlugen.

Das war genau das, worauf er sich bei jeder Reise so sehr freute: allein zu sein mit dem Meer und der Nacht. Die Außenwelt wurde immer mehr zurückgedrängt, während die *Foxhunter* ihren Weg in die Dunkelheit nahm. Mallory führte sich noch einmal die Anweisungen von Anfang bis Ende vor Augen, wobei er sorgfältig jedes Detail durchdachte, bevor er zum nächsten Punkt überging.

Gerade als er sich ins Gedächtnis zurückrief, daß de Beaumont in Indochina gewesen war, erinnerte er sich, daß auch Guyon dort gewesen war. Vielleicht gab es hier einen Zusammenhang, obgleich Adams sich über eine solche Möglichkeit ausgeschwiegen hatte. Andererseits war Guyon nicht in vietnamesischer Gefangenschaft gewesen. Das war ein Unterschied. Ein Höllenunterschied.

Mallory überprüfte den Kurs, korrigierte ihn um ein paar Strich nach Steuerbord und ließ sich wieder auf seinem Stuhl nieder, wobei er den Kragen seiner Jacke hochschlug und sein Gesicht halb darin verbarg. Seine Gedanken wanderten auf alten, fast vergessenen Pfaden. Er dachte an Menschen, denen er begegnet war, an Lebenssituationen, in denen er gesteckt hatte, gute wie schlechte, und ihn überkam eine Art bewußter Traurigkeit. Sein Leben erschien ihm wie die schwarze See, die an das Ende der Welt mit hinzog.

Er sah auf die Uhr und war überrascht, daß es schon nach Mitternacht war. Leise öffnete sich die Tür, während gleichzeitig ein Regenguß gegen das Fenster prasselte. Anne Grant kam herein. Sie trug ein Tablett.

»Sie haben mir versprochen, mich zu rufen«, erinnerte sie ihn tadelnd. »Ich traute meinen Augen nicht, als ich aufwachte und auf die Uhr sah. Sie sind jetzt schon gute vier Stunden hier oben.«

»Geht mir gut. Ich könnte die ganze Nacht hier bleiben«, sagte Mallory.

Sie stellte das Tablett auf dem Kartentisch ab und füllte zwei Becher aus einem abgedeckten Topf. »Ich habe Tee gemacht. Der Kaffee zum Abendessen schien Ihnen nicht gerade zu behagen.«

»Gibt es irgend etwas, was Sie nicht bemerken?« forschte er.

Sie reichte ihm einen Becher und lächelte spitzbübisch. »Das Getränk der Soldaten.«

»Worauf wollen Sie hinaus? Die blutrünstigen Einzelheiten?« Anne ließ den anderen Sitz hinunter. Sie reichte ihm ein Sandwich. »Nur was Sie erzählen wollen.«

Mallory überlegte einen Augenblick lang und kam zu dem Schluß, daß ein halbe Wahrheit immer noch besser war als eine ganze Lüge. »Man hat mich 1954 rausgeworfen.«

»Und weiter?« fragte sie.

»Das Geld hat nie lange gereicht. Sie wissen, wie das ist. Ich war zu jener Zeit für die Messekasse verantwortlich. Daraus ›lieh‹ ich mir etwas

Geld, um mich über Wasser zu halten. Unglücklicherweise erschienen die Kassenprüfer ziemlich früh in jenem Monat.«

»Ich glaube Ihnen kein Wort«, sagte Anne nachdenklich.

»Wie Sie wollen.« Er stand auf und streckte sich. »Ich habe den Autopiloten eingestellt, so daß Sie eine Weile Ruhe haben. Gegen Viertel vor vier bin ich wieder da, um den Kurs zu ändern.«

Sie saß da und schaute ihn in dem Halbdunkel mit großen Augen sprachlos an. Er drehte sich um, öffnete die Tür und ließ sie allein.

Mallory stieg hinunter in die Kabine, warf sich auf das Bett und starrte zur Decke. Es hatte natürlich für ihn schon vorher Frauen gegeben, aber immer nur, um einen Trieb zu befriedigen, nie um sich näher auf sie einzulassen. So war das eine ziemlich lange Zeit gelaufen, und er war damit zufrieden gewesen. Jetzt war da dieses seltsame, ruhige Mädchen mit seinem Lockenkopf in sein Leben getreten, und es weigerte sich einfach, beiseite geschoben zu werden. Sein letzter bewußter Gedanke galt ihrem glühenden Gesicht, das ihn aus der Dunkelheit anlächelte.

Als er erwachte, hatte er gar nicht das Gefühl, überhaupt geschlafen zu haben. Mit leichtem Entsetzen stellte er bei seinem Blick auf die Uhr fest, daß es schon halb vier war. Er zog sich seine Jacke über und stieg hinauf an Deck.

Der Seegang hatte erheblich zugenommen und kalter Regen stach ihn ins Gesicht, als er auf dem auf und ab schwankenden Deck entlanglief. Er öffnete die Tür zum Ruderhaus. Anne Grant hielt das Ruder, ihr Gesicht schien im Schein des Kompaßlichts vom Körper losgelöst zu sein.

»Wie stehen die Dinge?« fragte er.

»Gut, mir gefällt's. Seit einer halben Stunde hat der Seegang allerdings erheblich zugenommen.«

Er warf einen Blick zum Fenster hinaus. »Scheint eher noch schlimmer als besser zu werden. Ich übernehme jetzt das Ruder.«

Sie machte ihm Platz. Ihr weicher Körper preßte sich flüchtig an den seinen, als sie sich aneinander vorbeizwängten. »Ich glaube kaum, daß ich jetzt schlafen könnte, selbst wenn ich wollte.«

»Dann bereiten Sie noch einen Tee und kommen dann zurück. Es könnte hier oben interessant werden.«

Er erhöhte die Geschwindigkeit ein wenig, um dem schweren Wetter, das von Osten her drohte, zu entgehen. Ein paar Minuten später kehrte

Anne mit dem Tee zurück. Das Ruder schlug wie etwas Lebendiges in Mallorys Händen. Mit angestrengtem Blick starrte er in die graue Öde des Morgens.

Die See wurde rauher und warf die *Foxhunter* von einer Seite auf die andere. Mallory steigerte noch einmal die Geschwindigkeit bis der Bug gleichmäßig aus dem Wasser hervorkam, wenn eine Welle unter ihm hinwegrollte.

Ein halbe Stunde später sichteten sie Alderney. Mallory wurde diese mächtige Gezeitenwoge gewahr, die durch die Kanal-Inseln getrieben wird, und die den Meeresspiegel im Golf von St. Malo bis zu zehn Metern hebt.

Er korrigierte den Kurs in Richtung Guernsey und bat Anne, im Radio den Wetterbericht zu hören. Sie ließ sich Zeit dabei, und als sie zurückkam, brachte sie Tee und ein paar belegte Brote mit.

»Sieht ganz hoffnungsvoll aus«, berichtete sie, »mäßiger Wind und abnehmende Schauertätigkeit.«

»Sonst noch was?«

»Ein paar Nebelfelder zwischen den Inseln, aber nichts Beunruhigendes.«

Der Wind nahm allmählich ab, die See wurde ruhiger. Sie steuerten in einen klaren Septembermorgen. Nur leichter Dunst stieg vom Wasser auf. Mallory öffnete ein Fenster und atmete die frische Luft ein. Als er sich ihr zuwandte, lächelte Anne ihn an.

»Sie können ein Schiff führen, Mr. Mallory, das muß ich Ihnen bestätigen.«

»Vergessen Sie nicht, das in meinem Zeugnis zu erwähnen.«

Mit einem Lächeln um die Mundwinkel hob sie das Tablett und ging wieder hinaus. Er beugte sich über die Karte und überprüfte den Kurs. Anderthalb Stunden später fuhr die *Foxhunter* in einem großen Bogen um den Leuchtturm von Les Hanois an der westlichen Spitze von Guernsey. Möwen und Kormorane zogen kreischend ihre Kreise am Himmel und glitten hin und wieder von den Felsen herab über das Schiff.

Die Sicht wurde schlechter. Nebelbänke trieben über die offene See, als Guernsey am Horizont verschwand. Mallory stellte die automatische Steuerung an und beugte sich abermals über die Seekarte. Anne kam herein.

»Wie läuft's?«

»Mit ein bißchen Glück sollten wir die Île de Roc in etwa einer bis eineinhalb Stunden erreichen. Hängt vom Nebel ab; wenn wir in dichte Felder hineingeraten, kann die Sache ziemlich knifflig werden.«

»In der obersten Schublade befindet sich eine Marinekarte mit sehr großem Maßstab. Darauf sind die Insel und ihre Zufahrtsmöglichkeiten abgebildet«, teilte sie ihm mit. »Ich habe sie extra noch gekauft.«

Mallory holte sie heraus, und gemeinsam studierten sie die Karte. Die Île de Roc war ungefähr zwei Meilen lang und drei breit. Den einzigen Ankerplatz bildete eine Bucht am Südende der Insel. Der gesamte Bereich war umgeben von einem ganzen Netzwerk von Unterwasserriffs. Es gab nur zwei tiefere Fahrrinnen, die eine einigermaßen sichere Durchfahrt ermöglichten.

»Ich werde das Boot übernehmen, wenn sie wollen«, sagte Anne. »Ich kenne die Gegend wie meine Westentasche, und das ist auch nötig.«

»Das ganze Gebiet sieht eher wie eine Todesfalle aus. Ich möchte jedenfalls nicht in einer trüben Nacht auf diese Küsten zugetrieben werden«, meinte Mallory respektvoll.

»Eine Menge guter Schiffe hat eben genau das Schicksal ereilt. Sehen Sie St. Pierre dort drüben, eine Meile in nördlicher Richtung? Wenn in früheren Jahren ein Sturm vom Atlantik hereinbrach, wurden häufig Schiffe zwischen die beiden Inseln getrieben. Sie liefen dann auf das Unterwasserriff auf, das die Inseln miteinander verbindet. Bei Ebbe fällt der Wasserspiegel um mehr als zehn Meter, und dann werden einige dieser gesunkenen Wracks sichtbar.«

»Gefährliche Gewässer zum Schwimmen.«

»Ja, und vor allen Dingen zur falschen Zeit. Gerade erst kürzlich ertrank der Barkeeper von Owen Morgans Hotel. Seine Leiche wurde am Abend vor meiner Abreise ans Ufer gespült.«

»Nicht so schön.« Mallory brachte das Gespräch schnell auf etwas anderes. »Auf St. Pierre sehe ich ein Schloß eingezeichnet?«

»Ein gotisches Mausoleum. Es ist von einem französischen Grafen, Philippe de Beaumont, auf zwanzig Jahre gepachtet.«

»Die Gegend scheint geschäftiger zu sein, als ich annahm.«

Sie widersprach: »Wir sehen ihn selten. Er ist eher häuslich, und wir kriegen selten Besuch auf der Insel. Das Hotel verfügt nur über sechs Zimmer, und die sind den Sommer über natürlich ausgebucht. Aber Owen schließt gewöhnlich sein Hotel Anfang September, weil er das schöne Wetter selbst genießen will.«

»Er beschäftigt demnach wenig Personal?«

»Nur in der Saison, und meistens holt er Mädchen von Guernsey herüber. Er hat eine französische Köchin, die das ganze Jahr über bei ihm gearbeitet hat und zum Ende der Ferienzeit abreisen sollte. Aber sie ist geblieben.«

»Sieht wie eine abgemachte Angelegenheit aus.«

»Das ist ihre Sache. Sie ist jedenfalls ein nettes Mädchen. Ich hoffe, er wird sie heiraten.«

Der Nebel lichtete sich ein wenig und gab den Blick frei auf das von beiden Seiten umschäumte Riff. »Ich glaube, jetzt sollten Sie Ihre Arbeit tun«, bemerkte Mallory.

Sie übernahm das Ruder und änderte den Kurs um einen halben Strich. Einen Augenblick später riß der Nebel jäh auf, und die steilen Klippen türmten sich drohend vor ihnen auf. Dann fiel der graue Vorhang wieder herab.

Mallory drosselte die Maschinen, während Anne die Jacht durch den Nebel steuerte. Sie schien vollkommen ruhig und gelassen, und Mallory ergab sich fatalistisch in sein Schicksal. Er ließ sich auf einem der Stühle nieder und zündete sich eine Zigarette an.

Plötzlich wurde das Boot von einem heftigen Ruck geschüttelt, und Anne und er wurden auf die andere Seite des Ruderhauses geschleudert. Die *Foxhunter* wich beängstigend vom Kurs ab. Mallory schob das Mädchen beiseite und kroch hinüber zu dem herumwirbelnden Ruder.

Er riß das Schiff zurück auf Kurs. Anne stellte sich neben ihn, und gemeinsam spähten sie in den Nebel hinaus. In etwa einhundert Meter Entfernung bemerkte er etwas Riesiges, das sich durch das Wasser bewegte. Eine mächtige Welle rollte heran und schüttelte das Boot erneut.

»Und was, zum Teufel, war das?« rief er.

»Vermutlich ein Riesenhai. Die gibt es häufig genug in diesen Gewässern. Dieser muß aber sehr groß gewesen sein, um eine solche Blasenspur zu hinterlassen.«

Mallory starrte mit finsterem Blick in den Nebel und versuchte, sich die Gewalt dieser Welle zu erklären. Hätte ein Hai – wie groß auch immer er sein mochte – ein solches Aufwallen des Wassers erzeugen können?

Er war noch immer in Gedanken versunken, als sie aus dem letzten Nebelfeld auftauchten und etwa eine Viertelmeile vor sich die Île de Roc aus dem Meer ragen sahen.

Im Westen lag St. Pierre, wesentlich kleiner und ein bißchen verschwommen, da die Sicht in die Ferne immer noch nicht so gut war. Zwischen den Inseln schäumte und toste das Meer über die unter dem Wasser gelegene Felsbrücke.

»Wir sind jetzt in offenen Gewässern«, sagte Anne. Mallory drehte die Maschine voll auf und jagte durch das Wasser auf die große, runde Bucht zu, die sich ihnen zum Willkommen öffnete.

Das Wasser war von einem tiefen, durchsichtigen Blau, und es erinnerte Mallory merkwürdig an das Mittelmeer. Eine Anlegestelle aus Stein ragte vom Ufer etwa fünfzehn Meter in die See hinein. Darüber lag das Hotel, ein zweigeschossiges, weißgetünchtes Gebäude, das sich in eine Bodensenke duckte, um vor den Winterstürmen Schutz zu suchen.

Auf der gegenüberliegenden Seite der Bucht ankerte ein kleineres Motorboot. Darin saß auf der Rückbank ein junger, schwarzhaariger Mann mit Sonnenbrille und schaute in das Wasser. Als er sich ihnen zuwandte, tauchte ein Schwimmer auf, und Mallory sah kurz blonde Haare aufleuchten.

Als sie nur noch dreißig Meter von der Mole entfernt waren, stoppte er die Maschinen, und die *Foxhunter* sank langsam ins Wasser zurück, wobei sie durch den noch vorhandenen Schub weiterglitt. Anne warf schon die Fender über die Bordwand, und Mallory lief hinüber, um mit Hand anzulegen. In dem Moment, als sie anstießen, sprang er mit der Leine auf den Steinwall und legte sie doppelt um den Poller. Das Boot ruckte noch einmal, schlug abermals an die Mauer und lag still.

Als er die zweite Leine festmachte, hörte er einen Motor aufheulen. Das Dröhnen wurde von den Felshängen hart zurückgeworfen. Das kleine Boot näherte sich der Landestelle, während der Schwimmer schon fast dort angelangt war. Anne begab sich zur Reling an der Backbordseite, und Mallory gesellte sich zu ihr.

»Fiona«, sagte sie schlicht.

Als das Mädchen das Boot erreichte, streckte ihr Mallory die Hand entgegen und zog sie über die Reling hoch. Sie beugte sich einen Augenblick lang nach vorn, lachte und schüttelte sich wie ein junger Hund.

»Aber Anne, das ist ja wahnsinnig. Es ist einfach wunderbar.«

Fiona sah nicht einmal wie achtzehn aus. Das lange blonde Haar hing ihr bis zu den Schultern und tropfte vor Nässe. Sie trug eine Badehose und das Oberteil eines hellgelben Tauchanzugs, welches ihre schlanke Figur betonte wie eine zweite Haut.

Sie betrachtete Mallory eingehend, und ihre Augen weiteten sich anerkennend. »Und wo hast du ihn aufgegabelt?«

Anne nahm sie liebevoll in die Arme und küßte sie lachend. »Hör sofort damit auf, Fiona. Dies ist Neil Mallory. Er wird ein, zwei Monate lang das Boot führen, bis wir alle Kniffe kennen.«

Fiona Grant strich sich eine nasse Haarsträhne von den Augen und reichte ihm die Hand. »Ich weiß nicht, wie es mit Anne ist, aber ich für meinen Teil werde versuchen, nicht so schnell zu lernen.«

Das kleine Motorboot war kaum mehr als fünf bis zehn Meter entfernt. Der Mann stellte den Motor ab, und das Boot trieb langsam auf die *Foxhunter* zu.

»Wer, um Himmels willen, ist denn das?« verlangte Anne zu wissen.

Fiona hakte ihre Schwägerin mit ihrem nassen Arm unter.

»Ein echt toller Mann, Anne. Er ist Franzose und wird hier für ein, zwei Wochen wohnen, um zu malen und ein wenig zu tauchen.«

»Aber ich dachte, daß Owen Morgan letzte Woche sein Hotel zugemacht hat.«

»Hat er auch. Aber glücklicherweise war ich am Anleger, als der Franzose ankam. Ich habe Owen überredet, es sich noch einmal zu überlegen.«

Das Boot stieß an die Jacht an. Mallory fing die ihm zugeworfene Leine und wickelte sie um die Reling. Der Franzose kam an Deck gesprungen. Die Strickweste, die er trug, ließ seine gebräunten Arme nackt hervorschauen, und die dunkle Brille gab ihm diesen leicht unheimlichen, unpersönlichen Ausdruck, den ihm die Uniformmütze auf dem Bild in den Akten verliehen hatte.

Fiona ergriff seinen Arm und wandte sich ihnen zu. »Anne, ich möchte dir gerne Raoul Guyon vorstellen.«

6

Der Eiserne Grant

Das altehrwürdige Haus aus Natursteinen stand fest eingebettet in einer Bodensenke auf dem Hügel, an den Seiten wurde es von großen Buchen begrenzt. Irgendwann war ein riesiges Gewächshaus angebaut worden, das sich an der gesamten Längsseite des Hauses hinzog. Eine Reihe flacher Stufen führte zu einer Steinterrasse hinunter.

Dort wo die Terrasse endete, fielen die Klippen jäh sechzig Meter tief ab in eine kleine, trichterförmige Bucht, die sicher eine wunderschöne, geschützte Bootsliegestelle abgegeben hätte, wäre da nicht das schroffe Band des Felsenriffs gewesen, das den Zugang versperrte.

Anne Grant lehnte an der Mauer und hielt ein Glas mit einem kalten Getränk in der Hand. Sie schaute hinaus auf das Meer. Es war doch noch ein wunderschöner Tag geworden und erstaunlich warm dafür, daß es schon September war. Vereinzelte weiße Wolken trieben dem Horizont entgegen. Sie fühlte sich ganz entspannt und im Frieden mit sich, glücklich wieder daheim zu sein. Schritte knirschten über den Kies. Sie drehte sich um und sah ihren Schwiegervater, der oben an der Treppe stand.

Generalmajor Hamish Grant, hochdekorierter Offizier, war aus gutem Grund der Eiserne Grant genannt worden. Er war weit über einsneunzig groß, breitschultrig , und seine schneeweiße Mähne war hinter die Ohren gekämmt. Er trug eine khakifarbene Uniformhose und eine Cordjacke. Mit dem Spazierstock tastete er nach der obersten Stufe. »Bist du da, Anne?«

»Ich bin hier, Hamish.«

Sie stieg die Stufen hinauf und nahm seinen Arm. Über sein breites, rauhes Gesicht huschte ein warmes Lächeln. »Fiona scheint außerordentlich begeistert zu sein von dem neuen Boot. Aber sie war kaum einen Augenblick zu Hause, da war sie auch schon wieder umgezogen und davongestürmt.«

Anne führte ihn hinüber zu einer Ecke der Terrasse, wo auf einem Tisch ein Tablett mit verschiedenen Getränken stand. Ein ausladender, gestreifter Schirm warf kühlenden Schatten. Der General ließ sich mit seinem mächtigen Körper in einem Korbsessel nieder und machte es sich bequem.

»Sie ist zum Hotel hinuntergegangen, um Raoul Guyon, diesen französischen Maler, der dort abgestiegen ist, zu treffen. Sie hat ihm versprochen, ihm vor dem Mittagessen noch einen Teil der Insel zu zeigen.«

»Was ist mit diesem Mallory?«

»Er sollte jeden Augenblick hier sein. Ich bat ihn, die Tauchausrüstung heraufzuholen. Das war zwar nicht besonders eilig, aber ich hatte gedacht, daß du ihn vielleicht kennenlernen wolltest.«

»Das möchte ich natürlich, schon allein, um ihm für die Art und Weise, wie er diese Sache in Southampton erledigt hat, zu danken.« Er überlegte. »Mallory? Neil Mallory? Der Name kommt mir bekannt vor. Sicherlich irisch.«

»Er hat aber bestimmt keinen Akzent.«

»Und du erzählst mir, daß man ihn kassiert hat, weil er die Messebücher gefälscht hat? Das paßt so überhaupt nicht zu ihm.«

»Das habe ich auch gedacht. Er ist ein merkwürdiger Mann, Hamish. Manchmal hat er fast etwas Bedrohliches an sich. Er ist so seltsam zurückhaltend und so losgelöst von seiner Umwelt. Ich glaube, daß du ihn mögen wirst.«

»Ich bin begierig zu erfahren, warum sie ihn rausgeschmissen haben«, bemerkte der General. »Allerdings machen sie beim Kriegsministerium eine Menge dummer Sachen heutzutage.«

»Mir wäre es lieber, du würdest nicht davon anfangen«, warf Anne ein. »Versprochen?«

Er überlegte kurz, zuckte mit den Achseln und antwortete: »Ich sehe keinen Grund, warum nicht. Na, trotzdem, die Vergangenheit eines Mannes ist seine eigene Sache. Kann er das Boot führen? Das ist die Hauptsache!«

»Tadellos«, bejahte sie.

»Also, was gibt's da noch zu diskutieren?!« Er drückte ihre Hand. »Sei so lieb, schenk mir einen Brandy-Soda ein und erzähl mir etwas über die *Foxhunter.*«

Sie kam nicht mehr dazu, denn gerade als sie den Drink zubereitete, erschien Jagbir oben auf der Treppe, gefolgt in ein, zwei Meter Abstand von Mallory.

Der Gurkha war klein und gedrungen, kaum einsfünfundfünfzig groß, und er trug eine frische sandfarbene Leinenjacke. Er hatte dieses alterslose, gelblich-braune Gesicht der Asiaten, und er humpelte stark mit dem linken Bein, ein Überbleibsel einer schweren Verwundung, die er am Monte Cassino erlitten hatte.

Sein Englisch war gut, und er sprach mit dieser leichten Vertraulichkeit eines alten Dieners. »Mr. Mallory ist hier, General.«

Der General nippte an seinem Brandy und stellte das Glas wieder ab. »Was steht auf dem Herd?«

»Curry-Huhn. Wann soll ich auftragen?«

»Jederzeit. Servier es hier draußen.«

Mallory stand oben auf der Treppe und wartete mit der Mütze in der Hand. Anne lächelte ihm zu. »Darf ich Sie zum Mittagessen einladen, Mr. Mallory?«

Er schüttelte den Kopf. »Es ist nett von Ihnen, mich einzuladen, aber ich habe schon alles im Hotel arrangiert.«

Sie entließ Jagbir mit einer hastigen Bewegung und versuchte so, ihre Enttäuschung zu verbergen. Mallory kam die Stufen herab.

»Dies ist Mr. Mallory, General«, stellte sie ihn förmlich vor.

Hamish Grant wandte sich Mallory zu und hielt dabei den Kopf leicht seitlich geneigt. »Kommen Sie näher, Mann. Ich sehe nicht mehr so gut.«

Mallory näherte sich dem Tisch und schaute in die umwölkten, blauschimmernden Augen. Der General streckte seinen Arm aus und schlug ihm wohlwollend auf die Brust. »Meine Schwiegertochter erzählt mir, daß Sie ein guter Seemann sind.«

»Ich hoffe«, sagte Mallory.

»Wie hieß Ihr letztes Schiff?«

»*S. S. Pilar*, ein Öltanker. Tampico – Southampton.«

Der General wandte sich an Anne. »Hast du seine Papiere überprüft?« Sie verneinte und schaute zu Mallory auf. »Darf ich sie sehen?«

Mallory zog eine Brieftasche aus der hinteren Hosentasche, entnahm ihr ein gefaltetes Stück Papier und einen Gewerkschaftsausweis und legte beides auf den Tisch.

»Sieh nach, wann er zuletzt abgeheuert hat, und überprüf den Ausweis. Da müßte ein Foto drin sein.«

Anne schaute sich die Dokumente rasch an und nickte. »Abgeheuert von der *S. S. Pilar*, Southampton am 1. September.« Sie reichte ihm die Papiere lächelnd zurück. »Es ist kein sehr gutes Foto.«

Mallory gab darauf keine Antwort, und der General ergriff wieder das Wort. »Die Bedingungen, die Mrs. Grant mit Ihnen vereinbart hat, sagen Ihnen zu?«

»Vollkommen.«

»Sie erhalten noch eine Zulage von einhundert Pfund als Anerkennung dafür, wie Sie die Angelegenheit in Southampton angepackt haben.«

»Das ist nicht nötig, Sir«, bemerkte Mallory kühl.

Augenblicklich lief das Gesicht des Generals rot an. »Verdammt noch mal, Sir, wenn ich sage, daß es nötig ist, dann ist es so. Sie werden meinen Befehlen gehorchen wie alle anderen auch.«

Mallory zog seine Mütze zurecht und wandte sich an Anne.

»Sie erwähnten eine Tauchausrüstung, die ich zum Boot hinunterbringen sollte?«

Sie warf einen hastigen Blick auf das blutrote Gesicht des Generals und sagte rasch: »Sie werden im Hof hinten einen Kombiwagen vorfinden. Jagbir hat ihn schon beladen. Ich komme etwas später am Nachmittag hinunter.«

»Ich werde Sie erwarten.« Mallory drehte sich zum General hin. »Noch irgend etwas, Sir?«

»Nein. Gehen Sie zum Teufel!« brach es aus dem alten Mann hervor.

Ein Lächeln zuckte um Mallorys Mundwinkel. Sein Arm hob sich instinktiv zu einem militärischen Gruß. Er besann sich gerade noch rechtzeitig eines Besseren, schaute kurz zu Anne, drehte sich um und lief locker die Stufen hinauf.

Der General brach in ein Lachen aus. »Gieß mir noch einen Brandy ein.«

Anne entkorkte die Flasche und griff nach einem Glas. »Ist mein Verdacht richtig, daß dein Verhalten Absicht war?«

»Selbstverständlich«, bestätigte der Alte. »Und ich füge deiner Einschätzung noch etwas Geheimnisvolles hinzu: Da geht ein Mann, der einmal gewohnt war, zu befehlen, und zwar an hoher Stelle. Ich habe nicht vierzig Jahre umsonst bei der Armee verbracht.«

Hoch auf den Klippen an der westlichen Seite der Insel erklommen Raoul Guyon und Fiona Grant einen steilen Hang. Vor ihnen schien die Insel über die Klippen abzustürzen. Der breite, gezackte Felsenkamm, der sie mit St. Pierre verband, war unter der Wasseroberfläche sichtbar.

»Schau«, sagte sie und machte eine weitausladende Geste, »habe ich dich angelogen?«

»Du hattest recht«, stimmte er zu, »absolut überwältigend.«

»Ich werde dich morgens hier an deiner Staffelei erwarten.«

»Da muß ich dich enttäuschen. Ich arbeite nur nach vorherigen Skizzen, niemals direkt von der Natur.«

Sie hatte sich ein paar Schritte entfernt und bückte sich, um eine Blume zu pflücken. Jetzt drehte sie sich abrupt um.

»Schwindler.«

Er holte einen kleinen Skizzenblock und einen Stift aus seiner Jackentasche und setzte sich auf den Boden. »Bleib dort wo du bist, aber schau aufs Meer.«

Sie gehorchte ihm sofort. »Na gut, aber wehe, wenn's nicht gut wird.«

»Plapper nicht. Das stört mich«, gebot er ihr.

Die Sonne ließ Fionas strohblondes Haar aufleuchten, ihre Gestalt verschwamm etwas, und in eben diesem einen Augenblick hätte sie ein Gemälde von Renoir sein können. Sie erschien unglaublich jung und unschuldig, und unter dem dünnen Baumwollkleid zeichnete sich ihr fester, junger Körper ab.

Guyon murmelte etwas und steckte seinen Stift wieder ein. »Das war's.«

Fiona kam herüber, ließ sich neben ihm nieder und zog ihm den Block aus der Hand. Augenblicklich erlosch das Lächeln, und ihre Wangen färbten sich. Sie stand da, auf das Meer blickend, unentrinnbar festgehalten für alle Ewigkeiten mit ein paar Federstrichen, und wie von einem Genius ausgeführt, war alles Gute in ihr ausgedrückt, all die Unschuld und die Sehnsucht ihrer Jugend.

Sie sah zu ihm auf, Erstaunen war in ihr Gesicht geschrieben. »Es ist wunderschön.«

»Du bist es doch auch«, erwiderte er schlicht. »Hat dir das noch nie jemand gesagt?«

»Ich habe sehr früh in meinem Leben gelernt, daß es gefährlich ist, darauf zu hören«, meinte sie bedauernd. »Wir lebten bis zum Tode meiner Mutter vor vier Jahren in St. Tropez. Kennst du es?«

»Sehr gut.«

»Im Sommer, während der Saison, ist alles Weibliche sehr begehrt, und vierzehnjährige Mädchen scheinen auf bestimmte Männer eine ganz besondere Anziehungskraft auszuüben.«

»Davon habe ich gehört«, bestätigte er mit großem Ernst.

»Tja, das Leben hat so seine Probleme, aber dann kaufte der General diese kleine Insel, und ich ging einige Jahre zur Schule. Die mochte ich allerdings nicht.

»Was hast du getan? Bist du weggelaufen?«

Sie warf ihr langes Haar zurück und lachte. »Nein, ich habe den General überredet, mich nach Paris auf eine Schule zu schicken, wo ich meinen Abschluß machen kann. Das war schon was, kann ich dir sagen.«

Guyon grinste sie an. »Sag mal, warum nennst du ihn immer ›General‹?«

Sie zuckte mit den Achseln. »Tut jeder – außer Anne natürlich. Sie ist etwas Besonderes. Als sie meinen Bruder Angus heiratete, war sie erst so alt, wie ich jetzt bin. Er fiel in Korea.«

Sie hielt inne und senkte ihren Kopf in ein paar wilde Blumen, als sie sinnend in die Vergangenheit blickte. Guyon legte sich zurück und starrte hinauf zum Himmel. Traurigkeit überkam ihn, während er sich einer anderen Zeit und eines anderen Mädchens erinnerte.

Algier, 1958. Nachdem sie fünf Monate lang in den Korkeichenwäldern der Großen Kabylei Partisanen gejagt hatten, fand er sich in der Stadt der Angst wieder, wo er seine Männer durch die engen Gassen der Kasbah und des Bab el Oued führte, eingeschlossen in den Kampf auf Leben und Tod, der einmal die Schlacht um Algier genannt werden sollte.

Und dort war Nerida in sein Leben getreten, ein junges, maurisches Mädchen, das nach einem Bombenanschlag auf dem Boulevard du Telemly auf der Flucht vor dem Pöbel war. Guyon schloß die Augen und sah wieder ihr schwarzes Haar über das Kissen fließen und den Mondschein, der durch das vergitterte Fenster hereinströmte. Die langen Nächte, in denen sie gemeinsam versucht hatten, das Morgen zu vergessen.

Aber der Morgen kam; der kalte, düstere Morgen, an dem sie am Strand gefunden wurde, unbekleidet und geschändet, mit kahlgeschorenem Kopf, verstümmeltem Körper: das gebührende Ende einer Frau, die ihr Volk an einen »Frangaoui« verraten hatte.

Die Kugel des Heckenschützen am darauffolgenden Tag, die ihn zwang, auf einer Bahre nach Frankreich heimzukehren, hätte man fast als gnädiges Schicksal empfinden können.

›Nerida‹. Ihr starker Duft wehte ihm in die Nase. Er streckte seine

Arme aus und zog sie zu sich herab. Seine Lippen preßten sich auf ihren Mund. Ihr Körper war weich und biegsam und als sie sich auf den Rükken rollte, erwiderten ihre Lippen seinen Kuß. Er öffnete die Augen, und Fiona Grant lächelte ihn arglos an.

»Wie soll ich mir das erklären?«

Er stützte sich auf einen Ellbogen und fuhr sich mit der Hand über die Augen. »Schreib es der Meeresluft zu. Es tut mir leid.«

»Mir nicht.«

»Aber es sollte.« Er zog sie hoch auf ihre Beine. »Hast du nicht gesagt, daß du zum Mittagessen erwartet wirst?«

Sie hielt seine Hand fest. »Geh mit mir zurück. Ich möchte dich dem General vorstellen.«

»Ein anderes Mal. Ich habe im Hotel mein Essen bestellt.«

Sie wandte sich von ihm ab wie ein verletztes Kind. Er unterdrückte einen starken Drang, sie in seine Arme zu nehmen, er erinnerte sich daran, daß er eine Aufgabe zu erledigen hatte – eine wichtige Aufgabe – und ging davon. Als er auf der Anhöhe angelangt war, hielt er an und schaute unwillig zurück.

Sie stand immer noch so da, wie er sie verlassen hatte, mit gesenktem Kopf, und etwas rührend Verzweifeltes ging von ihr aus. Das helle Sonnenlicht, das durch den Stoff ihres Kleides hindurchdrang, zeichnete ihre festen jungen Schenkel vollkommen ab.

»Zum Teufel mit ihr«, sagte er leise zu sich selbst, »sie könnte genausogut gar nichts anhaben.«

Er seufzte schwer und setzte seinen Weg fort.

Mallory lag in seiner Koje an Bord der *Foxhunter* und beobachtete den Rauch seiner Zigarette, der im Luftstrom der Klimaanlage herumwirbelte. Er hatte ein ausgezeichnetes Mittagsmahl im Hotel in Gesellschaft von Owen Morgan bekommen; nur der Franzose war nicht aufgetaucht.

Seine Gedanken gingen zurück zu dem Treffen mit Hamish Grant im Haus auf den Felsenklippen. Er war sich sicher, daß hinter dem einschüchternden Verhalten des alten Herrn Methode steckte. Zu lange war er selbst Soldat gewesen, um dem Irrtum zu erliegen, daß alle Generale dumme, stumpfsinnige Reaktionäre waren, die nichts anderes konnten als unnötigerweise Männer in den Tod zu hetzen oder ihre Leidenschaften am Spieltisch auszuleben.

Hinter dem verwitterten, ledernen Gesicht und den halbblinden Augen verbarg sich ein eiserner Wille und ein scharfer Intellekt. Der Eiserne Grant war ein Gegner, mit dem unter allen Umständen gerechnet werden mußte: hatte er doch lieber seine Division in einem Gewaltmarsch durch die Hölle der Qattara Senke gehetzt, als sich Rommel zu ergeben; und er war den ersten Landungstruppen am D-Day (Tag der alliierten Landung in der Normandie) in der ›Sword-Bay‹ vorangeschritten.

Dann war da auch noch die Schwiegertochter. Mallory schloß seine Augen, um sich ihr Gesicht bildhaft vorzustellen. Sie strahlte eine Ruhe aus, eine Sicherheit, die er verwirrend fand. Selbst auf dem Pier in Southampton war sie ihm nicht verängstigt erschienen. Es war, als ob das Leben ihr so furchtbar mitgespielt hatte, daß darüber hinaus nichts Schlimmeres mehr möglich war, so, als könne ihr gar nichts mehr nahekommen. Ihn überkam plötzlich der Gedanke, daß sie ihren Mann sehr geliebt haben mußte, und er konnte sich einer unbestimmten, irrationalen Eifersucht nicht erwehren.

Kein Geräusch war zu vernehmen, und trotzdem hatte er das Gefühl, als hätte ihn ein Luftzug gestreift. Er spannte seine Muskeln an, um jederzeit angriffsbereit zu sein. Die unterste Stufe der Kajütentreppe knarrte, und Mallory griff nach dem Revolver unter dem Kissen.

»Nicht nötig, mein Freund«, sagte Raoul Guyon ruhig.

Mallory öffnete die Augen. Der junge Franzose ließ sich in der gegenüberliegenden Koje nieder und kramte eine Zigarettenschachtel hervor.

»Man hat dich beim Essen vermißt«, eröffnete Mallory das Gespräch. »Was ist geschehen?«

Guyon antwortete gelassen: »Ist was dazwischen gekommen; du weißt, wie das ist?!«

»Klar, weiß ich. An deiner Jacke hängt noch Gras.«

»Ist auch ein schöner Tag, um auf dem Rücken zu liegen und den Himmel anzuschauen«, meinte Guyon keß.

»Allerdings nicht, wenn Arbeit zu erledigen ist.« Mallory öffnete eine Wandtür unter seiner Koje, holte eine Flasche Whisky und zwei Gläser hervor und stellte sie auf den Tisch. »Geschäft und Vergnügen sollten auseinandergehalten werden.«

»Es gibt Gelegenheiten, da habe ich das Glück, daß sie zusammengehen. Soll ich nicht ein junger Künstler sein, der sich in den Ferien amüsiert?« Guyon schenkte sich großzügig von dem Whisky ein und hob sein Glas: »Santé.«

So schmalhüftig, hager und sehnig, wie er war, besaß er die idealen Eigenschaften, wie man sie bei Angehörigen von Luftlandetruppen eines jeden Landes finden konnte. Eine Art arrogante Selbstzufriedenheit entsprang der Erfahrung mit dem Risiko des Gewerbes. Während er sich dessen bei seiner eigenen Person nicht bewußt war, erkannte er sie sofort bei dem Engländer. Da war aber noch etwas mehr. Viel mehr. Mallory war genau dieselbe seltsame Mischung aus Soldat und Mönch, aus Draufgänger und geheimnisvollem Außenseiter, die er bei den großen Fallschirmjäger-Offizieren in Algier angetroffen hatte. Männer wie Philippe de Beaumont! Seltsame, wilde, halbverrückte Fanatiker, geprägt von den Erlebnissen in vietnamesischen Gefangenenlagern, die eine Zeitlang die Geschicke eines großen Landes in der Hand haben.

Mallory aber war zudem durch das Feuer eines kommunistischen Gefangenenlagers gegangen und hatte, ähnlich wie de Beaumont, jene hart erlernten Lektionen seiner chinesischen Aufseher versucht, in die Wirklichkeit umzusetzen, mit demselben verhängnisvollen Ergebnis.

Mallory zündete sich eine Zigarette an und lehnte sich an die Schiffswand zurück. »Wie gut bist du im Tauchen?«

»Ich kenn' mich aus. Ein bißchen aus der Übung, vielleicht.«

»Anne Grant möchte, daß ich sie heute nachmittag über das Riff hinausfahre. Sie hat ein paar Aquamobile vom Festland mitgebracht und will sie ausprobieren. Ich dachte, wenn du Fiona höflich fragst, könntest du auch eingeladen werden.«

»Du wirst lachen, das habe ich schon getan. Ich gedenke auch weiterhin Geschäft und Vergnügen nicht zu trennen.«

»Du verlierst nicht viel Zeit«, grinste Mallory. »Wir schauen uns die Gegend mal an. Eine eingehende Erkundung können wir uns für heute nacht vornehmen.«

»Glaubst du wirklich, daß an dieser Sache was dran ist?«

»Dazu kann ich noch nichts sagen. Aber als wir heute morgen mit dem Boot hier hereinkamen, ist an uns etwas Riesiges unter Wasser vorbeigerauscht. Anne Grant meint, daß es ein Hai war. Die scheinen für diese Gegend nichts Ungewöhnliches zu sein.«

»Ist das 'ne Meldung wert?«

Mallory schüttelte den Kopf. »Mein Boß ist nur an Fakten interessiert, nicht an Vermutungen. Ich habe meine Ankunft gemeldet, sonst nichts.« Er öffnete das Schränkchen noch einmal und holte ein kleines

Transistorgerät heraus und zeigte es Guyon. »Schon erstaunlich, was man heute in der Elektronik fertigbringt. In St. Helier sind momentan drei Torpedoboote stationiert, die angeblich Flachwassermanöver abhalten. Wenn ich denen das Zeichen gebe, sind die in kürzester Zeit hier.«

»Welches Signal ist es?«

»Ihr Codewort ist ›Leviathan‹. Für den Fall, daß wir sie benötigen, brauchen wir nur Code vier zu senden. Das ist alles.«

Mallory packte das Gerät in die Tischschublade, während Guyon sich noch einen Whisky einschenkte. »Ich habe heute morgen noch Kontakt zu meinen eigenen Leuten gehabt, bevor ich Guernsey verließ. Sie haben nicht die leiseste Ahnung, wo sich die *Alouette* aufhalten könnte. Das bringt uns in eine ziemlich blöde Lage.«

»Was, zum Teufel, will die O.A.S. eigentlich beweisen?« meinte Mallory verständnislos. »Auf lange Sicht werden sie damit überhaupt nichts erreichen.«

»Verzweifelte Männer greifen zu verzweifelten Mitteln. Achtmal schon haben O.A.S. und C.N.R. seit 1960 versucht, Mordanschläge auf de Gaulle durchzuführen. Letzten Monat kamen sie ihrem Ziel sehr nahe, als sie sein Auto auf dem Weg zum Flugplatz von Villacoublay aus dem Hinterhalt beschossen. Erst letzte Woche haben sie den Anführer dieser kleinen Affäre festgenommen.«

»Das heißt, daß dieser letzte Anschlag auf dem Schiff den Leuten zeigen sollte, daß es immer noch eine Kraft gibt, mit der zu rechnen ist.«

»Mehr als das: daß sie einen langen Arm haben, der diejenigen bestrafen wird, die sich gegen sie stellen. Dies war nicht das erste Mitglied des Justizapparates, das ermordet wurde. Bei einer solchen Rate wird sich bald niemand mehr bereit erklären, in O.A.S.-Verfahren verwickelt zu werden, vor allem nicht, wenn damit ein automatisches Todesurteil verbunden ist.«

»Was war mit Bouvier?«

»Er war Ankläger in einem Militärgerichtsverfahren, in dem erst letzten Monat gegen sechs Mitglieder der O.A.S. verhandelt wurde. Zwei wurden zum Tode verurteilt. Seine Hinrichtung wurde so ausgeführt, daß sie den größtmöglichen dramaturgischen Effekt erzielte, und nun kann die Regierung nicht länger hoffen, die Sache über das Ende der Woche hinaus geheimhalten zu können.«

»Das gibt uns nicht viel Zeit«, bemerkte Mallory stirnrunzelnd. »Bist du de Beaumont schon mal begegnet?«

»Nur in einer Menschenmenge. Er war Mitglied jenes Kommitees für Öffentliche Sicherheit, das de Gaulle wieder zur Macht verhalf. Als es ihm immer klarer wurde, daß der General nicht sein Spiel eines an Frankreich angeschlossenen Algeriens spielte, wandte sich de Beaumont gegen ihn und unterstützte die Verschwörer; das vermuten wir jedenfalls.«

»Konnte man ihm irgendwas in dieser Richtung nachweisen?«

»Man glaubte, daß er die treibende Kraft hinter General Challes mißlungenem Umsturzversuch im Jahre 1961 war, aber es gab keinerlei Beweise. Ehe man solche sammeln konnte, bat er um unbezahlten Urlaub und verließ Frankreich. Er ist übrigens ungeheuer wohlhabend. Sein Onkel heiratete nach dem Ersten Weltkrieg in einen Industriekonzern ein.«

»Was hält Legrande von ihm?«

Guyon lachte auf. »Legrande hat wenig Respekt vor den Aristokraten. Führte man die Guillotine wieder ein, würde ihm diese Aussicht nur ein Lächeln abringen. Es fehlen ihm die Beweise für eine direkte Verbindung de Beaumonts zur O.A.S. Das macht ihm zu schaffen. Er würde ihn gern hängen sehen und hätte dabei sicher ein reines Gewissen.«

»Und was denkst du selbst?«

»Von de Beaumont?« Guyon zögerte einen Moment. »Er ist sicherlich ein gefährlicher Mann. Kein Dummkopf. Ein ganzes Jahr lang hat er die militärische Aufklärungsabteilung in Algerien befehligt, aber er hatte sich mit den hohen Tieren immer in den Haaren. Seine Auffassung vom Krieg war dieselbe wie die der Kommunisten – ein Krieg muß gewonnen werden –, und er glaubte, daß der Ausgang jedes Mittel rechtfertigt. Das war etwas, das ihm die ›boi-dois‹ in den vietnamesischen Lagern eingeprügelt hatten.« Guyon schaute Mallory kurz lächelnd an. »Dies wenigstens, glaube ich, hast du mit ihm gemein. Legrande erzählte mir, daß auch du eine Zeitlang hinter kommunistischem Stacheldraht warst.«

»Deine Berichte lassen ihn sehr interessant erscheinen«, meinte Mallory. »Ich würde ihn gern mal kennenlernen. Ich habe das Gefühl, daß ich dann die Erklärungen erhalte, auf die ich aus bin.«

»Sehr wahrscheinlich.« Guyon leerte sein Glas. »Kann ich sonst noch irgend etwas tun?«

»Was ist mit dieser Französin, Juliette Vincente, die im Hotel lebt? Unserer Auffassung nach scheint sie harmlos zu sein. Was sagt man bei euch?«

»In unserem vorbereitenden Bericht stand nichts Außergewöhnliches. Ihren Eltern gehört ein kleiner Bauernhof in der Normandie. Ein Bruder wurde während seiner Militärzeit in Algerien getötet. Sie hat sechs Monate in einem Hotel in St. Malo gearbeitet, bevor sie hierherkam.«

Mallory nickte zustimmend. »Hört sich gut an. Trotzdem solltest du die normale Routineuntersuchung deines Zimmers vornehmen, um sicherzugehen, daß es nicht durchsucht worden ist.«

Guyon setzte sich die Sonnenbrille auf und erhob sich. »Ich gehe mich umziehen. Wir treffen uns in etwa einer halben Stunde, um uns das Riff anzuschauen.« Er hielt unter der Tür kurz an und streckte seine Glieder. »Es ist wirklich ein herrlicher Tag. Ich freue mich schon drauf.«

Nachdem er gegangen war, saß Mallory noch eine Weile auf der Bettkante und rief sich noch einmal alle Dinge ins Gedächtnis, um vielleicht das, was geschehen könnte, vorauszusehen, aber er wußte, es war vertane Zeit.

Wenn es eine Lektion gab, die er vor allem gelernt hatte, dann war es die, daß bei diesem Spiel absolut nichts als sicher gelten konnte. Der Zufall beherrschte jeden Zug. Er öffnete eines der Schließfächer, holte ein Tauchgerät heraus und begann es eingehend zu prüfen.

7

Auf dem Riff

Mallory ließ sich über die Reling in das durchsichtige Wasser fallen, verweilte einen Augenblick, um die Luftzufuhr seines Atemgerätes zu regulieren und tauchte hinunter in einem langgezogenen Bogen, bis er unter dem Boden der *Foxhunter* auf Fiona Grant traf, die in ihrem gelben Tauchanzug wie eine exotische Blume neben der Ankerkette schwebte. Kurz darauf erschien Anne in einer Wolke aus Luftblasen.

Fiona tauchte an der Ankerkette hinab in den blauen Dunst, Mallory und Anne folgten ihr.

Sie befanden sich ungefähr hundert Meter vor der Küste am südlichen Rand der Insel. Das Wasser war vom Sonnenlicht durchdrungen, so daß sogar auf dem Meeresgrund in zwölf Meter Tiefe die Sichtverhältnisse ausgezeichnet waren.

Weit ausgedehnte Tangwälder von zwei Meter Höhe bedeckten den Meeresboden. Sie wogten rhythmisch mit jeder Wasserbewegung und wechselten dabei ihre Farben, als wären sie Lebewesen. Fiona schwamm mitten hinein und scheuchte ein paar Fische auf. Mallory hielt inne und blieb schwebend über der wogenden Pflanzenmasse stehen. Anne tippte ihm auf die Schulter und schwamm davon.

Sie paddelten über einen großen, schwarzen Felsrücken. Einige Meter rechts von ihnen schimmerte aus dem Schatten eine guterhaltene Mauer mit einem normannischen Bogenfenster. Mühelos schwamm Anne hindurch. Mallory folgte ihr.

Es war klar zu erkennen, daß nur die starken Gezeitenströmungen auf dieser Seite der Insel ein vollständiges Versanden des Gebäudes schon vor Jahrhunderten verhindert hatten. Es besaß kein Dach mehr, und die Wände waren bis auf einen Meter eingestürzt. Dahinter lagen wieder große Tangwälder. Abgebrochene Wandreste und durcheinandergewürfelte Blöcke bearbeiteten Mauerwerks lagen zu allen Seiten verstreut.

Fiona erschien aus dem Dunkel und schwamm auf die beiden zu. Sie schwebte in kurzer Entfernung vor ihnen, steckte die rechte Hand in einen Nylonbeutel, den sie an ihrem linken Handgelenk befestigt hatte und holte ein Stück roter Töpferware heraus, die sie triumphierend hochhielt. Anne hob anerkennend ihren Daumen, und sie machten sich zusammen auf den Rückweg. Sie schwammen zurück über den Felsenkamm und tauchten nach oben, bis sie die *Foxhunter* erreichten.

Neben der Leiter an der Bordwand kamen sie wieder an die Wasseroberfläche. Anne stieg als erste hinauf. Mallory folgte ihr, zog sich die Tauchermaske herunter und wandte sich um, um Fiona heraufzuhelfen. Sie hockte sich auf das Deck, holte einzeln die Tonstücke aus dem Beutel hervor und breitete sie sorgfältig vor sich aus.

Raoul Guyon hatte eine Staffelei neben dem Ruderhaus aufgebaut und machte ein paar Porträtskizzen von Hamish Grant, der im Bug Platz genommen hatte. Der Franzose legte den Zeichenstift beiseite und gesellte sich zu den anderen.

Der General wandte ihnen den Kopf zu. »Was geht da vor?«

»Fiona hat einige Keramiksachen gefunden«, erklärte ihm Anne.

Guyon näherte sich Mallory, der in seinem Tauchanzug und den Schwimmflossen wie ein seltsames Untier aussah. »Wie ist's da unten?«

»Interessant. Sie sollten es auch mal versuchen.«

»Später vielleicht. Ich möchte erst die Skizzen vom General fertig machen. Das Licht ist gerade richtig dafür.«

Fiona schnallte ihr Atemgerät ab, hockte sich wieder auf den Boden und fing an, die Tonstücke zu sortieren. Diese Aufgabe schien sie vollständig in Anspruch zu nehmen.

»Die werden wir heute wohl nicht mehr sehen«, klärte Anne Mallory auf.

»Möchten Sie noch einmal schwimmen gehen?«

Sie schüttelte den Kopf. »Ich möchte lieber die Aquamobile ausprobieren. Wir nehmen jeder eins, und dann lassen Sie uns um die Landspitze herum zum Riff von St. Pierre schwimmen. Ich zeige Ihnen die Mittlere Passage. Außerdem gibt's da mindestens ein Schiffswrack zu sehen.«

Guyon half Mallory die beiden Aquamobile aus dem Salon hochzutragen. Es waren torpedoförmige Unterwasserschlitten, deren Propeller durch Batterien betrieben wurden. Man konnte mit ihnen bis zu einer Tiefe von fünfzig Metern hinabtauchen. Sie verfügten sogar über eigene Scheinwerfer für schlechte Sichtverhältnisse.

Anne und Mallory stiegen ins Wasser, und Guyon reichte ihnen die schweren Geräte hinunter. Die junge Frau startete ihres sofort und ließ sich fortziehen. Mallory folgte ihr.

Die See war ruhig, die Sonne spiegelte sich hell auf dem Wasser. Als sie sich jedoch dem massigen Felsen am westlichen Ende der Insel näherten, bemerkte Mallory die Gegenströmungen, die an seinem Körper zerrten. Anne hob ihren Arm, um ihm ein schnelles Zeichen zu geben und tauchte unter.

Das Gefühl der Geschwindigkeit unter Wasser war überwältigend. Es schien Mallory, als rase er durch den Weltraum, während er dem gelbgekleideten Wesen nachjagte. Und dennoch: Seine tatsächliche Geschwindigkeit betrug nicht mehr als drei Knoten.

Die rote Nase seines Schwimmgerätes peitschte durch das türkisfarbene Wasser, während es ihn über eine Masse schwarzer Felsen zog. Einen Moment lang schienen Strömungen aus allen Richtungen gleichzeitig an seinem Körper zu zerren. Als er jedoch um die Landzunge herum war, gelangte er in ruhigeres Wasser.

An einem tangbewachsenen Felsblock tauchten sie auf. Anne setzte sich auf einem Vorsprung nieder, so daß sie noch halb im Wasser saß, und nahm sich die Maske vom Gesicht. Zu beiden Seiten toste die See, weißer Gischt schäumte über den schroffen Felskamm, der den Hauptteil des Riffs bildete und bis hinüber nach St. Pierre reichte.

»Bei Ebbe ragt der größte Teil des Riffs sechs Meter aus dem Wasser hervor«, erklärte sie. »Es erstreckt sich bis hinüber nach St. Pierre wie ein Riesendamm.«

»Kann man zu Fuß hinüber?«

Sie schaute zweifelnd. »Ich würde es wohl nicht versuchen. Der Weg ist höchstens eine Stunde frei. Das liegt an einer anderen Flut, die vom Atlantik hier hereinströmt.«

In einer Meile Entfernung ragte der massige, zerklüftete Felsen von St. Pierre aus dem Meer. Das Schloß war auf die äußerste Kante der Klippen gebaut. Seine merkwürdigen spitzen Türme stachen scharf vom blauen Himmel ab. Sechzig Meter darunter schäumte die See über die Felsen.

»Wie finden Sie es?« fragte Anne.

»Das Schloß wird ein Vermögen gekostet haben, selbst in jenen goldenen Tagen des wirtschaftlichen Wohlstandes unter Queen Viktoria. Aber ich sehe keine Anlegestelle.«

»Die liegt unter der Insel. Wenn Sie ganz genau über die letzte Reihe der Felsen hinwegschauen, können Sie den Eingang in den Klippen erkennen. Bei Flut beträgt die lichte Höhe zwischen Wasserspiegel und Felsendecke nur drei bis vier Meter.«

»Demnach ist das Wasser drinnen ziemlich tief?« fragte er so nebenbei.

Sie nickte. »Selbst bei Niedrigwasser sind es gute achtzehn Meter. Es gibt eine Falte im Meeresboden, die das Riff in der Mitte spaltet. Diese Falte verläuft direkt unter St. Pierre hindurch.«

»Ist das die berüchtigte Mittlere Passage?«

»Genau. Und die lohnt es sich anzuschauen.«

Sie klemmte sich das Gummimundstück zwischen die Zähne, zog sich die Maske über das Gesicht und glitt wieder ins Wasser hinab. Die Sichtverhältnisse waren immer noch gut, und Mallory konnte deutlich das Felsenmeer des Riffs in fünf, sechs Meter Tiefe unter sich erkennen. Da senkte Anne unvermittelt ihr Aquamobil über eine Granitplatte und ließ sich in die unendliche Tiefe ziehen.

Sie tauchte durch einen trüben Felstunnel. Das Sonnenlicht fiel schräg durch Felsspalten und -risse in flimmernden Lichtbändern. An manchen Stellen erinnerte die Passage an das Schiff einer gewaltigen Kirche, der Fels türmte sich hoch auf und wölbte sich an beiden Enden zu einem Dach. Dann hellte das Dunkel auf, und sie gelangten in einen Abschnitt, der zur See hin offen war.

Anne befand sich etwa zehn Meter vor ihm. Sie stoppte ab, um auf Mallory zu warten. Als er bei ihr war, hechtete sie abwärts. Er folgte ihr. Die rote Spitze seines Aquamobils teilte das Wasser, und Fische stoben auseinander. In achtzehn Meter Tiefe gelangte er in ein geheimnisvolles, grünlich schimmerndes Halbdunkel, in dem die Sicht beträchtlich eingeschränkt war.

Tief unter ihm hatte Anne angehalten und schwebte über einer Felsbank. Als er sie erreicht hatte, sah er zu seinem großen Erstaunen einen Bedford Drei-Tonner Lastwagen, der, in einer Felsspalte eingeklemmt, auf der Seite lag. Die Abdeckplane war wohl schon vor langer Zeit verrottet. Er näherte sich und erkannte jetzt den weißen Stern, der auf alle alliierten Fahrzeuge gemalt worden war, die am D-Day und später benutzt wurden.

Sie wandten sich ab, und einen Augenblick später sahen sie das Heck eines Schiffes aus dem Dunkel hervorragen. Die Geländer und das Gestänge waren mit Girlanden aus seltsamen Unterwasserpflanzen geschmückt. Er folgte dem abgerundeten Schiffsrumpf, und ein ausgefranstes Loch, das von einem Torpedoeinschlag herrührte, gähnte ihn aus dem Dunkel an. Darunter lag, in einen tiefen Spalt gekippt, ein Churchill-Panzer; dahinter erkannte man die Umrisse von Lastwagen. Ein einsames Geschützrohr lugte schräg zur Oberfläche hervor.

Mallory folgte Anne über das Deck zum Ruderhaus. Die offene Tür schwang gemächlich in der Strömung. Das Deck war geborsten und zertrümmert wie von einer Explosion. Das Ruder schien noch funktionsfähig, ebenso der Kompaß in seiner Fassung, die von Meeresablagerungen verkrustet war. Als Mallory sich in das Innere vorwagte, hatte er das seltsame Gefühl, daß er beobachtet würde und daß irgend etwas fehlte. Ein schlimmmes Ende für ein gutes Schiff, dachte er und verließ das Ruderhaus. Anne tippte ihm auf die Schulter, und gemeinsam strebten sie der Helligkeit der Wasseroberfläche entgegen.

Sie kletterten auf einen abgeflachten, breiten Felsen, der von der Sonne getrocknet war. Anne nahm die Maske ab und atmete einige Male tief ein.

»Gibt es dazu eine Geschichte?« wollte Mallory wissen.

»Eines der Schiffe der D-Day-Armada, das es nicht geschafft hat. Es ist in der Nähe von Guernsey torpediert worden. Als die Maschinen zusammenbrachen, wurde es von der Flut direkt hierher auf das Riff zugetrieben. Wie es scheint, hat sich die Besatzung vorher in die Boote retten können.«

»Woher kennen Sie diese Geschichte?«

»Owen Morgan hat sie erzählt. Es gibt eine ganze Menge von Wracks in dieser Gegend, und Owen kennt sie alle samt ihren Geschichten. Das ist sein Hobby.«

»Interessant. Ich würde mich gern noch einmal dort umsehen. Haben Sie Lust, noch mal mit hinunterzugehen?« fragte Mallory.

»Ich glaube nicht. Aber ich warte gern hier. Bleiben Sie aber nicht zu lange. Wenn die Gezeiten wechseln, zieht eine ziemlich starke Tiefenströmung durch die Passage.«

Die bemerkte er augenblicklich: Wie eine unsichtbare Hand drückte sie ihn zu einer Seite hin, als er über die Riffkante hinabtauchte. Der Wasserdruck preßte gegen die Maske, während das Aquamobil ihn hinabzog. Einem plötzlich aus dem Halbdunkel aufragenden Stahlmasten wich er aus.

Über dem seitwärts geneigten Deck hielt er kurz an, um seinen nächsten Schritt zu überlegen. Der Anblick eines dunklen, offenstehenden

Eingangs zum Kajütengang nahm ihm die Entscheidung ab. Er tauchte hinein und schaltete den Scheinwerfer seines Aquamobils an.

Er folgte dem abgewinkelten Korridor und öffnete die erstbeste Tür, an die er gelangte. Sie schwang langsam nach innen. Der Raum dahinter war in Dunkel gehüllt, und ihn überkam eine seltsame, unerklärliche Furcht. Mutig stieß er hinein. Im Schein der Lampe erkannte er einen umgestürzten Tisch und eine Koje an einer Wand. Flaschen und verschiedene zerbrochene Gegenstände trieben unter der Decke.

Er tauchte wieder hinaus und schwamm den Gang entlang, der in einer wirren Masse von Metall endete. Stromdrähte hingen wie Vorhänge von der Decke. Den bittersten Eindruck hinterließen jedoch die gebrochenen Gebeine eines menschlichen Skeletts, das unter einem eingestürzten Eisenträger lag.

Rasch trat er seinen Rückzug an. In dem Augenblick, als er den Gang hinter sich hatte, stieß er nach oben dem Riff zu. In sieben Meter Tiefe hielt er einige Minuten an, um für den nötigen Druckausgleich zu sorgen. Dabei bemerkte er die Strömung, die an seinem Körper zerrte. Als er einige Meter von der Felsplatte auftauchte, fand er Anne, die bis zur Hüfte im Wasser stand und dabei war, ihr Atemgerät einzustellen.

»Wir sollten unverzüglich aufbrechen«, rief sie ihm zu, als er näherkam und seine Maske vom Gesicht zog. »Es ist schon später, als ich dachte. Der Gezeitenwechsel naht.«

»Ist das schlimm?« wollte er wissen.

Sie nickte. »Selbst die Aquamobile werden uns nicht viel nützen, wenn uns die Strömung mit fünf Knoten entgegenschlägt.«

Sie ließ sich augenblicklich davonziehen, so daß ihm nichts anderes übrigblieb, als sich anzuschließen. Hinter ihnen brachen sich auf der gesamten Länge des Riffs die schäumenden Wellen. Mallory spürte den unbarmherzigen Druck der Strömung. Er mußte mit der ganzen Kraft seiner Beine arbeiten, um den Punkt zu erreichen, wo sie wieder tauchen mußten. Anne wandte sich zurück und winkte ihm kurz zu, und sie tauchten hinab.

Mallory sah den Tang auf dem Meeresboden unter sich konstant nach einer Seite geneigt. Der Druck der Wasserstömung war jetzt wie eine feste Mauer, die es zu durchbrechen galt. Wieder mußte er alle Kraft seiner Beine aufbringen, bis es ihm gelang, über die unter ihm dahinziehenden schwarzen Felsen ruhigere Gewässer zu erreichen, wo sein Aquamobil mit einem heftigen Stoß plötzlich einen Satz nach vorn machte.

Er tauchte auf und sah Anne rechts vor sich schon in einiger Entfernung. Er gab ihr ein Zeichen, um sie weiter anzutreiben. Als er an die Felsspitze kam, sah er sie etwa fünfzehn Meter vor sich zügig auf die verankerte *Foxhunter* zuschwimmen.

Neben der Leiter lag ein Sportboot vertäut, dessen scharlachroter Anstrich hell im Sonnenlicht glänzte. In einem Stuhl aus Segeltuch an Bord der *Foxhunter* saß neben Hamish Grant ein hochgewachsener Mann mit einem vornehmen Äußeren. Er trug eine Sonnenbrille und war in eine Leinenjacke gekleidet. Er erhob sich und trat an die Reling, als Anne näher herankam.

Sie erreichte die Leiter, und er kam hinzu, um ihr an Bord zu helfen. Mallory war immer noch zwanzig, dreißig Meter entfernt, als Anne hinaufkletterte. Er verringerte seine Geschwindigkeit.

Er schwamm an dem Sportboot vorüber und erblickte einen Mann, der am Steuer saß. Der drehte sich um und schaute Mallory an. Er war ein stattlicher Mann, dessen hartes Gesicht von einer gezackten Narbe gezeichnet war, die seine rechte Wange zerteilte. Seine ganze Erscheinung schien Gefahr zu verbreiten. Mallory erkannte ihn sofort von dem Foto her, das man ihm bei seiner Einweisung gezeigt hatte.

Er schob seine Maske hoch. »Hallo.«

Jacaud schaute gelassen zu ihm hinunter, nickte und kehrte ihm wieder den Rücken zu. Mallory zog sich zur Leiter hinüber, wo ihn Raoul Guyon erwartete, um das Aquamobil hochzuziehen.

Mallory schwang sich über die Reling, stapfte an Deck und streifte seine Aqualunge ab. Anne stand ein, zwei Meter entfernt. Sie war sehr attraktiv in ihrem gelben Tauchanzug. Sie unterhielt sich mit dem Mann in der Leinenjacke.

Es gab keinen Zweifel daran, wer er war. Das feine, aristokratische Gesicht, die natürliche Gelassenheit vermittelten das Bild eines Mannes, der höchst überzeugt war, daß der liebe Gott die Beaumonts zuerst geschaffen hatte.

»Welch eine nette Überrraschung«, sagte sie gerade.

»Reiner Zufall, daß ich vorbeikam, kann ich Ihnen versichern. Ich habe mein neues Sportboot ausprobiert.« De Beaumont zog ihre Hand an seine Lippen. »Meine liebe Anne, Sie sind von Tag zu Tag entzückender.«

Sie errötete leicht. »Und jetzt, wo wir Sie schon mal hierhaben, werden Sie nicht so leicht wieder wegkommen«, sagte der General. »Sie müssen zum Abendessen bleiben. Es ist schon viel zu lange her, seit Sie das letzte Mal hier waren.«

»Ja, bitte, bleiben Sie doch«, insistierte Anne.

De Beaumont hielt noch immer ihre Hand. »Wie könnte ich widerstehen?«

Raoul Guyon stand mit Fiona neben dem Ruderhaus. Anne wandte sich an ihn: »Hat man Sie schon mit Monsieur Guyon bekannt gemacht?«

»Ja«, stellte de Beaumont fest. »Ich habe mir auch schon diese reizenden Skizzen, die er vom General angefertigt hat, angeschaut. Wenn er ein wenig Zeit erübrigen kann, könnten Sie ihn vielleicht überreden, einmal nach St. Pierre hinüberzukommen, um mich zu zeichnen?«

»Mit Vergnügen«, warf Guyon ein.

Anne wandte sich zu Mallory. »Dies ist Mr. Neil Mallory. Er wird für ein, zwei Monate unser Boot führen, bis Fiona und ich selbst damit umgehen können.«

De Beaumont stutzte und warf einen langen Blick auf Mallory. Langsam nahm er seine Sonnenbrille ab. Seine Augen, stahlblau, strahlten Kälte aus. Keine Wärme war in ihnen zu erkennen; und doch bewegte sich etwas in ihnen, das Mallory augenblicklich in Alarmbereitschaft versetzte.

»Mr. Mallory.« De Beaumont hielt ihm eine Hand hin.

Mallory ergriff sie und drückte sie fest. Der Franzose schaute ihm lange in die Augen und wandte sich dann wieder an Anne.

»Jetzt muß ich aber gehen. Wann sehen wir uns heute abend?«

»Sieben Uhr«, erwiderte sie. »Wir freuen uns darauf, Sie wiederzusehen.«

Er stieg hinunter in das Sportboot und gab Jacaud ein Zeichen. Der Motor heulte auf, und das Boot brauste davon.

De Beaumont hob die Hand zu einem Abschiedsgruß, holte aus einer Innentasche seiner Jacke eine goldene Zigarettendose hervor, entnahm eine Zigarette und zündete sie an.

»Soll ich Marcel bitten, daß er Sie heute abend rüberbringt?« fragte Jacaud.

»Ja, und Pierre. Ich werde aber auch Sie brauchen, Jacaud.«

»Irgend etwas Ungewöhnliches?«

»Ja, ich habe soeben einen Geist gesehen«, sagte De Beaumont ruhig. »Einen Geist aus der Vergangenheit. Und Geister sind immer ungewöhnlich.«

Er machte es sich auf seinem Sitz bequem, und Jacaud jagte das Schnellboot geschickt um die Landzunge. Sein Gesicht schien dabei wie versteinert.

Mallory stand am Ruder der *Foxhunter* und dachte an de Beaumont. Da ist etwas gewesen, das er nicht erklären konnte. Aber was in aller Welt hätte es sein können? Sie hatten sich bestimmt noch nie vorher gesehen.

Die Tür hinter ihm öffnete sich, und Raoul Guyon kam herein. Er lehnte sich an den Kartentisch.

»Was hältst du von ihm?«

»Sehr charmant. Sehr elegant. Macht einen weichen Eindruck bis zu dem Augenblick, wo du ihm in die Augen schaust. Wirst du mit ihnen zu Abend essen?« fragte Mallory.

Guyon verneinte. »Man hat mich für später eingeladen. Wie war's auf dem Riff? Irgend etwas Interessantes?«

Mallory teilte ihm kurz mit, was er erlebt hatte. Als er seinen Bericht beendet hatte, nickte Guyon. »Hört sich an, als wäre diese Höhle ein ideales Versteck für die *Alouette*.

»Genau das müssen wir herausfinden.«

»Und wie stellen wir das an?«

»Wir benutzen die Aquamobile und versuchen durch die Mittlere Passage hinzukommen.«

»Geradewegs in die Höhle?«

»Wir werden heute nacht losgehen. Die Wettervorhersage ist gut, und Mondlicht wird's auch geben. Wenn das Wetter hält, sollten wir keine Probleme haben. Mit dem Beiboot fahren wir bis hinter die Landzunge. Das sollte uns einen guten Start verschaffen.«

»Legrande meinte, daß dieser Auftrag interessant werden würde. Er kannte wohl die Einzelheiten nicht«, seufzte Guyon. »Bis später.«

Die Tür schloß sich hinter ihm. Mallory gab noch mehr Gas. Das Komische war, daß er, als die *Foxhunter* nun wieder zur Anlegestelle zurück raste, nicht an die Gefahr dachte, die vor ihnen lag, an den langen Weg, den sie in der Dunkelheit zurückzulegen hatten; er war mit seinen Gedanken bei diesen stahlblauen Augen, und er fragte sich, was er in ihnen gesehen hatte.

8

Der Mann aus Tanger

Das Grün des Rasens schimmerte durch die Terrassentür. Die mächtigen Buchen zeichneten sich scharf vom Abendhimmel ab. In der Ferne konnte man das melancholische Rauschen des Meeres vernehmen.

Drinnen im Zimmer war es warm und gemütlich, das Licht warf einen gedämpften Schein. Im Kamin zischte und knackte das Holz. In einer Ecke des Raumes stand ein Flügel, zwei alte bequeme Sofas waren um das Feuer gestellt, ein paar alte Stiche schmückten die Wände.

Man merkte, daß es ein Raum war, in dem gelebt wurde, ein ruhiges, behagliches Zimmer. Die fünf Personen hatten sich zwanglos um das Feuer gruppiert und redeten leise miteinander. Fiona Grants Lachen lag hin und wieder über dem Raum und wirkte wie ein Aufsprudeln in einem stillen Wasser.

De Beaumont und sein Gastgeber trugen Smoking. Der Franzose sah sehr elegant darin aus, und er schien sich wohl zu fühlen, während er sich mit Anne Grant und dem General unterhielt.

Fiona war in ein einfaches grünes Kleid aus dicker Seide gekleidet und saß auf der Lehne eines alten Polstersessels. Guyon stand neben ihr, rauchte eine Zigarette und lehnte mit einem Arm auf dem Kaminsims. Er trug keine Abendgarderobe, sondern einen gutgeschnittenen dunkelblauen Anzug, der perfekt saß und ihm ein vornehmes Äußeres verlieh.

Er beugte sich vor zu Fiona und murmelte ihr etwas ins Ohr. Sie gluckste vor Lachen und stand auf. »Raoul und ich wollen einen kleinen Spaziergang machen. Möchte sich irgend jemand anschließen?«

»Was würdest du tun, wenn wir ja sagten?« fragte ihr Vater.

»Untersteh dich!« Sie küßte ihn liebevoll und ging zur Tür. »Ich hole mir noch schnell einen Mantel, Raoul. Es könnte kühl werden.«

Raoul lächelte de Beaumont zu: »Werde ich Sie noch sehen, bevor Sie das Haus verlassen, Colonel?«

De Beaumont schüttelte den Kopf: »Kaum. Ich lasse es in letzter Zeit nie sehr spät werden. Strikte Anweisung meines Arztes.«

Guyon reichte ihm die Hand: »Dann auf Wiedersehen!«

»Und vergessen Sie mein Porträt nicht«, erinnerte de Beaumont. »Ich meinte es ernst.«

Der junge Franzose nickte kurz in die Runde und eilte zur Tür, als er Fionas Stimme aus dem Flur vernahm.

»Scheint ein ganz netter Kerl zu sein«, bemerkte der General.

»Jedenfalls ist das Fionas Meinung«, stimmte Anne zu. »Und er ist ganz sicher talentiert. Er war einige Jahre bei der Armee in Algerien, ehe er anfing zu malen.«

»Er ist außerordentlich begabt«, sagte de Beaumont. »Er wird sich ohne große Schwierigkeiten einen Namen machen.«

Der General wandte seinen Kopf um, als Jagbir hereinkam und auf einem Tablett Getränke servierte. »Schon etwas von Mr. Mallory gesehen?«

»Nein, General.«

Der alte Mann klappte den Deckel einer silbernen Dose auf, die auf einem Tischchen neben ihm lag, und nahm eine lange schwarze Zigarre heraus. »Ich frage mich, was ihm zugestoßen sein könnte?!«

»Vermutlich irgend etwas mit dem Boot«, meinte Anne, »und außerdem ist er zu Fuß.«

De Beaumont steckte eine Zigarette in eine silberne Spitze und bemerkte mit Bedacht: »Kennen Sie ihn schon lange?«

Hamish Grant schüttelte den Kopf. »Anne hat ihn in Southampton getroffen. Offen gesagt, er hat sie aus einer sehr unangenehmen Situation befreit.«

»Und auf dieser Grundlage haben Sie ihn angeheuert?«

»Seine Papiere waren alle in Ordnung. Er hatte gerade einen Tag vorher von einem Tanker aus Tampico abgeheuert. Warum fragen Sie?«

De Beaumont erhob sich, ging unruhig zur Terrassentür und drehte sich dann um: »Das ist wirklich ziemlich schwierig für mich. Ich möchte nicht, daß Sie glauben, ich wolle mich einmischen. Trotzdem habe ich andererseits das Gefühl, daß ich reden sollte.«

»Sie wissen etwas von ihm?« Der General horchte auf. »Etwa Schlechtes?«

De Beaumont kehrte zu seinem Sessel zurück und setzte sich. »Sie erinnern sich natürlich, daß ich in den letzten Jahren meiner Laufbahn in der Armee Kommandant eines Fallschirmjägerregiments in Algerien war. In den ersten Monaten des Jahres 1959 war ich der Armeeführung in Algier zugeteilt und für die militärische Sicherheit verantwortlich.«

»Was hat das mit Mallory zu tun?«

»Wir sammelten spezielle Berichte über Leute, die im Verdacht standen, für die FLN oder andere nationalistische Organisationen zu arbeiten. Neil Mallory war in den Akten erwähnt. Er war Kapitän einer Hochseejacht, die in Tanger ihren Liegeplatz hatte, und er war in das profitable Geschäft des Tabakschmuggels nach Spanien und Italien verwickelt. Man glaubte zudem, daß er auch Waffen für die FLN schmuggelte.«

Hamish Grant leerte sein Glas, stellte es bedächtig auf das Tischchen an seiner Seite und zuckte mit den Achseln: »Mit anderen Worten war er ein zäher, skrupelloser Bursche, der sein Geld machte, wo immer das möglich war. Sie haben mir nichts erzählt, was ich mir nicht auch schon überlegt hatte.« Er schob sein Glas zu Anne hinüber. »Schenk mir bitte nochmal nach, meine Liebe.«

»Es war seine Vergangenheit, die ich höchst interessant fand, als ich seine Akten durchblätterte«, führte de Beaumont weiter aus. »Daher konnte ich mich so leicht an ihn erinnern. Sie erinnern sich an jenes Buch, das ich mir vor etwa einem Jahr bei Ihnen auslieh? Ein Handbuch des Kriegsministeriums ›Ein neues Konzept der revolutionären Kriegsführung‹? Sie erzählten mir, daß es von einem brillanten jungen Offizier geschrieben worden war, im Jahre 1953, in den Monaten nach seiner Freilassung aus einem chinesischen Gefangenenlager in Korea. Ich glaube, daß es damals einigen Wirbel verursacht hat.«

Der General wurde aufmerksam, und seine Hand schloß sich fest um den Griff des Spazierstocks. »Verdammt, na klar«, rief er aus. »Mallory! Oberstleutnant Neil Mallory.«

»Wie hat man ihn noch gleich genannt nach diesen unerfreulichen Ereignissen in Malaya?« fragte de Beaumont leichthin. »Den Schlächter von Perak?«

Das Glas, das Anne gerade in der Hand hielt, um Whisky einzufüllen, fiel zu Boden und zersprang. Sie stand da und starrte de Beaumont mit weitaufgerissenen Augen an; auf ihrem Gesicht lag ein Ausdruck von Verwirrung. Rasch ging sie zu ihrem Schwiegervater.

»Was meint er damit?«

Hamish Grant tätschelte beruhigend ihre Hand. »Sind Sie sicher, daß es sich um denselben Mann handelt?«

»Die Umstände lassen nicht viel Raum für Zufälle. Zugegeben, bis heute kannte ich ihn nur von einem Foto, aber er hat ein außergewöhnliches Gesicht. Nicht eines von jener Sorte, die man schnell wieder vergißt.«

»Aber worum geht es denn, Hamish?« Anne ließ nicht locker.

De Beaumont war offensichtlich verlegen. »Wahrscheinlich ist es besser, wenn ich jetzt gehe. Verzeihen Sie mir, wenn ich einen Schatten auf diesen doch so vergnüglichen Abend geworfen habe; aber als Freund blieb mir wohl nichts anderes übrig, als das mitzuteilen, was ich über diesen Mann weiß.«

»Sie hatten ganz recht«, bemerkte der General und erhob sich. »Ich bin Ihnen sehr dankbar. Ich hoffe, wir werden Sie bald wiedersehen.«

»Aber natürlich.«

Der alte Mann setzte sich wieder. De Beaumont und Anne schritten durch den Flur zur Tür hin. »Ich werde Jagbir Bescheid geben, daß er Sie im Wagen zur Anlegestelle hinunterbringt«, bot sie ihm an.

De Beaumont schüttelte den Kopf. »Nicht nötig. An einem so schönen Abend wird mir der Spaziergang guttun.«

Ihre Hand, die er an seine Lippen zog, schien beinahe leblos. Er ergriff seinen Mantel, öffnete die Tür und lächelte: »Gute Nacht, Anne.«

»Gute Nacht, Colonel de Beaumont«, antwortete sie förmlich. Die Tür fiel ins Schloß.

Er blieb oben auf der Treppe stehen, und ein leichtes Lächeln lag auf seinen Lippen. Sie war verärgert, weil er Negatives aus Mallorys Vergangenheit ans Licht gebracht hatte. Die Verärgerung konnte eigentlich nur die spontane Reaktion einer Frau sein, die sich schon gefühlsmäßig engagiert hatte. Und das war interessant.

Er stieg die Treppe hinab zum Haupttor. Jacaud trat aus den Büschen heraus. »Was ist passiert?«

De Beaumont zuckte die Achseln. »Nur etwas Geduld, mein lieber Jacaud. Ich habe die Dinge in Bewegung gebracht. Jetzt müssen wir die weiteren Entwicklungen abwarten.«

Schritte knirschten auf dem Kies, und Jacaud zog ihn augenblicklich in den Schatten. Kurz darauf kam Mallory vorüber und ging auf das Haus zu.

»Was machen wir jetzt?« flüsterte Jacaud. »Nach St. Pierre zurückfahren?«

De Beaumont schüttelte den Kopf. »Die Nacht ist noch jung, und es könnten noch interessante Dinge geschehen. Ich glaube, wir sollten zum Hotel hinuntergehen und uns ein wenig mit dem geschmuggelten

Brandy unseres Freundes Owen befassen. Wir können dort alles weitere abwarten.«

Mit einem leicht glucksenden Lachen ging er voran durch das Tor auf die schmale, staubbedeckte Straße, die in der Abenddämmerung hell vor ihnen lag.

»Wissen Sie mehr über ihn, Hamish?« fragte Anne gefaßt. »Ich muß es alles wissen.«

»Über Neil Mallory?« Der alte Grant hob die Schultern. »Ein hervorragender Fallschirmjägeroffizier. Erstklassige Zeugnisse im Krieg, etliche Male ausgezeichnet. Nachher in Palästina, Malaya, eine andere Art von Krieg. Ging '51 nach Korea, wurde verwundet und irgendwo auf dem Imjin gefangengenommen. Zwei Jahre lang Gefangener.«

»Und was dann?«

»Allem Anschein nach gehörte er zu der Sorte von Männern, vor denen die Leute Angst haben, besonders die Vorgesetzten. Ein bißchen wie Lawrence oder Orde Wingate, Gott sei seiner Seele gnädig. Die Sorte von verzweifelten Exzentrikern, die sich mit dem Soldatenleben, wie es Friedenszeiten mit sich bringen, nicht wirklich abfinden können.«

»De Beaumont sagt, daß er Colonel gewesen ist. Er muß damals sehr jung gewesen sein.«

»Vermutlich der jüngste zu seiner Zeit. Er schrieb 1953 das Buch: ›Ein neues Konzept der revolutionären Kriegsführung‹ für das Kriegsministerium. Das hatte eine Menge Aufsehen erregt. Die meisten Leute dachten, er hätte sich zum Kommunisten gewandelt. Er zitierte viel aus Mao Tse-tungs Buch über Guerillataktik, so als wäre es eine Bibel.«

»Was geschah weiter?«

»Er wurde nach dem Koreakrieg zum Oberstleutnant befördert. Sie mußten irgend etwas finden, um ihn zu beschäftigen. Deshalb schickten sie ihn nach Malaya. Die Dinge standen dort zu jener Zeit nicht so günstig. In vielen Gebieten kontrollierten die Kommunisten wirklich alles. Sie gaben ihm den Befehl über ein paar örtliche Truppen. Man konnte es nicht wirklich als Regiment bezeichnen. Nicht mehr als hundert Mann. Ziemlich schwierig damals, Soldaten zu rekrutieren. Kleine, stämmige malayische Bauern direkt aus den Reisfeldern. Ich kenne den Typus.«

»Waren sie gute Kämpfer?«

»Innerhalb von drei Monaten waren sie sicher die furchtbarste

Dschungeltruppe in Malaya. Nach sechs Monaten erwiesen sie sich als so wirkungsvoll, daß man ihnen schon einen Spitznamen verlieh: ›Mallorys Tiger‹.«

»Und was geschah in Perak?«

»Der Höhepunkt des Dramas oder der Tragödie, wenn du willst, denn das war es wirklich. Zu jener Zeit war Perak voll von kommunistischer Guerilla, besonders an der Grenze nach Thailand. Die Befehlshaber beorderten Mallory dorthin, um sie ein für allemal hinauszuschmeißen.«

»Und er tat es?«

»Ich glaube, daß man das sagen kann. Aber als er seine Aufgabe erfüllt hatte, hatte er sich auch einen neuen Namen verdient.«

»Der Schlächter von Perak?«

»Genau. Ein Mann, der befohlen hatte, Gefangene zu erschießen, der unter Folter Gefangene ausquetschte, die seiner Obhut anvertraut waren. Ein Mann, dem man nachwies, daß er mit gezielter und kaltblütiger Grausamkeit gehandelt hatte.«

»Er wurde daraufhin hinausgeworfen?«

»Eben nicht. Das hätte nämlich auch andere mit betroffen. Nein, sie gaben ihm einfach den Abschied, lieferten der Presse die übliche Story, ließen verlauten, daß er sich nie von den Erlebnissen in den Händen der Chinesen erholt hätte und so weiter. Kein Mensch war in der Lage, das Gegenteil zu beweisen, und die Sache verlief sich.«

Sie saß eine Zeitlang still und starrte in das Feuer. Dann schüttelte sie langsam den Kopf. »Der Mann, den du beschrieben hast, muß ein Ungeheuer gewesen sein. Neil Mallory ist aber nicht so, dessen bin ich sicher.«

Er legte seine Hand auf die ihre. »Du fühlst dich von ihm angezogen, nicht?« Sie gab keine Antwort, und er seufzte. »Gott weiß, daß es mal geschehen mußte. Ist schon lange her, daß Angus von uns ging, Anne. Eine lange, lange Zeit.«

Die Tür wurde geöffnet und Jagbir trat ein, Mallory dicht hinter ihm. »Mr. Mallory ist hier, General.«

Hamish Grant richtete sich in seinem Sessel auf und sagte mit ruhiger Stimme: »Führe Colonel Mallory herein, Jagbir.«

Mallory hielt auf der Türschwelle überrascht inne, sein Gesicht war blaß, und die dunklen Augen zeigten keine Regung. »Wer hat Ihnen das erzählt?«

»De Beaumont«, erklärte der General. »Als er Chef der französischen militärischen Aufklärungsabteilung in Algier war, 1959, hatten sie dort Akten angelegt über Leute wie Sie. Ich habe erfahren, daß Sie Waffen für die FLN aus Tanger herausbrachten. Entspricht das den Tatsachen?«

Einen Moment lang machte sich nur ein Gefühl tiefer Erleichterung breit. Daß de Beaumont sich seiner aus den Tagen in Nordafrika erinnerte, war unerfreulich, aber wenigstens war sein Verhalten auf der anderen Seite der Front akzeptiert worden. Und das war die Hauptsache.

»Ist das von Belang? Meine Vergangenheit, meine ich?«

»Teufel noch mal, Mann, was Sie in Tanger gemacht haben, interessiert mich nicht im geringsten. Allerdings, was in Perak geschah, darüber möchte ich gerne mehr erfahren.«

»Und angenommen, ich sage, daß Sie das überhaupt nichts angeht?«

Der alte Mann blieb überraschend ruhig, aber Anne kam auf ihn zu und berührte Mallorys Arm. »Bitte, Neil, ich muß es wissen.«

Ihre Augen waren ganz weit, als sie zu ihm aufsah. Er wandte sich abrupt um, ging zur Terrassentür und stieg die Stufen zur Terrasse hinab.

Er stand an der Mauer oberhalb der kleinen Meeresbucht im trostlosen Licht der Dämmerung. Unter ihm schienen die Lichter eines zum Meer ausfahrenden Schiffes ganz weit entfernt.

Er war müde. Jegliche Gefühlsregung war von ihm gewichen. Er war sich bewußt, daß, was immer ein Mann tat, ihn im Grunde auch immer vernichten konnte.

Schritte knirschten hinter ihm über den Kies. Als er sich umdrehte, standen Hamish Grant und Anne unten an der Treppe. Sie führte ihren Schwiegervater zu dem Tisch in der Ecke, wo sich der alte Mann in einem der Sessel niederließ. Anne trat auf Mallory zu.

Sie stand einen Augenblick neben ihm und schaute ihn lange an; ihr Gesicht lag im Schatten. Dann trat sie auf ihn zu und barg ihr Gesicht an seiner Brust. Seine Arme umfingen sie instinktiv.

Der mächtige Körper des Generals zeichnete sich scharf ab von der Nacht und dem Meer. Seine Hände lagen gekreuzt auf dem Griff des Stockes. Er saß da wie eine im Boden verwurzelte Statue aus klassischer Zeit.

»Also, Colonel Mallory«, sprach er mit einer Stimme, die keinen Widerspruch duldete, »ich bin bereit.«

9

Der Schlächter von Perak

Leutnant Gregson lief nervös auf und ab, rauchte eine Zigarette und versuchte, genauso unbeteiligt zu wirken wie die Handvoll malayischer Soldaten, die im hohen Gras hockten und sich leise unterhielten. Am Rande der Lichtung hing an den Fußgelenken aufgehängt der Körper eines Mannes über der schwelenden Asche eines Feuers. Das Fleisch schälte sich von seinem Schädel.

Der Geruch war ekelerregend, so schlimm, daß Gregson glaubte, ihn zu schmecken. Er schüttelte sich vor Ekel und fragte sich, was den Colonel wohl aufgehalten haben könnte. Er war noch jung, erst zweiundzwanzig, schlank, mit kräftigen Schultern; das Gesicht unter dem roten Barett war fein geschnitten, die Augen jedoch lagen zu tief in ihren Höhlen.

Er vernahm das Geräusch des Landrovers, der sich auf dem Weg näherte, und schnippte mit den Fingern. Es war überflüssig, denn die Soldaten hatten sich augenblicklich wie ein Mann mit der ruhigen, lockeren Disziplin von Veteranen erhoben. Sie standen da und warteten. Kurz darauf bahnte sich Sergeant Tewak seinen Weg zur Lichtung, der Colonel folgte dicht dahinter.

Mallory trug das Barett der Fallschirmjäger und einen Tarnanzug, der am Hals offen war. Rangabzeichen waren nicht zu sehen. Er starrte nachdenklich auf den Körper und schlug dabei unablässig mit einem Offiziersstöckchen aus Bambus gegen sein rechtes Knie.

Dann fragte er mit gefaßter Stimme: »Wann haben Sie ihn gefunden?«

»Vor etwa einer Stunde. Ich dachte, daß Sie ihn sehen wollten, so, wie man ihn zurückgelassen hat.«

Mallory nickte. »Überlassen Sie Sergeant Tewak die Sache hier. Er kann die Leiche in Ihrem Landrover nach Maluban bringen. Sie können mit mir zurückfahren.«

Er wandte sich schroff ab und schritt wieder auf den Dschungel zu. Gregson gab Tewak die nötigen Befehle und folgte. Als er den Landrover erreichte, saß Mallory schon am Steuer. Gregson schwang sich auf den Beifahrersitz.

Der Colonel startete hastig den Wagen. Gregson zündete sich eine Zigarette an und sagte mit Bedacht zu dem Mann neben sich: »Ich hoffe, daß Sie sich in keiner Weise irgendwelche Vorwürfe machen, Sir.«

Mallory schüttelte den Kopf. »Er war ein guter Soldat, und er wußte, welches Risiko er einging. Wenn sie ihn bei sich aufgenommen hätten, wären wir in der Lage gewesen, eine Menge über sie in Erfahrung zu bringen. Vermutlich genug, um sie endgültig aus Perak zu vertreiben.«

Gregson erschauerte, als er sich an den mitleiderregenden Anblick des gefolterten Körpers und den Gestank des verbrannten Fleisches erinnerte. »Die haben ihm gar keine Chance gelassen, Sir, nicht wahr?«

»Das tun sie selten«, bemerkte Mallory trocken. »Es gibt da ein paar, an ihren Schreibtischen hockende Speichellecker in Singapur, die heute nachmittag eine Lektion hätten lernen können. Seltsamerweise kommen die nie so weit hier herein.« Er nahm eine Zigarette aus seiner Brusttasche und zündete sie an. »Es gab da eine Meldung vom Hauptquartier, als Sie weg waren. Man wird mir am Freitag ein Flugzeug schicken. Man wird eine Untersuchung anstellen.«

Gregson drehte sich abrupt zu ihm hin: »Die Kelantang-Affäre?«

»Ja. Anscheinend hat die Presse zu Hause Wind davon bekommen.« Er nahm das Gas zurück, um einen steilen Hang zu überwinden. »Ich glaube nicht, daß ich zurückkommen werde.«

»Aber das ist doch lächerlich.« Gregson war aufgebracht. »Es gibt nicht einen Guerilla mehr in Kelantang. Die Tiger haben in sechs Monaten mehr Erfolg gehabt als jede andere Einheit, seit dort der Notstand ausbrach.«

»Man mag meine Methoden nicht«, erklärte Mallory. »So einfach ist das.«

»Das ging mir genauso, zuerst jedenfalls. Aber ich weiß jetzt, daß das der einzige Weg ist. Wenn man nicht Feuer mit Feuer bekämpft, kann man gleich die Sachen packen und heimgehen.«

»Man wird uns auch das nicht erlauben«, meinte Mallory. »Die Briten mögen es nicht, wenn man auf halbem Wege kehrtmacht. Das hat mein irischer Vater immer gesagt, und der hatte allen Grund, diese Haltung zu kennen.«

Der Landrover überwand eine kleine Kuppe und rollte aus dem Dschungel heraus. Unter ihnen am Fluß lag Maluban. Es bestand aus ungefähr vierzig bis fünfzig Blockhäusern auf Stelzen. Das Sägewerk und das Lagerhaus für den Kautschuk lagen am entgegengesetzten Ende der Anlegestelle.

Es war ganz still. In dieser ruhigen Zeit, kurz bevor die Nacht hereinbrach, brütete der Dschungel dumpf vor sich hin. Mallory lenkte den Wagen in das Dorf hinunter. Eine Pfeife schrillte, und aus dem Sägewerk strömten die Arbeiter heraus.

Vor seinem Kommandostand, einem verwitterten, mit Schindeln verkleideten Flachbau auf Betonstelzen, brachte er den Wagen zum Halten. Er grüßte den Wachtposten und rannte stürmisch die Stufen hinauf. Im Innern saß ein Unteroffizier in einer Ecke am Funkgerät. Er wollte sich erheben, doch Mallory drückte ihn auf seinen Stuhl zurück.

»Irgend etwas Neues?« fragte Mallory auf malayisch.

»Nichts, seit Sie fortgingen, Sir.«

Mallory trat auf eine große Karte der Region zu, die an der Wand hing. Mit einem Finger verfolgte er den Lauf eines Flusses. »Jack müßte jetzt ungefähr hier sein. Gute vierzig Meilen.«

Gregson nickte und deutete auf ein kleines Dorf im Südwesten. »Harry sollte bei Anbruch der Nacht in Trebu sein. Den größten Teil des westlichen Flußufers werden sie durchkämmt haben.«

»Ohne auch nur das Geringste aufgespürt zu haben. Wie viele Leute stehen uns hier im Augenblick effektiv zur Verfügung?«

»Mit Sergeant Tewak und den sechs Männern, die den Toten herbringen, sind es ein Dutzend. Sechs im Lazarett, alle keine Simulanten.«

»Das brauchen Sie mir nicht zu sagen.« Mallory griff seinen Offiziersstab. »Mr. Li gibt heute ein Abendessen. Ich werde bis Mitternacht voraussichtlich dort sein. Wenn es irgend etwas Neues gibt, rufen Sie mich.«

»Ein besonderer Anlaß?«

Mallory nickte: »Er hat eine Journalistin bei sich zu Besuch. Eine gewisse Mary Hume.«

»Ist das nicht die, die auch Parlamentsabgeordnete war?«

»Stimmt genau. Eine dieser berufsmäßigen Liberalen, die ihre Zeit damit vertun, alle Brennpunkte aufzusuchen, um dann der guten, alten Armee in ihren Berichten in den Hintern zu treten.«

»Macht nichts«, tröstete ihn Gregson, »das Essen beim alten Li ist's immer wert.«

»Schöner Trost.« Mallory ging zur Tür, drehte sich nochmals um, und vielleicht zum ersten Mal, seit Gregson ihn kannte, lächelte er. »Freitag – das sind genau noch drei Tage. Nicht viel Zeit, um Perak zu säubern, was?«

Als er gegangen war, begab sich Gregson wieder zu der Karte an der Wand.

Es war ein verteufelt großes Gebiet, und er wußte ganz genau, daß die Patrouillen, die sie am Fluß entlanggeschickt hatten, ihre Zeit verplemperten. Es gab etwa sechzig chinesische Guerillas in Perak, kaum mehr. Und trotzdem waren sie in der Lage, einen ganzen Landstrich zu terrorisieren und den Einwohnern solche Furcht einzuflößen, daß eine Zusammenarbeit mit ihnen unmöglich war.

Und am Freitag sollte der Colonel nach Kuala Lumpur geflogen werden, um eine Untersuchung über sich ergehen zu lassen, die leicht mit Kriegsgericht und Degradierung enden konnte. Gregson fluchte leise. Wenn Mallory nur mit der Nachricht fliegen könnte, daß er und seine Tiger es abermals geschafft und die letzte noch funktionsfähige Guerillabande im Norden zerschmettert hätten. Das hätte dem Hauptquartier zu denken geben müssen.

Er ging in den hinten gelegenen Schlafraum, goß sich einen Drink in ein Glas, begab sich auf die Veranda und blickte über das wuchernde Gras. Eine lockere Bohle quietschte. Er drehte sich um und erblickte Suwon, Mr. Lis Sekretärin, die die Stufen heraufkam.

Sie war etwa zwanzig. Ihre Haut war cremefarben wie es eurasischen Frauen eigen ist, und ihre vollen Lippen verliehen ihr eine sinnliche Ausstrahlung. Ihr Gewand war aus schwerer purpurfarbener Seide gefertigt, an beiden Seiten bis weit oberhalb des Knies geschlitzt. Es zeichnete ihren reifen Körper scharf ab.

Er grinste sie verlegen an und hob sein Glas. »Welch eine Überraschung. Ich dachte, du würdest an der Party teilnehmen.«

»Werde ich auch, später«, erklärte sie. »Aber ich wollte dich sehen.«

»Hm, das ist sehr schmeichelhaft.«

Sie legte eine Hand an seine Brust.

»Bitte, Jack, dies ist eine ernste Angelegenheit. Die Frau von Sabal, dem Fährmann, ist soeben bei mir gewesen. Sie war über alle Maßen verängstigt.«

»Gibt's Schwierigkeiten?«

»Sie halten schon seit drei Tagen einen verwundeten Terroristen bei sich versteckt. Mit den üblichen Drohungen, natürlich. Er wurde letzte Woche bei diesem Scharmützel auf der anderen Seite des Flusses von der Patrouille angeschossen. Seine Freunde haben ihn zu Sabals Haus gebracht, weil es so abgelegen ist. Du weißt, wo es ist?«

Gregsons Magen verkrampfte sich vor Aufregung. Als er das Glas absetzte, zitterte seine Hand. »Einen knappen Kilometer flußaufwärts. Haben sie sich also entschlossen, ihn auszuliefern?«

Sie zuckte die Achseln: »Wenn der Mann nicht ärztlich versorgt wird, wird er bald sterben. Sabal ist Buddhist. Er kann das nicht geschehen lassen.«

»Du hast sonst niemanden informiert?«

Sie verneinte. »Ich habe kein Verlangen danach, Angriffsziel zu werden. Du weißt, wie schnell solche Sachen nach außen dringen. Darum kam ich auch hier hinten herum.«

Er legte sich den Gürtel mit dem Revolver um. »Niemand wird erfahren, wer mir den Tip gab. Versprochen.«

»Um Sabal und seine Familie mache ich mir wirklich Sorgen.«

»Das ist nicht nötig. Ich werde nur ein paar Männer mitnehmen. Es wird wie eine Routinesache aussehen.« Er küßte sie leicht auf den Mund. »Du solltest schnell wieder gehen. Man wird dich schon bei Tisch erwarten. Und kein Wort zu irgend jemandem. Ich möchte den Colonel überraschen.«

Er ging zurück ins Haus. Sie hörte noch, wie er mit erhobener Stimme nach dem wachhabenden Unteroffizier rief. Einige Augenblicke später verließ der Landrover den Platz vor dem Haus. Sie blieb noch stehen. Ein Schatten fiel schräg über ihre Augen und verlieh ihrem Gesicht etwas Maskenhaftes. Es hatte den Anschein, als wartete sie auf etwas. Erst als das Motorengeräusch in der Ferne erstarb, drehte sie sich um und ging davon.

Eine Motte flatterte verzweifelt neben der Öllampe und verbrannte in der Hitze. Was von ihr übrigblieb, fiel auf den Tisch herab. Mr. Li wischte es weg und griff nach der Karaffe. Es war offensichtlich, daß europäisches Blut in seinen Adern floß. Seine Augen waren an den Ecken leicht nach oben gezogen, sie blickten gescheit und freundlich; die Lippen unter der geraden Nase waren wohlgeformt und voller Humor.

»Noch einen Brandy, Mrs. Hume?«

Sie war Anfang vierzig. Ihr ergrauendes Haar trug sie kurzgeschnitten, wie es gerade Mode war. In ihrem einfachen, bedruckten Kleid und einem Kaschmirschal über den Schultern wirkte sie durchaus attraktiv.

Sie schob ihm ihr Glas hin, und Mr. Li fuhr fort: »Sie können sich gar nicht vorstellen, welch eine Freude es mir bereitet, ein Mitglied des britischen Parlaments in meinem Haus begrüßen zu dürfen.«

»Ich fürchte, Sie hinken der Zeit ein wenig hinterher, Mr. Li«, antwortete sie leichthin, als Suwon mit dem Kaffee hereinkam. »Ich interessiere mich nicht mehr für Politik. Ich bin nur noch eine einfache Journalistin, die als Sonderkorrespondentin arbeitet.«

»Um selbst herauszufinden, wie die Dinge im Grenzland stehen?« Mr. Li lächelte. »Welch glücklicher Umstand, daß Colonel Mallory sich bereit erklärt hat, während seines Aufenthaltes hier, meine Einladung anzunehmen. Ich bin sicher, daß es keinen besseren Fachmann gibt, der über die wirren Zeiten, in denen wir uns befinden, Auskunft geben könnte.«

»Ich habe schon Einblick in Colonel Mallorys Methoden bekommen«, bemerkte Mrs. Hume kühl und wandte sich an Mallory, der am gegenüberliegenden Ende des Tisches Platz genommen hatte. Er trug eine vorzüglich geschnittene Ausgehuniform, das Ordensband und die S. A. S.-Flügel über der linken Brusttasche waren Farbtupfer, die im Licht der Lampe schimmerten. »Ich bin durch Perak gefahren, eine Ortschaft ungefähr fünfzehn Kilometer südlich von hier im Landesinnern. Jedes Haus bis auf den Grund niedergebrannt, auf Ihren Befehl hin. Frauen und Kinder obdachlos, und das in Anbetracht der nahenden Regenzeit.«

Suwon beugte sich über Mallorys Schulter, um ihm Kaffee einzuschenken. Ihr betörender Duft wehte ihm in die Nase. »Auf eine meiner Patrouillen ist vor zwei Tagen ein Anschlag verübt worden, in Perak. Vier Männer wurden getötet, zwei verletzt. Die Dorfbewohner hätten sie warnen können. Das taten sie aber nicht.«

»Weil sie Angst hatten«, warf sie ärgerlich ein. »Das liegt doch auf der Hand. Die kommunistischen Partisanen müssen sie mit Drohungen dazu gezwungen haben, zu schweigen.«

»Ganz richtig«, antwortete Mallory schlicht. »Darum habe ich ihre Häuser anzünden lassen. Beim nächsten Mal werden sie sich's zweimal überlegen.«

»Aber Sie verlangen Unmögliches von diesen Menschen«, unterbrach sie ihn. »Sie sollen die eigenen Landsleute verraten.«

»Diese Dinge werden Leute wie Sie nie begreifen. Die Männer, die angegriffen und getötet wurden, meine Soldaten, waren Malayen. Die Guerillas, die auf sie geschossen haben, Chinesen.«

»Nicht alle.«

»Einige sind malayische Chinesen, darüber will ich mit Ihnen gar nicht streiten, aber die Mehrzahl sind chinesische Kommunisten, ausgebildet und bewaffnet von der Armee der Volksrepublik China und über Thailand nach Malaya eingeschleust.«

»Was Colonel Mallory sagt, ist ganz richtig, Mrs. Hume«, warf Mr. Li ein. »Diese Terroristen sind schreckliche Menschen. Sie haben uns in dieser Gegend das Leben sehr schwer gemacht.«

»Für Ihre Geschäfte, meinen Sie«, gab sie scharf zurück.

»Aber natürlich.« Mr. Li war kein bißchen verstimmt. »Viele der großen Kautschukgesellschaften mußten ihren Betrieb einstellen, und dem Holzhandel wird es bald ähnlich schlecht ergehen. Im Sägewerk machen meine Arbeiter schon Kurzarbeit. Dies sind Menschen, die wirklich leiden müssen, wissen Sie. Vor zwei Wochen wurde die katholische Mission in Kota Banu angegriffen. Der diensthabende Priester war zu jenem Zeitpunkt nicht anwesend, aber zwei Nonnen und dreizehn junge Mädchen wurden getötet.«

»Sie vergeuden Ihre Zeit, Mr. Li«, sagte Mallory verärgert. »Das sind nicht die Geschichten, die Mrs. Hume hören möchte. Ihr Blatt druckt solche Berichte auf Seite sieben ganz unten links.«

Er griff sein Glas mit dem Brandy und ging hinaus auf die Veranda, während sich Mr. Li mit erhobener Stimme hinter ihm entschuldigte. Mit der hereinbrechenden Dunkelheit kam jenseits des Flusses Leben in den Dschungel. Baumfrösche versetzten mit ihrem Quaken die Luft in Schwingungen, Brüllaffen tobten durch die Bäume, und über allem lag das ständige, rhythmische Zirpen der Zikaden.

An seiner Schulter hörte er Mary Hume mit trockener, ungerührter Stimme sagen: »In Singapur wird erzählt, daß Sie während des Kelantang-Einsatzes Gefangene erschossen haben. Ist das wahr?«

»Ich war einer anderen Bande dicht auf den Fersen. Ich brauchte jeden Mann.« Mallory zuckte mit den Achseln. »Gefangene hätten uns nur aufgehalten.«

»Und jetzt wird es eine Untersuchung geben. Man wird Sie rausschmeißen, das wissen Sie.«

»Und, ist das nicht genau das, was Sie wollen?«

Sie runzelte die Stirn: »Sie mögen mich nicht, Colonel Mallory?«

»Nicht besonders.«

»Darf ich fragen, warum? Ich tu' nur meinen Job.«

»Wenn ich mich recht erinnere, war das Ihre Entschuldigung in Korea, als Sie und ein, zwei andere Leute Ihrer Sorte eine Einladung der Chinesen annahmen, um sich die Zustände auf der anderen Seite der Front anzuschauen.«

»Aha, jetzt verstehe ich«, sagte sie, und ihre Stimme verlor sich in einem langen Seufzer.

»Sie schrieben ein paar hervorragende Artikel darüber, wie gut die Gefangenenlager waren«, berichtete Mallory weiter. »Wie gut wir behandelt wurden. Ich habe sie gelesen, nachdem ich entlassen war. Klar, man hat Ihnen nie unser Lager vorgestellt, Mrs. Hume, was kaum überrascht. Ungefähr um die Zeit, als Sie Ihren Besichtigungsausflug antraten, war ich sechs Monate in einem kleinen Bambuskäfig untergebracht, um der Wahrheit genüge zu tun: Wir waren etwa zwanzig. Eine gesunde Erfahrung, insbesondere weil gerade der Winter einsetzte.«

»Ich habe die Tatsachen berichtet, die ich gesehen habe«, sagte sie schlicht.

»Leute wie Sie machen das immer, ich weiß.« Er leerte fast das halbe Glas und fuhr fort: »Es gibt etwas, das mich brennend interessiert: Warum geht es immer nur gegen Ihr eigenes Land? Warum ist es nie die andere Seite? Ich meine, was nagt wirklich an Ihren Eingeweiden?«

Sie konnte nur mit äußerster Mühe ihre Wut zähmen, das war deutlich zu sehen, und als sie antwortete, zitterte ihre Stimme leicht: »Wo es um ein moralisches Prinzip geht, verwahre ich mich gegen einen aufgesetzten Nationalismus.«

»Ist das eine Tatsache?« fragte Mallory. »Nun, dann will ich Ihnen mal was anderes erzählen, Mrs. Hume. Mir sind die da draußen im Dschungel allemal lieber als Sie und Ihre Kollegen. Die wenigstens kämpfen für ihre Überzeugung. Dafür respektiere ich sie.«

»Selbst wenn sie Nonnen und junge Mädchen töten?« spottete sie.

»Wir haben solche Sachen während des Krieges in weit eindrucksvollerem Maße gelöst. Für einen Puristen, wie Sie einer sind, gibt es doch kaum einen Unterschied zwischen der Granate eines Terroristen und der Bombe, die durch Knopfdruck aus dreizehntausend Metern Höhe ausgelöst wird.« Sie war plötzlich sehr still, und er sagte schlicht: »Fast hätte ich's vergessen: War nicht Ihr Mann im Krieg Bomberpilot? Ich glaube, seine Meinung wäre höchst interessant.«

»Mein Mann ist tot, Colonel Mallory. Er fiel im Krieg.«

»Ich weiß, Mrs. Hume.« Seine Stimme war weich.

Sie wandte sich jäh um und ging zurück ins Haus. Mallory zog eine Zigarette hervor und entzündete ein Streichholz am Geländer.

In den Büschen unter ihm raschelte es. Sergeant Tewak trat hervor und meldete mit gedämpfter Stimme: »Colonel, es gibt schlechte Nachrichten am Kommandoposten. Es wäre gut, wenn Sie kommen könnten.«

Mallory schaute rasch über seine Schulter zurück. Mr. Li und Mary Hume hatten die Köpfe zusammengesteckt und unterhielten sich ernst. Suwon war damit beschäftigt, am Sideboard Drinks herzurichten. Er sprang über das Geländer und folgte Tewak durch das Gebüsch.

Der kleine Malaye lief schweigsam voran. Er führte sie durch das hintere Tor hinaus, den Hügel hinab ins Dorf. Die Straßen waren ruhig. Draußen vor dem Kommandohaus jedoch fand Mallory, wie es schien, die gesamte Einheit in Zweier- und Dreierreihen angetreten. Jeder Mann bewaffnet und abmarschbereit.

Als Tewak ihn zur Vorratshütte an der Seite des Haupthauses führte, bemerkte Mallory, wie sich eine Leere in der Magengegend breit machte. Der Malaye öffnete die Tür, schaltete das Licht an und ging hinein.

Der Körper war mit einer Zeltplane bedeckt und lag auf einem Zeichentisch in der Mitte des Raumes. Mallory wußte sofort, daß es Gregson war. Er erkannte die amerikanischen Fallschirmspringerstiefel, die Gregson sich drei Monate zuvor in einem Second-Hand-Laden in Singapur gekauft hatte. Tewak zog die Zeltplane zurück und wartete mit versteinerter Miene.

Die Zähne waren fest aufeinandergepreßt, die Lippen im Todeskampf zurückgezogen. Die Hände waren ihm auf den Rücken gebunden. Die Augen hatte man ihm offensichtlich, als er noch lebte, ausgedrückt. Der Rest war nur eine Masse rohen Fleisches.

Mallory holte einmal tief Atem und wandte sich ab. »Wann ist das passiert?«

»Vor ungefähr einer halben Stunde. Man hatte ihm einen Hinweis gegeben, daß sich im Haus von Sabal, dem Fährmann, ein verwundeter Terrorist versteckt hielte. Ich kam etwa eine Stunde nach seinem Aufbruch zurück. Er hatte nur zwei Männer mitgenommen. Als er nicht zurückkam, hielt ich es für besser, nachzuschauen.«

»Sie sind alle tot?«

»Sabal, seine Frau und die vier Kinder auch.«

Mallory nickte langsam. Sein Blick war finster, als er wieder auf den Körper auf dem Tisch schaute und ihn zudeckte.

»Geh zu Mr. Lis Haus. Dort befindet sich eine Engländerin, eine Mrs. Hume. Sag ihr, daß ich sie sehen will. Wenn sie sich weigert, wende ruhig Gewalt an.«

Die Tür schloß sich leise. Mallory dachte an Gregson, an die sinnlose, unnötige Grausamkeit seines Sterbens. Es war ganz offensichtlich als Drohung gedacht und ganz direkt gegen ihn selbst gerichtet. Wer auch immer die sechzig Terroristen in Perak kommandierte, er hatte Gregson als Warnung für ihn getötet.

Kurze Zeit später wurde die Tür geöffnet und Mary Hume hereingestoßen. Hinter ihr bemerkte Mallory das verwirrte Gesicht Mr. Lis in der Tür.

Sie bebte vor Wut, und ihr Gesicht war weiß, als sie nähertrat. Bevor sie etwas sagen konnte, schnitt ihr Mallory das Wort ab.

»Tut mir außerordentlich leid, Sie zu belästigen, Mrs. Hume. Aber einer meiner jungen Offiziere wollte Ihnen unbedingt vorgestellt werden.«

Die Falte auf ihrer Stirn vertiefte sich; da riß Mallory die Plane herunter. Sie stand da und starrte auf den Tisch, ein Ausdruck von Entsetzen gefror auf ihrem Gesicht, und dann begann ihr Kopf von einer Seite auf die andere zu schwingen, die Lippen bebten. Mr. Li nahm sie sanft in seine Arme und drückte sie an sich.

»Das war nicht sehr nett von Ihnen, Colonel.«

»Zur Hölle mit Ihnen«, rief Mallory, »und nehmen Sie sie gleich mit.« Er deckte Gregson sorgfältig zu.

In der Ferne grollte ein Donner, und dann leuchteten Blitze auf. In diesem Sekundenbruchteil sah Mallory jedes einzelne Möbelstück seines Zimmers scharf umrissen. Er warf seinen Offiziersstab und das Barett auf sein Bett und öffnete die Läden der Verandatür. Als er auf die Veranda hinausschritt, setzte gerade der Regen ein und erfüllte die Luft mit seinem Prasseln.

Er atmete tief ein und ließ die frische Luft in seine Lungen eindringen. Da sagte eine leise Stimme: »Die Nachtluft ist nicht gut, wenn der Regen einsetzt, Colonel.«

Suwon stand ein paar Schritt entfernt am Geländer; und als wieder ein Blitz aufflammte, schien ihr Gesicht aus dem Dunkel hervorzuspringen.

Der gestickte Drache auf ihrem roten Gewand erwachte zum Leben wie ein seltsames Nachtgetier.

»Ich hatte gehofft, du würdest kommen«, sagte er.

Sie kam sehr nahe an ihn heran, bis sich ihre Körper berührten. Ihr Duft stieg ihm angenehm in die Nase, und er spürte ihre spitzen Brüste. Sie legte ihm eine Hand um den Nacken, ihren Mund vor Verlangen halb geöffnet. Mit leiser Stimme sagte er: »Warum hast du Gregson erzählt, daß bei Sabal ein verwundeter Terrorist ist?«

Während sich seine Hände langsam zu ihrem Kreuz vortasteten, spannte sie sich wie eine Bogensehne. Sie stieß einen erschrockenen Schrei aus, drehte sich um und taumelte die Stufen hinunter auf den Rasen. Gerade als sie ihn überqueren wollte, explodierte wieder ein Blitz und schleuderte sein Licht auf Sergeant Tewak und eine Handvoll Männer, die im Halbkreis auf sie zukamen. In dem Augenblick, als Tewak sie erreichte, schien der Himmel mit einem Donnerschlag, der die Erde erzittern ließ und ihren Entsetzensschrei erstickte, weit aufzureißen, während sie hart herumgerissen und die Stufen hinaufgestoßen wurde.

Mallory schaltete die Lampe in seinem Zimmer an, griff sich einen Stuhl und setzte sich. Suwons Gewand war total durchnäßt und klebte an ihr wie eine zweite Haut. Ihr Gesicht war aschfahl, als Tewak sie nach vorn schob.

»Du bist heute abend durch den Garten hierher gekommen und hast Leutnant Gregson erzählt, daß in Sabals Haus ein Terrorist versteckt ist.« Sie schüttelte verneinend den Kopf, und Mallory fuhr fort: »Verlier keine Zeit mit dummen Lügen. Der wachhabende Offizier hat die ganze Unterhaltung mitangehört.«

Tränen traten ihr in die Augen und rollten ihre Wangen herunter. Da sagte er: »Gregson ist tot; ich gebe dir dafür nicht die Schuld. Aber dem, der dir den Auftrag gegeben hat. Wer war das? Du brauchst keine Angst zu haben. Ich werde dafür sorgen, daß du geschützt wirst.«

Sie schüttelte verzweifelt den Kopf und versuchte, sich aus Tewaks eisernem Griff zu befreien. Es war vergeblich. Der Malaye hob die Augenbrauen. Mallory nickte, und Tewak hieb seine Faust in ihren Mund. Sie taumelte quer durch den Raum und fiel auf das Bett.

Als Mallory sie hochriß, waren ihre Lippen aufgeplatzt und bluteten, und es fehlten ihr ein paar Zähne.

»Vor zwei Wochen haben deine Freunde eine katholische Mission niedergebrannt und dreizehn kleine Mädchen abgeschlachtet«, sagte er nüchtern. »Im Juli ließen sie einen Zug entgleisen und töteten oder verwundeten fast einhundert Bauern. Was mich betrifft, bist du entbehrlich. Jetzt wirst du mir entweder sagen, was ich wissen will, oder ich lasse Tewak auf dich los, und ich verspreche dir – danach wirst du keine Lust mehr verspüren, jemals wieder in den Spiegel zu schauen.«

Tewak begann seinen Gürtel abzuschnallen. Sie schüttelte schwach den Kopf.

»Mr. Li«, wimmerte sie, »es war Mr. Li.«

Li betrachtete sich im Spiegel des Badezimmers. In einer Hand hielt er eine Pinzette, mit der er behutsam ein paar Härchen von seiner Oberlippe zupfte. Dann öffnete er eine große, mit einer goldenen Kappe verschlossene Flasche, die einen parfümierten Balsam enthielt. Er schüttete davon ein wenig in seine Handflächen und massierte ihn sorgfältig in sein Gesicht ein. Er zuckte leicht zusammen, als er die Kühle auf der Haut spürte. Dann begab er sich in sein Schlafzimmer.

Mallory stand am offenen Fenster, das zur Veranda hinausging. Er trug sein rotes Barett und in seiner rechten Hand den Offiziersstab, mit dem er sich unablässig gegen den Oberschenkel schlug. Es waren die Augen, die Li sein Schicksal mitteilten, jene unergründlichen, seltsamen Augen, die in dem weißen Gesicht wie Höhlen lagen und ihn anstarrten und durchdrangen.

Es gab nichts zu sagen, überhaupt nichts. Er stand da, und auf seinem Gesicht zeigte sich ein leichtes, vorsichtiges Lächeln; die Hände hatte er in den Taschen seines seidenen Morgenmantels vergraben. Mallory machte eine knappe Bewegung, und Tewak und seine Männer erschienen auf der Bildfläche.

Mr. Li ging zu einem kleinen Kaffeetischchen, nahm eine Zigarette aus einer Jadedose und zündete sie an. »Wer hat es Ihnen gesagt?«

Mallory schüttelte tadelnd den Kopf: »Suwon war ein großer Fehler. Mädchen wie sie vertrauen nur auf ihr Äußeres. Sie haben sonst nichts, was sie in die Waagschale werfen könnten.«

Der Bücherschrank an der gegenüberliegenden Wand stürzte krachend und splitternd zu Boden. Drei der Soldaten hieben mit ihren Gewehrkolben gegen die dahinterliegende Holzverschalung. Einen Augenblick später brach ein großes Stück heraus und enthüllte ein Schränkchen von etwa einem Quadratmeter Größe, das ein Funkgerät und verschiedene Akten enthielt.

Mallory untersuchte den Fund, nickte und drehte sich schnell um. »So weit, so gut. Nun lassen Sie uns zum Geschäftlichen kommen. Unseren Aufklärungsberichten zufolge verfügen Sie über sechzig bis siebzig Guerillas, die in Perak operieren. Mich würde interessieren, wo sie sich aufhalten.«

»Sie vergeuden Ihre Zeit, mein lieber Mallory«, wandte Mr. Li ein. »Ist das nicht etwas, das Sie sich wirklich ersparen sollten? Wann kommt man Sie holen – Freitag? Sechsunddreißig Stunden, das ist alles.«

Er lachte auf, und Tewak hob seine Hand, doch Mallory schüttelte den Kopf. »Sinnlos, die Zeit mit Nebensächlichkeiten zu vertun. Bringt ihn in das Wohnzimmer, da gibts ein Feuer.«

Li bemerkte die Kälte, die sein Inneres durchfuhr, bei dem Gedanken an die Geschichten, die man sich von diesem Mallory, seinen Tigern und der Art und Weise ihres Vorgehens erzählte. Niemand schien sie wirklich zu glauben, denn das war nicht die Art der Engländer, mit solchen Mitteln zu kämpfen; sie wandten solche Methoden nicht an, und das war ihre größte Schwäche. Gehirnwäsche und psychologischer Druck, darauf war er vorbereitet, aber das...!

Man stieß ihn in das andere Zimmer zum steinernen Kamin, in dem die Diener auf seine Anweisung hin ein Holzfeuer bereitet hatten, das gegen die Feuchtigkeit von draußen helfen sollte. Mallory gab ein kurzes Zeichen. Lis Morgenmantel und Pyjamajacke wurden heruntergerissen und sein Oberkörper entblößt. Die Hände fesselte man auf seinem Rücken mit einem Strick.

Vor der Tür brach plötzlich große Unruhe aus. Mallory vernahm Mrs. Humes laute, schrille Stimme. Er durchquerte den Raum und ging an seinen Männern vorbei zum Korridor. Die dunklen Ringe unter den Augen verstärkten die Blässe ihres Gesichtes. Sie hatte offensichtlich geweint.

»Was geht da drinnen vor? Ich verlange darüber Auskunft«, rief sie.

»Ich verhöre Mr. Li«, erklärte Mallory. »Wir haben soeben herausgefunden, daß er uns bisher an der Nase herumgeführt hat.«

»Das glaube ich Ihnen nicht.«

»Na, das ist zu schade. Zu einem späteren Zeitpunkt werde ich mich glücklich schätzen, Ihnen das Funkgerät, das er in seinem Zimmer versteckt hatte, zu zeigen. Momentan aber bin ich sehr beschäftigt«, spöttelte er. »Begleite Mrs. Hume auf ihr Zimmer, und sieh zu, daß sie es nicht verläßt«, wies Mallory den Unteroffizier zu seiner Linken an.

Er ging ins Wohnzimmer zurück, schlug die Tür zu, als er sie plötzlich empört aufschreien hörte und trat ans Feuer. Er ließ sich in einem Sessel nieder und zündete sich eine Zigarette an.

»Sind Sie jemals gefoltert worden?« Da Li nicht antwortete, fuhr Mallory fort: »Im Jahre 1943 habe ich verdeckt in Frankreich operiert. Ich war gerade zwanzig. Die Gestapo faßte mich. Die ersten beiden Tage überstand ich ganz gut. Aber am Ende der Woche hatten sie mich so weit, daß ich ihnen alles erzählte, was sie wissen wollten. Natürlich hatte man in London inzwischen alles geändert, so daß es nicht wirklich entscheidend war.«

»Das ist tatsächlich sehr interessant«, meinte Li spöttisch.

»Ich dachte mir schon, daß Sie das sagen würden.« Mallory ergriff einen Feuerhaken und legte ihn ins Feuer. »Es tut mir leid, daß ich nicht eine ganze Woche warten kann, das verstehen Sie, und ich glaube auch nicht, daß ich das nötig habe. Ich habe zudem den außerordentlichen Vorteil, zwei Jahre in einem kommunistischen Gefangenenlager verbracht zu haben. Die haben mir eine Menge beigebracht, diese Freunde von Ihnen.«

Li starrte mit gebanntem Entsetzen auf den Feuerhaken, und seine Kehle wurde trocken. Er fuhr sich mit der Zunge über die Lippen und krächzte: »Das werden Sie nicht wagen. Die Brandmale wären für alle sichtbar auf meinem Körper. Mrs. Hume ist Zeugin für alles, was geschieht.«

»Man hat mir aufgetragen, Perak zu säubern«, sagte Mallory kühl, »und ich habe nur noch bis Freitagmorgen Zeit. Das heißt, daß ich mich beeilen muß. Ich bin sicher, Sie verstehen mich.«

Er nahm den weißglühenden Schürhaken aus dem Feuer, wandte sich zu Li und sagte sanft: »Sagen Sie mir, wo sich Ihre Leute aufhalten; das ist alles, was ich wissen will.«

»Sie vergeuden Ihre Zeit«, erwiderte Li. »Sie können mich genausogut erschießen, und es so hinter sich bringen.«

»Das glaube ich nicht.« Mallory schaute ihn abschätzend an, ehe er fortfuhr: »Ich würde sagen, daß Sie zwei Stunden durchstehen könnten, aber auch das bezweifle ich stark.«

Ungefähr drei Stunden später erlangte Li in der kühlen Dunkelheit seines Zimmers auf dem Bett das Bewußtsein wieder. Seine Hände waren nachlässig bandagiert, und durch seinen ganzen Körper pulste ein dumpfer Schmerz, der ihn schwindeln ließ.

Er hatte geredet. Das war das Schmachvolle. Er hatte diesem furchtbaren Engländer mit dem weißen Gesicht und den dunklen Augen, die geradewegs in die Seele drangen, alles erzählt.

Mit einiger Anstrengung gelang es ihm, sich zu erheben. Er taumelte durch den Raum und biß dabei die Zähne fest zusammen, um nicht laut aufschreien zu müssen. Am Fenster blieb er stehen und sah hinaus. Die Veranda war menschenleer, niemand war zu sehen. Li stieß die Tür auf und bewegte sich auf die Treppe zu. Einen Augenblick lang verharrte er, um die Frische des Regens zu spüren. Ihn überkam eine leichte Erregung, die den Schmerz aus seinem Bewußtsein vertrieb. Er würde gewinnen. Er würde Mallory am Ende doch besiegen, und das war das Wichtigste.

Er schwankte die Stufen hinunter auf den Rasen zu. Er hatte ihn schon zur Hälfte überquert, da vernahm er das Klicken eines Gewehrbolzens. Er drehte sich um, den Mund zu einem Schrei weit aufgerissen und wußte in diesem Moment, daß Mallory jetzt gewonnen hatte.

Die Feuerspur, die aus dem Gebüsch hervorbrach, wirbelte ihn zweimal herum und streckte ihn zu Boden. Nur einen Moment lang stieg ihm der Duft von nassem Gras in die Nase, dann nichts mehr.

In seinem Büro im Kommandoposten hörte Mallory die Gewehrsalve sehr deutlich. Er horchte kurz mit erhobenem Kopf auf und versenkte sich dann wieder in die Karte, die vor ihm lag. Kurze Zeit später wurde die Tür geöffnet und Tewak kam herein. Er schüttelte das Wasser von der übergeworfenen Plane.

Mallory lehnte sich zurück. »Was ist geschehen?«

»Der Wachtposten hat ihn erwischt, als er durch den Garten fliehen wollte. Mrs. Hume steht draußen. Sie ist anscheinend aus dem Haus gelaufen, als sie die Schüsse hörte.«

»Bring sie herein«, befahl Mallory.

Sie hatte sich einen alten, viel zu großen Burberry-Mantel übergeworfen. Tewak führte sie herein, und sie ließ sich auf einen Stuhl fallen. Sie saß da und starrte Mallory an. Ihr Gesicht war gramerfüllt und schien gealtert.

»Ich habe Mr. Li gesehen«, sagte sie teilnahmslos. »Ich habe gesehen, was Sie mit ihm gemacht haben.«

»Mr. Li war für den Foltermord an Leutnant Gregson und seinen

Männern verantwortlich«, erklärte Mallory. »Und ebenso für den Tod von dreizehn Schülerinnen vor zwei Wochen und vieler unschuldiger Menschen in den letzten zwei Jahren.«

»Sie haben ihn gefoltert«, sagte sie matt, »Sie haben ihn kaltblütig gefoltert und dann erschossen.«

»Wenn man ihn nach Singapur gebracht hätte, wäre es zu einer Gerichtsverhandlung gekommen, und er hätte höchstens zehn Jahre als politischer Straftäter bekommen«, warf Mallory ein. »Seine Freunde hätten ihn vor Ablauf der Zeit herausgeholt, das können Sie mir glauben.«

»Sie Dummkopf«, flüsterte sie. »Sie haben alles verloren. Alles. Erkennen Sie das nicht?«

Mallory beugte sich vor. »Es gibt dreiundsechzig kommunistische Guerillas in Perak, Mrs. Hume. Soviel habe ich aus Li herausbekommen. Dreißig von ihnen haben augenblicklich ihr Lager bei Trebu in einem verlassenen Kautschukgut aufgeschlagen. Wir haben eine starke Patrouille in diesem Gebiet. Sie werden Stellung beziehen, um gegen zwei Uhr morgens anzugreifen. Die anderen Guerillas werden innerhalb der nächsten Stunde in Fischerbooten getarnt flußabwärts fahren. Sie haben offensichtlich vor, in der Morgendämmerung die Eisenbahnbrücke bei Pegu zu sprengen. Da werden wir ihnen einen Strich durch die Rechnung machen.«

Sie runzelte die Stirn, so, als habe sie Schwierigkeiten, ihm zu folgen. »Aber Sie haben doch nur eine Handvoll Männer. Sie können doch nicht wirklich denken, daß Sie eine solch starke Gruppe besiegen können.«

»Sorgen Sie sich um mein Wohlergehen, Mrs. Hume? Jetzt? Das muß wohl ein Irrtum sein.« Er erhob sich und schnallte sich den Revolvergürtel um. »Machen Sie sich keine Gedanken, wir haben unsere Methoden.« Er ging zur Tür, öffnete sie und drehte sich noch einmal um: »Bleiben Sie hier. Diesmal meine ich es ernst.«

Mary Hume wollte protestieren, aber sie brachte keinen Ton heraus, und plötzlich hatte sie Angst vor ihm. Sie konnte nichts mehr tun, nichts, um die Tragödie, die ihren Lauf nahm, zu verhindern. Aus einer unerklärlichen Gewißheit heraus war ihr bewußt, daß Neil Mallory, während er dabei war, das Böse, das er haßte, zu zerstören, sich gleichermaßen selbst zerstörte. Das Überraschende war, daß es sie nicht unberührt ließ.

Mallory ging zur Anlegestelle und blieb neben den beiden Männern stehen, die hinter dem schweren Maschinengewehr lagen. Ein weiterer Posten war auf der Kuppe eines Hügels fünfzig Meter entfernt postiert. Auf diese Weise hatten sie den ganzen Fluß unter Beobachtung.

Am Ende der Anlegestelle wartete Tewak mit den übrigen Männern. Zwei von ihnen kauerten hinter einer niedrigen Mauer. Die schweren Tanks ihrer Flammenwerfer ragten drohend hervor.

Zischend und prasselnd schlugen die Regentropfen auf das Wasser. Mallory spürte eine schmerzliche Traurigkeit in sich. Es kam ihm vor, als habe er dieses alles schon einmal zu einem früheren Zeitpunkt und an einem anderen Ort erlebt. Als ob das Leben in einem Kreislauf verliefe, der sich endlos weiterdrehte. Alles, was in den vergangenen Stunden geschehen war, erschien ihm wie ein Traum.

Tewak murmelte etwas, und dann hörte auch er das Plätschern von Wasser gegen einen Bootskiel. Mallory nahm irgend etwas in der Dunkelheit wahr und tippte Tewak leicht auf die Schulter.

Der kleine Offizier ergriff einen Scheinwerfer und schaltete ihn ein. Der helle Strahl stach durch die Nacht und machte zwei große Fischerboote ausfindig, die Seite an Seite mit gesetzten Segeln flußabwärts glitten. Im Bug eines jeden Bootes hockte ein Mann, der ein langes Ruder bediente.

Schreckensschreie ertönten. Das erste Boot wurde halb aus dem Wasser gehoben, als es die Fährtrossen rammte, die Tewak eine Stunde zuvor mit seinen Männern über den Fluß gespannt hatte.

Das Boot wirbelte herum und stieß gegen das andere. Dann folgten Gewehr- und Pistolensalven, die auf die Anlegestelle gerichtet waren.

Ein kurzer Befehl von Mallory schreckte die beiden Männer mit den Flammenwerfern auf. Das Feuer fraß sich durch die Nacht und ergoß sich über die Boote. Augenblicklich loderten die Aufbauten mit den Segeln auf, und Männer stürzten von unten herauf auf die Decks.

Aus den beiden Maschinengewehren schoß ein Kugelhagel, der die Guerillas zu Boden warf, sobald sie sichtbar wurden. Tewak stellte den Scheinwerfer ab, nahm sein Maschinengewehr zur Hand und eröffnete seinerseits das Feuer.

Innerhalb von Minuten war alles vorüber. Eine Handvoll Männer versuchte, dem brennenden Inferno zu entrinnen; sie sprangen ins Wasser und schwammen um ihr Leben. Die Flammenwerfer jedoch stöberten sie auf, und die Feuerzungen erfaßten sie einen nach dem anderen.

In der Zwischenzeit waren der Fluß und das Dorf hell erleuchtet. Mallory stand beobachtend dabei und nahm keinen Anteil an dem, was um ihn herum geschah. Er warf einen Blick auf seine Uhr: Es war gerade nach zwei Uhr morgens, und er fragte sich, wie wohl Harrison mit seiner Aufgabe zurechtkam.

Als er sich umdrehte, sah er Mary Hume einige Schritte entfernt. Er ging auf sie zu und bemerkte, daß sie weinte.

»Sie Schlächter«, wimmerte sie. »Sie Mörder. Dafür werde ich Sie hängen sehen.«

»Dessen bin ich mir sicher, Mrs. Hume«, sagte er schlicht und ging an ihr vorbei die Anlegestelle entlang.

Er hatte noch vierundzwanzig Stunden Zeit, bis das Flugzeug kam. Wenn er sich unverzüglich am Flußufer entlang auf den Weg machte, um sich mit Harrison und seinen Leuten, die nach Süden vorrückten, zu treffen, konnten sie sicher sein, daß sie auch die letzten Überlebenden des Angriffs auf das Kautschukgut aufreiben würden. Noch vierundzwanzig Stunden, und danach...

Als er am Ufer hochstieg, um zu seinem Kommandohaus zurückzukehren, versank das erste Fischerboot zischend im Wasser.

10
Ehrensache

Ein Streichholz flammte auf und sein Lichtschein zeichnete Hamish Grants kantige Gesichtszüge nach, als er sich eine Zigarre anzündete. »Und die Untersuchung?«

Es war inzwischen dunkel geworden, und tief unten schäumten die Wellen über die Felsen am Eingang der kleinen Bucht. Die Nacht war warm und angenehm. Sterne spannten sich über den Himmel bis zum Horizont. Eine Wolke schwebte um den Mond, der ein hartes, weißes Licht über die Terrasse legte.

Mallory wandte seinen Blick vom Meer weg und zuckte die Achseln. »Der Ausgang stand von vorneherein schon fest. Man gebrauchte Begriffe wie: ›vormals tapfere Dienste‹ etc. und wies darauf hin, daß die Tortur der zweijährigen Gefangenschaft in einem chinesischen Gefängnislager nicht ohne Wirkung geblieben war.«

»Man hat Ihnen also die äußerste Schmach einer Degradierung erspart?«

»Sie haben mich tatsächlich nicht rausgeschmissen, wenn Sie das meinen. Man könnte sagen, sie haben mir so unauffällig wie möglich den Abschied gegeben. Der Armee zum besten, natürlich.«

»Selbstverständlich«, stimmte der alte Mann zu. »Ein schlimmes Geschäft. Solche Dinge gehen an keinem von uns spurlos vorüber.«

»Li wäre mit mir genauso verfahren wie ich mit ihm«, erklärte Mallory. »Der Zweck des Terrorismus ist zu terrorisieren. Das hat Lenin gesagt. Es steht auf der ersten Seite jedes kommunistischen Handbuchs über revolutionäre Kriegsführung. Man kann diese Art Feuer nur mit Feuer bekämpfen. Sonst kann man sich gleich auf den Boden legen und die Wellen über sich zusammenschlagen lassen. Diese Einstellung habe ich aus dem chinesischen Lager mitgebracht, General.«

»Ein interessanter Standpunkt.«

»Unter den genannten Umständen der einzig richtige. Ich habe das getan, was getan werden mußte. Als ich meine Aufgabe beendet hatte, gab es nachts in Perak keinen Terror mehr. Keine Kota Banus mehr. Kein Abschlachten von jungen Mädchen mehr. Das sollte, weiß Gott, etwas wert sein.«

Es trat Stille ein. Annes Gesicht war blaß. Ihre Augen schienen dunkel und geheimnisvoll und ließen ihn im Unklaren. Als sich eine Wolke vor den Mond schob, erstarrte sie zu einer Silhouette. Sie wandte ihm ihr Gesicht zu, blieb aber immer noch stumm.

Mallory seufzte schwer. Die Zigarette, die er über die Mauer schnippte, zeichnete einen glühenden Bogen. »Unter den Umständen werden Sie mich vielleicht entschuldigen, General? Dieser Abend ist zu einem jener Abende geworden, an denen ich ein paar Drinks vertragen könnte.«

Er drehte sich um und stieg die Stufen hinauf. Der Klang seiner Schritte verlor sich rasch in der Dunkelheit. Nach einem Augenblick der Besinnung sagte Hamish Grant: »Es geschieht nicht oft, daß man einem Mann begegnet, der bereit ist, die Schuld für uns andere zu tragen. Es bedarf schon eines besonderen Mutes.«

Anne wandte sich ihm zu; ihr Gesicht war immer noch blaß und undurchschaubar, und dann, als hätte sie sich zu einer Entscheidung durchgerungen, stand sie auf: »Entschuldigst du mich, bitte?«

Er griff nach ihrer Hand und hielt sie fest. »Laß mir den Wagen, bitte. Ich werde später nachkommen.«

›Und das wars‹, sagte Mallory zu sich selbst. ›Das wars dann wohl.‹

Es gab keine Unklarheit darüber, was sie von ihm gedacht hatte. Ihr Schweigen, ihre Ruhe waren Antwort genug. Das Eigenartige war, daß es ihm etwas ausmachte, daß zum ersten Mal seit Jahren die schützende Hülle, die er sich zugelegt hatte, einen Riß bekommen hatte, und er jetzt schutzlos dastand. Mit hängendem Kopf und den Händen in den Taschen vergraben schritt er auf dem grasbedeckten Rand der Straße entlang, die, im hellen Mondlicht liegend, zum Hafen hinunterführte.

Ein Windhauch glitt über sein Gesicht, und er sog die Luft tief ein. Es war ganz still, kein Ton zu hören, und doch wußte er, daß sie neben ihm ging. Er sprach ruhig, jedoch mit einem ganz leichten irischen Tonfall, den ihm sein Vater vererbt hatte und der immer in Augenblicken großer innerer Erregung nach außen drang.

»Was, um alles in der Welt, können Sie wollen, Anne Grant?«

»Einen Drink, Neil Mallory«, erklärte sie, und versuchte, sich seiner Stimmung anzupassen, »und vielleicht noch einen. Ist das zuviel verlangt?«

Er hielt inne und schaute sie an, seine Hände immer noch in den Taschen vergraben. Sie sah wunderschön aus. Er hatte nie geglaubt, daß Frauen so schön sein können. Er sah die Tränen in ihren Augen. Sein Arm schloß sich um ihre Schultern, und gemeinsam gingen sie den Hügel hinunter auf die Lichter des Hotels zu.

Im langen Gras auf dem über den Klippen liegenden Hügel lag Raoul Guyon auf dem Rücken und starrte in die Unendlichkeit des Kosmos. Seine Hände hatte er unter seinem Kopf verschränkt. Neben ihm saß Fiona Grant und kämmte ihr Haar.

Sie wandte sich zu ihm und lächelte ihn aus ihrem offenen Gesicht an. »Na, wirst du aus mir eine anständige Frau machen?«

»Wie immer hast du die Gabe, die schwierigste Frage zuerst zu stellen«, stellte er fest.

»Ein einfaches Ja oder Nein würde reichen. Ich bin einigermaßen zivilisiert.«

»Ein Wort, das keine Frau in den Mund nehmen sollte«, bemerkte er feierlich. »Das Leben ist selten so einfach, daß ein Ja oder Nein ausreichte, Fiona.«

»Da bin ich anderer Meinung«, widersprach sie. »Es sind die Menschen, die alles kompliziert machen.

Mein Vater mag dich, wenn das irgendwie von Belang sein sollte, und ich sehe keinen Grund, warum von deiner Seite aus irgendwelche Einwände kommen sollten. Außerdem könnte man mich gut für eine Französin halten.«

»Ich bin davon überzeugt, daß meine Mutter dich sehr mögen würde. Andererseits sind wir Bretonen in bestimmten Dingen sehr altmodisch. Sie würde mir nie erlauben, eine Frau zu heiraten, die keine beträchtliche Mitgift mitbrächte.«

»Wären elftausend Pfund angenehm?« fragte sie leichthin. »Mein Lieblingsonkel starb im März.«

»Ich bin sicher, Maman wäre sehr beeindruckt«, gab Guyon zu.

Sie beugte sich zu ihm hinunter und legte ihren Kopf auf seine Brust. »Und überhaupt, was sollen wir uns um Geld sorgen? Ich weiß, die meisten Künstler müssen ums Überleben kämpfen; aber wie viele malen schon so wie du?«

»Das ist ein Argument.«

Sie hatte wohl recht. Er hatte schon so viele Bilder verkauft, wenn er –

zwischen den anderen Aufträgen – auf dem Bauernhof in der Nähe von Loudeac arbeitete, dem Familienhof, den seine Mutter so tüchtig bewirtschaftete. Morgens am Ufer der Oust, wenn die Blätter von den Buchen zum Wasser herniederschwebten und die feuchte Erde duftete. Das Land, in dem er aufgewachsen war und das er liebte! Mit Verwunderung stellte er fest, daß er dieses Mädchen dorthin mitnehmen wollte, um gemeinsam mit ihm den alten, grauen Hof, der inmitten der Bäume in eine Senke gebettet lag, wiederzusehen, mit ihr das vertraute Land, das er so sehr liebte, zu durchstreifen.

»Es könnte natürlich noch jemanden anderes geben«, sagte sie. Ihre Stimme klang unbeschwert, und doch lag eine leichte Bitterkeit darin. Es schien, als ob ihr bewußt wäre, wie nahe sie daran war, ihn zu verletzen. Er zog sie unwillkürlich an sich.

»Es gab da mal ein Mädchen, Fiona, vor langer Zeit in Algier. Sie gab mir Ruhe, als ich sie dringender brauchte als irgend etwas anderes auf der Welt. Sie bezahlte dafür mit ihrem Leben. Ein hoher Preis! Ich versuche seither, von ihr loszukommen.«

Eine kurze Stille trat ein. Dann sagte sie weich: »Hast du jemals daran gedacht, daß es vielleicht Algerien ist, wovor du wegläufst? Daß dieses Mädchen all das symbolisiert, was dort geschehen ist?«

In diesem Augenblick wurde ihm klar, daß sie recht hatte, daß sie durch ihre hervorragende Auffassungsgabe den Kern des Problems sofort erkannt hatte.

»Ich weiß, ich bin jung, Raoul, und im großen und ganzen habe ich nur die unbeschwerteren Seiten des Lebens kennengelernt; aber eines weiß ich: Der Algerienkrieg war nicht der erste, aus dem die Männer mit blutigen Händen heimkehrten, und es wird auch nicht der letzte gewesen sein. Aber so ist das Leben. Es hat eben gute und schlechte Seiten. Die Menschen kommen immer durch.«

Er küßte sie leidenschaftlich. Sie legte ihre Hände um seinen Nacken und preßte sich an ihn. Später rollte sie sich zur Seite und blieb auf dem Rücken liegen.

»Was ist nun, glaubst du, daß ich euren Hof in der Bretagne zu sehen bekomme?«

Er zog sie hoch auf die Füße und hielt sie mit ausgestreckten Armen vor sich fest. »Habe ich noch die Wahl?«

Sie reckte ihren Kopf hoch und küßte ihn. Dann lief sie behende den Hang hinunter. Guyon gab ihr etwa zwanzig Meter Vorsprung, bevor er ihr nacheilte. Zum ersten Mal seit Jahren drang spontane Freude aus seinem Innern.

Die Hotelbar war ein länglicher, gemütlicher Raum, dessen Wände weißgetüncht waren. Die Fenster boten einen freien Blick auf das Meer. Zwei große Öllampen hingen an einem der Eichenbalken, die die niedrige Decke trugen.

Jacaud und zwei weitere Männer saßen an einem Tisch in der Ecke und spielten Karten. Owen Morgan, ein kleiner, ergrauender Mann mit feurigen, walisischen Augen und einem Gesicht, das durch den lebenslangen Aufenthalt am Meer verwittert war, lehnte an der Bar neben ihnen und schaute beim Spiel zu.

An einem offenstehenden Fenster saßen sich Anne und Mallory an einem kleinen Tisch gegenüber und rauchten. Weit draußen auf See glitten die Lichter eines Schiffes am Horizont entlang. Sie schienen aus einer anderen Welt zu kommen. Anne seufzte.

»Ein großer Pott. Wo der wohl hinfahren mag?«

»Tanger, Azoren. Suchen Sie sich was aus.«

»Eine Aufforderung?«

»Eine sehr unpassende sogar«, meinte er lächelnd.

»Das sollten Sie öfter tun«, forderte sie ihn auf. »Das steht Ihnen.«

Ehe er antworten konnte, fiel ein Schatten auf den Tisch. Juliette Vincente stand vor ihnen mit einem Tablett, auf dem sich zwei Gläser und eine kleine Flasche Champagner befanden. Juliette Vincente war etwa fünfunddreißig Jahre alt, eine unscheinbare, einfache Frau, leicht rundlich um die Hüften, und sie trug ein blaues Wollkostüm. Ihre Haut war von einer klaren Frische, ihre Wangen leicht gerötet.

»Von dem Herrn Grafen, Madame«, sagte sie schlicht und stellte die Gläser und die Flasche auf den Tisch.

Am hinteren Ende der Bar führten zwei, drei breite Stufen in einen angrenzenden Raum, wo sich de Beaumont neben einem wohltuenden Feuer niedergelassen hatte. Anne nickte hinüber, und er erhob sein Glas.

»Kleine Anerkennung für ein großartiges Abendessen.«

»Soll ich ihn herüberbitten?« fragte Mallory.

Sie schüttelte den Kopf: »Nein, es sei denn, Sie möchten es.«

Kurze Zeit später bremste draußen ein Kombiwagen. Raoul Guyon und Fiona entstiegen dem Auto und halfen dem General heraus. Der alte Mann ging ihnen voran die Treppe hinauf und betrat die Bar.

»Hierher, Hamish!« rief Anne. Er folgte ihrer Stimme und trat an ihren Tisch.

Mallory erhob sich und schob ihm einen Stuhl unter. Fiona schlüpfte auf den Fensterplatz neben Anne, und Guyon griff nach der Flasche und nickte anerkennend.

»Heidsieck, 1952. Wie typisch für die Engländer, das Beste für sich selbst zu reservieren. Ich muß wohl etwas unternehmen, um gleichzuziehen.«

Er ging zur Bar. Hamish Grant zog ein braunes, ledernes Zigarrenetui aus der Jacke und hielt es Mallory hin: »Versuchen Sie mal so eine. Ekelhafte Dinger, aber es gibt nichts Vergleichbares. Habe damit in Indien angefangen.«

Mallory nahm eine und bot dem General Feuer an. Da kehrte Guyon zurück. »Unser Freund Owen räumt seinen Keller auf. Er kann nicht dafür garantieren, daß alles auf offiziellem Wege dorthin gefunden hat. Das macht aber auch nichts. Er gestand mir, daß der Steuerprüfer nur einmal im Jahr kommt und es nie versäumt, ihn rechtzeitig vorzuwarnen.«

»Verständlich«, warf der General ein, »die beiden waren zusammen bei der Marine.«

Owen Morgan erschien einen Augenblick später und kam an ihren Tisch. »Eis werden Sie nicht benötigen«, erklärte er Guyon, als er ihm eine Flasche zur Prüfung reichte. »Wo die herkommt, wars kalt genug.«

»Ausgezeichnet«, lobte Guyon. »Ich werde sie öffnen, besorgen Sie ein paar Gläser.«

Seine Ausgelassenheit war ansteckend, und einige Augenblicke später brachen sie alle in Gelächter aus, als er ihnen eine ungeheuerliche und ziemlich unwahre Begebenheit aus seinem Leben erzählte.

Mallory bemerkte einige Male, wie die drei Männer in der Ecke hin und wieder zu ihnen herüberstarrten, offensichtlich durch das laute Lachen von Fiona oder Guyon irritiert. Einer schlug auf den Tisch und verlangte lauthals nach mehr Cognac.

Mallory beugte sich zu Anne: »Der Mann links mit den kurzen Haaren, der heute nachmittag de Beaumonts Boot gesteuert hat, wer ist das?«

»Sie nennen ihn Jacaud«, antwortete sie. »Das ist alles, was ich weiß. Er scheint de Beaumont überallhin zu begleiten. Ich glaube, die anderen haben ziemliche Angst vor ihm.«

»Das wundert mich nicht«, meinte Guyon. »Der hat sicher fünfundneunzig Kilo Knochen und Muskeln, so wie er aussieht aber mehr Muskeln.«

Jacaud erhob sich, durchquerte den Raum und stieg die wenigen Stufen hinauf. Er beugte sich über de Beaumonts Tisch, und sie wechselten ein paar Worte miteinander. Mallory beobachtete sie über den Rand seines Glases hinweg. Einmal drehte sich de Beaumont um und blickte in ihre Richtung. Er starrte Mallory an und wandte sich wieder Jacaud zu.

Der hünenhafte Franzose ging zu seinen Kollegen zurück. Owen Morgan schaltete das Radio an, und Musik erfüllte den Raum.

»Komm, laß uns ein wenig Leben in die Bude bringen«, forderte Guyon Fiona zum Tanzen auf.

Sie waren ein attraktives Paar, als sie so durch die Bar schwebten, das schöne junge Mädchen an der Schwelle zur Frau und Guyon mit seinem sonnengebräunten Gesicht, das voller Leben war.

Anne Grant beobachtete sie wehmütig und errötete, als sie bemerkte, daß Mallory sie anschaute. »Fionas Anblick erinnert mich immer an mein Alter«, versuchte sie eine Erklärung.

»Zum Tanzen bist du noch lange nicht zu alt.« Mallory wandte sich zum General: »Sie entschuldigen uns, Sir?«

Hamish Grant berührte leicht die Champagnerflasche und hob sein Glas: »Vergnügt euch, solange ihr es könnt. Ich werde hiermit zurechtkommen.«

Sie tanzten zur Mitte des Raumes hin. Anne legte einen Arm um seinen Hals und tanzte mit ihrem Kopf an seiner Schulter. Ihr Körper preßte sich so eng an ihn, daß er sie von der Brust bis zu den Oberschenkeln spürte.

Einen Augenblick lang vergaß er alles um sich herum. Ihm war nur bewußt, daß er mit einem warmen, aufregenden Mädchen tanzte, deren Parfum in seine Nase drang und ein angenehmes brennendes Verlangen schürte.

Es war schon so lange her, daß er mit einer Frau geschlafen hatte; doch das erklärte nicht alles. Daß Anne Grant ihn anzog, war nicht zu leugnen; aber da war noch etwas mehr, etwas Tieferes, das er im Moment nicht zu erklären wußte.

Die Musik war zu Ende, und noch ehe ein neues Stück ertönte, gingen sie an ihren Tisch zurück. Die beiden anderen folgten bald danach. Als Fiona sich setzte, brachen Jacaud und seine beiden Freunde in ein lautes

Gelächter aus, dem eine zotige, spitze Bemerkung auf französisch folgte, die man hier nicht wiedergeben kann.

Guyon schwang herum, und sein Gesicht wurde hart. Die drei Männer erwiderten herausfordernd seinen Blick. Er machte einen Schritt auf sie zu, doch Mallory faßte ihn am Arm und zog ihn auf seinen Stuhl zurück.

»Lassen Sie es gut sein.«

Guyon schüttelte sich vor unterdrückter Wut: »Haben Sie gehört, was er gesagt hat?«

Fiona beugte sich vor und legte ihm ihre Hand auf den Arm: »Sei nicht wütend, Raoul. Sie haben ein bißchen zu viel getrunken, das ist alles.«

Der Schatten eines Mannes fiel auf den Tisch. Mallory schaute hoch in das Gesicht des Mannes, den Owen Morgan Marcel genannt hatte. Er war mittelgroß, trug eine grobe Baumwollhose und einen blauen Seemannspullover und schien ziemlich betrunken zu sein, so daß er sich an der Tischkante festhalten mußte, um nicht den Halt zu verlieren.

»Ich glaube, es wäre besser, Sie würden sich wieder hinsetzen«, redete Mallory ihm auf französisch zu.

Marcel beachtete ihn nicht, lehnte sich über den Tisch, wobei er ein Glas umstieß, und griff Anne am Arm. »Du tanzt jetzt mit mir?« maulte er in gebrochenem Englisch.

Mallory packte den rechten Arm des Mannes direkt oberhalb des Ellbogens und drückte seinen Daumen fest auf die Pulsstelle. Als der Mann herumschwang, den Mund zu einem Schmerzensschrei geöffnet, trat Guyon ihn unter die Kniescheibe des rechten Beines. Marcel taumelte rückwärts, verlor das Gleichgewicht und fiel der Länge nach auf den anderen Tisch. Jacaud schob ihn auf die Seite, stand auf und kam auf sie zu.

Er verharrte einen Augenblick, wankte leicht wie betrunken, aber seine schiefergrauen Augen schauten eiskalt und wachsam.

»Zwei gegen einen, Messieurs«, sagte er in hervorragendem Englisch. »Das war nicht fair.«

Owen Morgan kam hinter der Theke hervor. Er war bleich, doch seine Augen loderten. Der riesenhafte Franzose versetzte ihm einen einzigen verächtlichen Stoß, so daß Morgan rückwärts taumelte, dabei lachte Jacaud rauh.

»Marcel hat es so gewollt, Jacaud«, schaltete sich de Beaumont mit lauter Stimme ein. »Lassen Sie es dabei bewenden.«

Jacaud beachtete ihn nicht, und de Beaumont machte keine Anstalten in die Bar zu kommen, um zu zeigen, daß er die Situation in den Griff bekommen konnte oder wollte. Er blieb neben dem Feuer sitzen und blickte aufmerksam hinunter.

In diesem Augenblick erkannte Mallory, daß die ganze Szene arrangiert war, daß de Beaumont aus einem scheinbar unersichtlichen Grund die Situation absichtlich herbeigeführt hatte.

Guyon erhob sich, doch Mallory zog ihn zurück auf seinen Stuhl. »Das ist meine Sache.«

Jacaud stand schwankend vor ihm, immer noch den Anschein erwekkend, daß er betrunken war. Seine kraftvollen Hände waren leicht gekrümmt. Jeder Muskel war angespannt. Er torkelte auf sie zu und baute sich vor ihrem Tisch auf.

»Mein Freund wäre selbstverständlich mit einem Drink zufriedenzustellen.« Er nickte zum Tisch hin. »Eine Flasche Champagner wäre in Ordnung.«

»Sofort, wenn wir Ihnen damit einen Gefallen tun können«, sagte Mallory ruhig.

Er ergriff die Flasche und legte die Hand umgekehrt um den Flaschenhals, hob sie hoch und ließ sie auf den Schädel des Franzosen nieder. Anne schrie auf. Jacaud taumelte und fiel auf die Knie. Mallory packte einen Stuhl und schlug ihn über die breiten Schultern des Mannes. Jacaud grunzte und versuchte, sich hochzurappeln. Mallory schlug mit dem zerbrochenen Stuhl wieder und wieder auf ihn ein, bis der Stuhl ganz zersplittert war. Er warf die Bruchstücke achtlos zur Seite und blieb abwartend stehen.

Langsam und mit schmerzverzerrtem Gesicht griff Jacaud nach dem Rand der Theke und zog sich daran hoch. Einen Moment lang stand er schwankend da, dann drehte er sich zu Mallory, wobei er sich gelassen Blut aus dem Gesicht wischte.

Dann griff er an, den Kopf nach vorn gebeugt wie ein verwundeter Stier und streckte seine mächtigen Pranken aus, um den Gegner damit zu vernichten. Mallory berechnete seine Bewegungen genau, warf sich zur Seite und ließ Jacaud an sich vorbei ins Leere laufen. Dann versetzte er ihm einen Karateschlag mit der Handkante auf die Nieren.

Jacaud schrie auf und fiel zu Boden. Eine ganze Weile hockte er da auf Hände und Füße gestützt. Als er endlich hochkam, sabberte er wie ein Tier. Er torkelte auf Mallory zu; der versetzte ihm einen Tritt von unten, und Jacaud fiel wieder zu Boden, rollte auf die Seite und blieb reglos liegen.

In der Stille, die nun folgte, kam de Beaumont langsam die Stufen herunter. Er ließ sich neben Jacaud auf die Knie nieder, untersuchte ihn und schaute dann hoch. »Sie sind ein harter Bursche, Colonel Mallory.«

»Wenn es nötig ist«, antwortete Mallory. »Sie hätten etwas unternehmen können, um das zu beenden. Warum haben Sie das nicht getan?«

Er wandte sich ab, ohne auf eine Antwort zu warten und kehrte zu seinem Tisch zurück. »Ich glaube, das war genug für einen Abend. Sollen wir gehen?«

Hamish Grant war blaß und seine Nasenflügel bebten leicht, als er sich erhob. »Ich glaube, daß es endlich an der Zeit ist, daß ich Ihnen einen ausgebe, Colonel Mallory. Ich habe zu Hause einen ziemlich außergewöhnlichen Whisky. So irisch, daß man noch den Torf schmecken kann. Mich würde Ihre Meinung dazu interessieren.«

Anne war ganz blaß und zitterte. Mallory drückte beruhigend ihre Hand. Sie standen auf und gingen auf die Tür zu. Da stellte sich ihnen de Beaumont in den Weg.

»Einen Moment, General. Vielleicht erlauben Sie mir, Ihnen gegenüber mein Bedauern für dieses betrübliche Vorkommnis auszudrücken. Jacaud ist auch in seiner besten Zeit ein Hitzkopf. Aber wenn er getrunken hat...«

»Kein Anlaß, eine Erklärung abzugeben«, unterbrach Hamish Grant kühl. »Ich meine, die Situation ist angemessen geregelt worden.«

Das Lächeln gefror auf de Beaumonts Gesicht. Er wandte sich scharf ab. Sie gingen hinaus.

Fiona setzte sich ans Steuer, Guyon daneben und Anne und der General auf den Rücksitz. Mallory warf die Tür zu und beugte sich ins offene Fenster.

»Wenn Sie nichts dagegen haben, General, würde ich die Einladung gern für ein anderes Mal annehmen. Mir hat die Aufregung für heute abend gereicht.«

Anne wandte sich zu ihm hin, und er drehte sich schnell weg, um ihr keine Zeit für eine Diskussion zu geben. Er machte sich auf den Weg zur Anlegestelle hinunter. Kurz darauf heulte der Motor auf, und der Wagen fuhr davon.

An der Mole wendete er sich nach rechts und folgte einem kleinen, steil abfallenden Pfad, der zu einem schmalen Sandstreifen hinunterführte, der hell im Mondlicht lag. Die Wellen kräuselten sich über dem Kies und verursachten dabei ein schlürfendes Geräusch.

Er setzte sich auf einen Felsblock und zündete sich eine Zigarette an. Seine Finger zitterten leicht. Er sog den Rauch tief ein, füllte seine Lungen damit und entließ ihn wieder mit einem langen Seufzer.

Hinter ihm sagte Anne: »Du machst wohl keine halben Sachen, nicht wahr?«

»Was willst du damit sagen?« fragte er schlicht.

»Wie mir scheint, haben wir schon einmal so eine Unterhaltung gehabt.«

Sie flüsterte seinen Namen, und sie kamen sich ganz selbstverständlich und ungezwungen entgegen. Ihre Hände zogen seinen Kopf herunter, und ihr Mund suchte seine Lippen. Sie verströmte einen süßen Duft, der alle Gedanken aus seinem Bewußtsein verscheuchte. Er nahm sie in seine Arme auf und legte sie behutsam in den weichen Sand.

11

An einem einsamen Ort

Der Wind frischte auf und zierte die Wellen mit Schaumkronen. Als das kleine Beiboot die Landzunge umrundete, schwappte Wasser über den Dollbord. Guyon verlagerte sein Gewicht vorsichtig zur Mitte hin und begann, das Wasser herauszuschöpfen. Er hatte sich einen dicken Pullover und eine Seemannsjacke übergezogen, um sich vor der Kälte der Nacht zu schützen. Ein Nachtglas hing um seinen Hals. Eines der Aquamobile lag hinter ihm im Bug.

Mallory saß im Heck. Er trug einen schwarzen Gummitauchanzug und hatte sich die Aqualunge auf den Rücken geschnallt.

Eine Gegenströmung erfaßte das Boot und trieb es auf die Klippen zu. Mallory schaltete den Außenbordmotor an und steuerte gegen. Er warf einen Blick auf das Leuchtzifferblatt seiner Armbanduhr: es war 23.45 Uhr. Der Himmel war fast wolkenlos, die Sterne funkelten, und das Mondlicht tanzte auf den Wellen und hinterließ dabei eine Silberspur. Das Boot wurde von einer breiten Woge hochgehoben und auf den Felsfinger zugetrieben, der die westliche Spitze der Insel bildete. Mallory gab etwas mehr Gas; einen Augenblick lang schien das Boot stillzustehen, ehe es wieder vorwärts brauste.

Sie umfuhren die Spitze und kämpften gegen die widrigen Strömungen. Guyon fluchte ständig, als Wasser in das Boot schwappte. Doch allmählich gelangten sie in ruhigere Gewässer. In einiger Entfernung ragten St. Pierre und das Schloß mit seinen gotischen Türmen dunkel gegen den Himmel auf.

Mallory drosselte den Motor und ließ das Boot im Leerlauf weitergleiten. Das große Riff, das zwischen den Inseln verlief, lag trügerisch harmlos im Mondlicht. Die Wellen, die vom Meer heranrollten, ergossen sich behäbig über die Felsen. Ab und zu spritzte der weiße Gischt wie ein Silberschleier in die Nacht auf.

Mallory steuerte das Boot in das ruhige Wasser der Mittleren Passage, bis sie zu dem Punkt gelangten, wo sich das Gewölbe über ihnen schloß und die Wellen über die schroffen schwarzen Felszähne schäumten. Er stellte den Motor ab und ließ das Boot behutsam gegen eine leicht abfallende, tangbewachsene Felsschulter treiben. Guyon verhakte die Leine in einer Spalte und blickte durch das Nachtglas nach St. Pierre hinüber.

»Ungefähr vierhundert Meter. Ziemliches Stück zu schwimmen.«

»Nicht mit dem Aquamobil«, stellte Mallory fest.

Guyon hob das Gerät über Bord und brachte dabei das Beiboot gefährlich zum Schaukeln. »Ich lasse lieber dich schwimmen. Das Wasser ist eisig. Wie lang wirst du brauchen?«

Mallory zuckte die Achseln. »Nicht mehr als eine halbe Stunde. Ich habe nicht vor, da drüben unnötig rumzuhängen.«

Er klemmte sich das Gummimundstück zwischen die Zähne und regelte die Luftzufuhr, strich kurz über das Messer im Gürtel und kletterte schwerfällig aus dem Boot auf das Riff. Er watete ins Wasser, schwamm um das Boot herum und griff nach dem Aquamobil. Guyon lächelte kurz, Mallory nickte und ließ sich hinunterziehen.

Mondlicht sickerte durch das Wasser und drang forschend in die Tiefen. Er stieß unter der Oberfläche des Riffs hindurch und gelangte in die Mittlere Passage. Hier drang er in eine dunklere und unheimlichere Welt ein.

Als er den starken Scheinwerfer anschaltete, der an der Spitze des Schwimmgeräts angebracht war, durchdrang der Lichtstrahl das Dunkel vor ihm und breitete sich über die Felsen aus, die sich bogenförmig über seinen Kopf spannten.

Mallory senkte die Nase seines Aquamobils und tauchte in einem sanften Bogen bis auf etwa sieben Meter Tiefe, wo er sich einpendelte. Obwohl seine äußerste Geschwindigkeit nicht mehr als fünfeinhalb Stundenkilometer betrug, schien er mit furchterregender Schnelligkeit in die Mauer aus grauem Dunst, der die Grenze seiner Sichtmöglichkeit bildete, hineinzurasen. Das mächtige, gewölbte Kirchenschiff, das das Riff hier formte, erstreckte sich ins Unendliche. An seiner Maske brach sich das Wasser.

Und dann war er hindurch, und es öffnete sich ihm eine eigenartige, unwirkliche Landschaft aus durcheinandergewürfelten Felsblöcken und fahlen Tangwäldern, die im schwachen Mondlicht träge hin- und herwogten. Als er auftauchte, erblickte er die Klippen von St. Pierre. Dunkel stachen die spitzen Türme des Schlosses vom Himmel ab.

Über das Antlitz der Felshänge ergoß sich der Mondschein, und das schwarze Maul der Höhle hob sich deutlich ab. Die Flut hatte ihren höchsten Stand erreicht und ließ jetzt nur drei, vier Meter Raum zwischen Wasserfläche und Felsendecke. Mallory ließ sich wieder hinabziehen bis in eine Tiefe von dreizehn Metern. Er schaltete den Scheinwerfer aus und schwamm in einen grauen phosphoreszierenden Nebel.

Im Meeresgrund unter ihm tat sich eine mächtige Spalte auf. Mindestens achtzehn Meter tief, hatte Anne erzählt, und sie schnitt bis in das Herz der Insel hinein. Der Nebel schwang wie ein Vorhang zur Seite und enthüllte den Eingang zur Höhle, zu der es gute zwanzig Meter waren. Sie weitete sich nach unten.

An graugrünen Wänden zu beiden Seiten vorbei trieb er hinein. Das Wasser wurde etwas heller, und das Grau wechselte ins Bläuliche, als von der Oberfläche künstliches Licht in die Tiefe eindrang. Er schwamm nun vorsichtig weiter und hielt sich dicht an der Felswand.

Dann stoppte er abrupt ab und schaltete das Aquamobil aus. Die naturbelassene Höhlenwand ging über in die künstlich angelegte Mole, die aus großen, quadratischen Steinblöcken bestand, die wie Fundamente einer alten Burg in die Tiefe abfielen. Vorsichtig glitt er nach oben. Unvermittelt tauchte der grau-schwarze Bauch des U-Bootes aus dem trüben Grau des Wassers auf.

Er hatte gefunden, was er gesucht hatte. Jeder weitere Aufenthalt hier konnte Unannehmlichkeiten bringen. Mallory machte kehrt und bewegte sich mit kraftvollen Beinschlägen zum Eingang der Höhle zurück. Das Licht wurde matter und die Strömung begann wieder an ihm zu zerren.

Er tauchte hinaus in die seltsam graue, phosphoreszierende Welt und hielt an, um das Aquamobil zu starten. Im selben Augenblick wurde es ihm, begleitet von einem metallischen Klappern, aus den Händen gerissen und eine Schockwelle schwappte um ihn herum.

Mallory schwenkte herum und erblickte den Froschmann, der in etwa sieben Meter Entfernung wie ein schauerliches, unheilschwangeres Meeresungeheuer im Wasser schwebte. Auf seinem Glasvisier reflektierte das Mondlicht, während er sein Harpunengewehr wieder lud.

Mallory schnellte vorwärts und riß das schwere Messer aus der Scheide. Er war nur noch drei Meter von ihm entfernt, da explodierte das Gewehr wieder in einem Geflirr silbriger Bläschen. Verzweifelt rollte sich Mallory zur Seite und spürte den Pfeil vorüberzischen. Er stürzte vor und stieß sein Messer durch Gummi und Fleisch hindurch. Der Mann bäumte sich in Todespein auf, Blut strömte in einer dunklen Wolke aus seinem Körper, als Mallory das Messer herauszog und nach dem Luftschlauch schnappte. Er riß ihn ihm aus dem Mund, die Luft entwich unter starkem Druck und Luftblasen wirbelten um ihn herum und sprudelten zur Oberfläche.

Er sah das Gesicht des Mannes jetzt klar vor sich: Die Augen traten aus ihren Höhlen und die Zähne waren im Todeskampf fest aufeinandergepreßt. Ganz unvermittelt trudelte der Körper in einem anmutigen Bogen nach hinten wie ein Blatt, das im Herbst zur Erde schwebt. Das Gewicht der Taucherlunge zog ihn hinab.

Mallory jagte seinem Aquamobil nach, das langsam aufwärts trieb. Er packte die Haltegriffe und schaltete den Motor an. Neue Schockwellen kräuselten sich durch das Wasser und prallten gegen seinen Körper.

Sein Aquamobil brauste vorwärts, und es wurde durch den einsetzenden Gezeitenwechsel in seiner Bewegung unterstützt. Der Meeresboden begann wieder sanft abzufallen, und unter sich erkannte er wieder den bleichen Tangwald und das Band der schwarzen Felsen, das den Eingang zum Riff markierte.

Erneut schwappten Schockwellen gegen seinen Körper. Er warf einen Blick nach rechts und wurde einen Unterwasserschlitten gewahr, der mindestens doppelt so lang war wie seiner und sich mit hoher Geschwindigkeit durch das vom Mondlicht durchdrungene Wasser näherte. Er war noch ungefähr fünfzig Meter entfernt und wurde von einem Froschmann gesteuert.

Mallory versuchte mit heftigen Beinschlägen sein Aquamobil voranzutreiben. Dann tauchten die Felswände wieder zu beiden Seiten aus dem trüben Wasser auf, und er ließ sich in die Dunkelheit der Mittleren Passage hineinziehen. Er schaltete den Scheinwerfer an und glitt hinab, um den überhängenden Felswänden auszuweichen. Ein gedämpftes Pochen drang an seine Ohren. Er sah sich um. Ein helles Band diffusen Lichtes, das durch die Dunkelheit flimmerte, klärte ihn darüber auf, daß sein Verfolger nicht mehr weit weg war.

Er befand sich nun in dem Teil der Passage, in den das Mondlicht durch Felsbrüche und -spalten im Gewölbe eindrang, und er wußte, daß er sie zur Hälfte durchquert hatte und sich irgendwo oberhalb des gesunkenen Frachters befinden mußte. Er gelangte nun in klareres Wasser und tauchte hinunter. In etwa achtzehn Meter Tiefe ragte der spitzzulaufende Stahlmast aus dem Dunkel hervor. Mallory hielt sich mit einer Hand daran fest und wartete.

Die Dunkelheit griff nach ihm mit einem furchtbaren, erstickenden

Druck. Der Mast schien zu schwanken, so als hätte sich der alte Frachter zur Seite geneigt. Seine Gedanken wanderten hinunter zu dem dunklen Kajütengang, zu den Gebeinen des toten Mannes unter dem Eisenträger, und ihn schauderte, als er sich plötzlich der Kälte bewußt wurde.

Er spürte die Unruhe, die sich im Wasser ausbreitete und sich in Wellenbewegungen nach unten fortsetzte. Als er seinen Blick nach oben richtete, sah er das unheimliche, helle Leuchten des Scheinwerfers des anderen Unterwasserschlittens, der über ihm vorbeizog. Er wartete noch ein, zwei Augenblicke und stieg dann langsam hinauf.

Bei etwa sieben Meter Tiefe beendete er den Steigungsvorgang, richtete sein Aquamobil waagerecht aus und startete den Motor. Mit abgeschaltetem Scheinwerfer folgte er dem anderen Unterwasserfahrzeug. Nur in wenigen Bereichen waren die Sichtverhältnisse wirklich schlecht. In diese Tiefen tropfte das Mondlicht durch Felsspalten herein und wirkte wie in gleichmäßigen Abständen aufgestellte Lampen an einer dunklen Straße.

Als er endlich aus dem großen mittleren Felsgewölbe in klareres Wasser gelangte, schaltete er das Aquamobil ab und tauchte zur Oberfläche empor.

Raoul Guyon saß im Heck des Bootes. Ein, zwei Meter neben ihm stand der Taucher bis zur Hüfte im Wasser auf dem leicht abfallenden Riff neben seinem Unterwasserschlitten und hielt das Harpunengewehr in den Händen. Es hatte den Anschein, als wären sie in ein Gespräch vertieft.

Mallory ließ die Griffe des Aquamobils los, tauchte wieder unter und schwamm auf die beiden zu. Mit einem gewaltigen Satz stieß er an die Oberfläche, legte seinen rechten Arm um den Hals des Mannes und ließ sich rückwärts fallen. Er zerrte ihn in tieferes Wasser und zog ihm den Luftschlauch aus dem Mund.

Sie sanken in das klare Wasser. Das Harpunengewehr löste sich und glitt kreisend in die Tiefe hinab. Mit seiner freien Hand packte Mallory den Kopf des Gegners und riß ihm die Maske herunter. Das vor Furcht verzerrte Gesicht des Mannes drehte sich nach oben.

Selbst als eine Hand nach hinten griff und Mallorys Luftschlauch packte und ihm aus dem Mund riß, ließ dieser nicht locker. Er preßte die Zähne aufeinander und verstärkte seinen Griff. Aus den Nasenlöchern des Froschmanns strömte in zwei Bahnen das Blut, und einen Moment später schwang sein Körper nur noch leblos gegen Mallorys Arm. Der lockerte den Griff und ließ den Körper davontreiben; er drehte sich zweimal um sich selbst, bevor er zu sinken begann.

In Mallorys Ohren dröhnte es, und seine Schläfen pochten heftig. Er stieß zur Oberfläche zurück und schlug gegen die Bootswand. Dort verharrte er und rang würgend nach Luft. Guyon streckte seine Hand aus, um ihm zu helfen. Mallory taumelte auf den abgeschrägten Felssims und kroch auf Händen und Knien, seine Brust hob und senkte sich schwer.

Guyon sprang in das knietiefe Wasser neben ihn und half ihm auf die Beine. Er zog ihm die Maske vom Gesicht, das angespannt und angstvoll ins Mondlicht starrte. Mallory wollte sprechen, aber seine Stimme war schwach und schien von weither zu kommen. Er schüttelte etliche Male den Kopf.

Das Dröhnen ließ plötzlich nach, und er keuchte: »Keine Zeit für Erklärungen. Ich bin in Schwierigkeiten geraten. Wir sollten schnell umkehren.«

»Hast du die *Alouette* gefunden?«

»Sie liegt tatsächlich dort unten am Anleger in der Insel vertäut, wie wir vermuteten. Platz für ein paar mehr, so wie es aussieht.«

Er schnallte die schwere Taucherlunge ab, warf sie ins Boot und kletterte dann selbst hinein. Während er den Außenbordmotor anwarf, löste Guyon die Leine vom Felsen und folgte ihm in das Boot. Sekunden später rasten sie wieder auf die Île de Roc zu, durch den verwinkelten Kanal zwischen den mächtigen Felsen, die durch den Gezeitenwechsel schon zu beiden Seiten aus dem Wasser herausragten.

»Was geschieht jetzt?« fragte Guyon.

»Sobald wir zurück sind, rufen wir Leviathan. Diese Torpedoboote werden von St. Helier hier eintreffen, ehe wir uns versehen.«

Das Beiboot schlingerte in einer Turbulenz, wurde zwischen den hohen, schwarzen Felswänden von einer starken Strömung erfaßt und auf die Landzunge zugetrieben. Hinter ihnen erfüllte plötzlich ein lautes Dröhnen die Nacht. Guyon hob das Nachtglas an seine Augen und schaute zurück. Als er es wieder absetzte, wirkte er sehr blaß.

»Es ist das verdammte Schnellboot von de Beaumont. Kommt mit ziemlicher Geschwindigkeit auf dieser Seite des Riffs hinter uns her. Das macht bestimmt seine vollen dreißig Stundenkilometer.«

Mallory warf einen Blick zurück und erhaschte einen kurzen Schimmer des dünnen Lichtstrahls, den der Scheinwerfer des Schnellboots aussandte. Er gab jetzt Vollgas. Die starke Strömung war gegenläufig, als sie versuchten, die Landzunge zu umfahren. Das leichte Boot wurde herumgeschleudert und das Wasser schwappte hinein.

»Wirf das Atemgerät über Bord«, rief Mallory.

Guyon krabbelte auf seinen Knien, griff die Trageriemen der Aqualunge, hob sie daran hoch und ließ sie über die Bordwand gleiten. Das zeigte sofortige Wirkung. Das Boot ritt über die nächste Welle und es gelang ihnen, um die Landspitze herumzukommen. Sie hätten nun in ruhigere Gewässer gelangen sollen.

Der Gezeitenstrom prallte hier jedoch ungestüm mit der normalen, küstennahen Strömung zusammen und riesige Flächen schäumenden Wassers tosten um sie herum heftig gegeneinander und ergossen sich in unregelmäßigen Wellen gegen die Klippen, während die ablandige Strömung das Boot wieder hinauszog.

Das Dingi schlingerte im Wellental zwischen zwei hohen Wellenbergen, die Geschwindigkeit um die Hälfte verringert, und hinter ihnen kam das Dröhnen des Schnellbootes unüberhörbar näher.

»Wir werden es niemals bis zum Hafen schaffen«, schrie Guyon. »In ein paar Minuten werden sie uns sehen.«

Über Steuerbord hob sich eine mächtige Woge. Als sie hereinbrach und das Boot hoch in die Luft hob, erhaschte Mallory einen Blick auf Hamish Grants Haus, das sich behaglich in einer Bodensenke auf der Spitze der Klippen versteckte und in dem in einem Erdgeschoßzimmer Licht brannte. Er warf die Ruderpinne herum, und die Strömung trieb das Boot mit ungeheurer Geschwindigkeit auf die Klippen zu.

Der Durchbruch zu der kleinen Bucht unterhalb der Terrasse war gute zwanzig Meter breit, aber der Zugang war durch die Reihe schroffer Felsspitzen blockiert, die so sicher wirkten wie ein Stahlgitter. Die einzige, geringe Hoffnung war, daß die Wellen, die heranrollten, den Wasserspiegel so anheben würden, daß sie in dem Dingi über die Felsen hinweggetragen würden.

»Das wird jetzt ein bißchen ungemütlich werden«, rief Mallory zu Guyon hinüber. »Halt dich fest und sei schwimmbereit.«

Der Franzose schaute sich um und bewegte seine Lippen zu einer Antwort, die von der tosenden See jedoch verschluckt wurde. Mallory hielt die Ruderpinne mit beiden Händen fest. Unerklärliche, wirbelnde Strömungen rissen sie herum und zerrten das leichte Boot mit sich.

Die Öffnung der kleinen Bucht tat sich plötzlich vor ihnen auf, das Wasser brodelte in einem ungeheuren Sog hindurch. Auf einer Seite schäumte weißer Gischt hoch in die Luft, während sich um sie herum dort schmutzige Schaumflecken bildeten, wo die Felsspitzen aus dem Wasser herausragten.

Das Boot trieb mit der Breitseite auf die Felsen zu. Es wurde hochgehoben und dann auf eine breite, grüne Felsplatte geschmettert. Die Ruderpinne wurde Mallory aus den Händen geschlagen und der Außenbordmotor samt einem Teil des Bootshecks herausgerissen.

Das Dingi rutschte vorwärts über das Riff und lief auf einen Felsen auf, dessen gezackte Spitze sich in den Rumpf bohrte. Guyon stürzte mit einem Schrei kopfüber in die tosenden Wellen. Mallory sprang ihm nach.

Der Franzose versuchte verzweifelt, Boden unter die Füße zu bekommen. Mallory tauchte durch die kochende Brandung und hielt seine Hände ausgestreckt, um Guyon zu fassen. Einen kurzen Augenblick lang konnten sie sich aneinander festhalten, dann brach eine neue Welle über das Riff herein und riß sie auseinander.

Guyon wurde unter Wasser gezogen. Mallory hechtete ihm nach und bekam ihn am Kragen seiner Jacke zu fassen. Mit kraftvollen Beinschlägen und der Unterstützung durch die Strömung gelang es ihm, auf das Ufer zuzutreiben bis er Boden unter den Füßen fühlte. Er richtete sich auf, hielt Guyon immer noch fest, während das Wasser bis zu den Hüften aufschäumte und an ihren Gliedern zerrte. Als es zurückströmte, taumelten sie weiter, und ihre Füße rutschten im Kies. Dann erreichten sie endlich schwankend den schmalen Strand am Fuß der Klippen.

Jemand saß am Flügel und spielte ein altes Cole-Porter-Stück aus der Zeit vor dem Krieg. Ein Stück, das Worte wie ›Nacht‹, ›Wärme‹, ›Liebe‹ und ›Hoffnung‹ enthielt, Begriffe, die zu einer anderen Zeit als der jetzigen gehörten.

Sie krochen durch das Buschwerk unterhalb der Terrasse. Mallory verfing sich für einen Moment darin, unfähig, sich vor- oder zurückzubewegen. Neben ihm stöhnte Guyon, hustete und spuckte Wasser. Mallory zog ihn hoch, und sie taumelten zusammen die Stufen hinauf.

Die Terrassentür war halb geöffnet. Ein Zipfel des roten Samtvorhangs wurde herausgeweht, als er von einer Windbö erfaßt wurde. Mallory holte noch einmal tief Atem, dann stieß er die Tür weit auf.

Das Feuer flackerte hell im Kamin. Hamish Grants Haar glänzte silbern. Er lehnte in seinem Ohrensessel und rauchte eine dieser schwarzen Zigarren. Anne saß ihm gegenüber und starrte in das Feuer, während Fiona am Flügel saß und spielte.

Fiona bemerkte die Gäste zuerst; sie schnappte nach Luft, ihre Hände griffen einen falschen Akkord; dann sprang sie auf. Anne erhob sich sehr langsam. Der General wandte seinen Kopf zu ihnen hin.

»Wir bitten um Verzeihung«, sagte Mallory und trat näher, ein Arm lag immer noch um Guyons Schulter.

Guyon würgte plötzlich und begann erneut zu husten. Mallory führte ihn zu einem Sessel in der Nähe des Feuers, und der Franzose ließ sich stöhnend hineinfallen.

Anne blieb überraschend gefaßt. »Brandy, Fiona«, ordnete sie an. »Schnell, zwei Gläser.«

Mallory ging zum Feuer, Wasser rann von seinem Tauchanzug. Er streckte seine Hände über die Flammen und zitterte ungewollt, als ihn die Wärme umhüllte. Hamish Grant reckte seine Hand der schwarzen Figur, die er nur schwach wahrnahm, entgegen und strich über den nassen Tauchanzug.

»Eine ungewöhnliche Zeit, schwimmen zu gehen.«

»Unter den Umständen hatten wir keine andere Wahl.« Mallory drehte sich zu Anne, die ihn forschend anstarrte. »Sie haben doch Telefon, oder?«

Sie nickte: »Wir sind über Kabel an Guernsey angebunden, aber seit dem gestrigen Sturm funktioniert es nicht mehr. Das passiert häufig. Aber wir haben noch das Sprechfunkgerät auf der *Foxhunter*. Ist es so wichtig?«

»Das kann man wohl sagen.« Mallory wandte sich an Guyon, der gerade den Brandy hinunterstürzte, den Fiona ihm gereicht hatte. »Ich muß sofort zum Hafen hinunter, um das Funkgerät zu benutzen.«

»Wir werden zusammen gehen«, erklärte Guyon. »Es könnte Schwierigkeiten da unten geben.«

»Besteht die Möglichkeit einer Erklärung?« erkundigte sich der General sanft.

Auch Mallory bekam von Fiona ein Glas mit dem Brandy gereicht, den er zur Hälfte hinunterstürzte. »Ich gehe davon aus, daß Sie unter den gegebenen Umständen berechtigt sind, Aufklärung zu erhalten. Ich bin vom britischen Geheimdienst hierher geschickt worden, und Captain Guyon von derselben Abteilung auf der anderen Seite des Kanals. Wir wurden beauftragt, eine unverzügliche Überprüfung von de Beaumont vorzunehmen.«

»Aha, ich schließe daraus«, bemerkte Hamish Grant, »daß er nichts Gutes im Schilde führt?«

»Ganz richtig. Seine augenblicklichen Aktivitäten stellen eine direkte Bedrohung der Interessen seines Landes dar. Die Tatsache, daß er diese Unternehmungen von britischem Boden aus steuert, bereitet zusätzliche Komplikationen. Darüber hinaus haben wir grundsätzliche Einwände gegen das, was er tut.«

Hamish Grant lächelte matt. »Wie seltsam. Zwei große Nationen Seite an Seite über Jahrhunderte. Wir haben unsere Streitereien, aber sie sind doch irgendwie immer in der Familie. Kaum ist jedoch ein Krisenpunkt erreicht, eilen wir herzu, um uns zu helfen, so schnell, daß es einem fast Angst einflößen kann.«

»Darf ich fragen, was mit van Sondergard geschah?« fragte Anne.

»Ich habe ihm das Doppelte gezahlt, was er von Ihnen bekommen hätte, und habe ihn fortgeschickt.«

»Und der Vorfall auf dem Pier? War der auch gestellt?«

Er nickte. »Er ist ein bißchen außer Kontrolle geraten. Darum mußte ich so hart vorgehen. Das tut mir leid.«

»Mir nicht«, sagte sie schlicht.

Mit seiner ausgestreckten Hand berührte er ihr Gesicht, und etwas leuchtete tief in ihren Augen auf. Sie nahm seine Hand und hielt sie gegen ihre Wange, dann drehte sie den Kopf und berührte seine kalte Handfläche mit ihren Lippen. Dieser Augenblick gehörte nur ihnen; es schien, als hätten die anderen aufgehört zu existieren. Hamish Grant brach den Bann.

»Ich könnte mir vorstellen, daß Sie sich in trockenen Kleidern wohler fühlen könnten. Außerdem brauchen Sie das Auto.«

»Ich hole es aus der Garage«, sagte Fiona rasch.

Sie stand neben Guyon, der in dem Sessel saß, und lächelte ihn an. Dann verließ sie den Raum durch die Terrassentür. Guyon erhob sich. Mallory und er folgten, auf dem Teppich eine nasse Spur hinterlassend, Anne aus dem Zimmer.

Sie fand trockene Socken, zwei alte Freizeithosen und zwei dicke Pullover in Hamish Grants Kleiderschrank. Sie ließ die Männer in dessen Zimmer zurück, damit sie sich umziehen konnten. Zehn Minuten später kamen sie die Treppe herunter. Jagbir war gerade dabei, Kaffee einzuschenken. Die Tassen stellte er auf den Tisch am Kamin. Hamish Grant saß in seinem Sessel. Nur die beiden Frauen waren nicht zu sehen.

Der kleine Gurkha nahm die Tassen und reichte sie ihnen ohne jegliche sichtbare Erregung. Der alte Mann ergriff das Wort wieder: »Es wurde erwähnt, daß es Auseinandersetzungen am Hafen geben könnte. Ich vermute, daß es sich um bewaffnete handelt. Verfügen Sie über Waffen?«

Guyon antwortete ihm: »Ich hatte einen Revolver in der Tasche meiner Jacke. Den habe ich jedoch bei unserem Landungsmanöver verloren.«

»Sie werden einen anderen in der oberen rechten Schublade des Schreibtisches finden«, erklärte der General. »Irgendwo dahinter auch eine halbvolle Schachtel mit Munition. Außerdem müßte da auch eine schon geladene Luger sein.«

Guyon öffnete die Schublade und kam mit dem Revolver in der einen und der Luger in der anderen Hand zurück. »Sie können die Luger haben«, bot Grant an. »Ich werde den Webley für mich behalten, wenn Sie nichts dagegen haben.«

Guyon steckte die Luger in seine Tasche und machte sich daran, den Webley zu laden. Anne und Fiona kehrten wieder zurück. Beide trugen dicke Schaffellmäntel, und Anne hatte sich nach Art der Bäuerinnen ein Tuch um den Kopf gebunden.

Sie lächelte Mallory an: »Wir sind soweit, wenn ihr bereit seid.«

Er schüttelte leicht den Kopf: »Nicht um alles in der Welt. Ihr bleibt schön hier.«

Eine kleine Falte erschien zwischen ihren Augen, und Fiona wollte zu einem Protest anheben, da schnitt ihr Hamish Grant scharf das Wort ab: »Sie werden genug mit sich selbst zu tun haben, auch ohne euch zwei.«

Fiona wandte sich zu Anne, doch ihre Schwägerin seufzte und schüttelte den Kopf: »Er hat recht, Fiona. Wir wären nur im Wege.« Sie lächelte Mallory zu. »Dann werden wir also hier sitzen und warten. Wie lange?«

»Mit ein wenig Glück können wir die Angelegenheit bis zum Frühstück erledigt haben. Und ich sage euch schon jetzt: Ich werde einen ungeheuren Appetit haben.«

»Ich nehme dich beim Wort.«

Mallory strich Anne zärtlich über die Hand; dann ging er voran in den Flur. Der Wagen war mit laufendem Motor am Fuß der Treppe geparkt. Mallory setzte sich hinter das Steuer und wartete auf Guyon. Der

Franzose stand mit Fiona oben an der Treppe, Anne dahinter in der Tür. Das junge Mädchen reckte ihm ihren Kopf entgegen, küßte ihn und verschwand im Haus. Guyon stieg die Treppe hinunter und setzte sich mit grimmiger Miene auf den Beifahrersitz.

Mallory fuhr unverzüglich los, bog hinter dem Tor in die hell erleuchtete Straße ein, die den Hügel hinab zum Hafen führte. Das Hotel war in Dunkelheit gehüllt, und die Bucht lag noch genauso da, wie sie sie verlassen hatten: die *Foxhunter* auf der einen Seite der Mole vertäut, Guyons Mietboot auf der anderen.

Mallory brachte den Wagen vor der Anlegestelle zum Stehen, stellte den Motor ab und stieg aus. Der Mondschein lag silbern auf dem Wasser, und der Nachthimmel erschien wie ein warmes, dunkles Samtkissen, das mit verstreuten Diamanten besetzt war.

»So weit, so gut«, bemerkte er zu Guyon gewandt und schritt voran auf die Mole.

Er sprang an Deck der *Foxhunter* und lief zum Deckhaus. Dort schaltete er das Licht an und... fluchte: Das Funkgerät war aus seiner Verankerung an der gegenüberliegenden Wand gerissen und lag völlig zertrümmert in der Ecke, daneben lag eine Axt.

»Sind sie uns doch zuvorgekommen.«

Er stürzte an Guyon vorbei, lief den Kabinengang hinunter durch den Salon zur hinteren Kabine, kniete sich neben das Schränkchen unter seiner Schlafstelle und durchstöberte es.

»Suchen Sie das hier, Colonel Mallory?« fragte Guyon schlicht.

Mallory sprang auf die Beine und drehte sich um. Guyon stand auf der anderen Seite des Tisches, eine Schublade geöffnet und hielt den kleinen elektronischen Sender, der Mallorys einzige Verbindung mit seinen Leuten war, in der Hand.

»Guter Junge«, rief Mallory aus und tat einen Schritt nach vorn.

Guyon ließ das Gerät zu Boden fallen und trat zweimal fest mit dem Absatz darauf. Gleichzeitig zog er die Lüger aus seiner Manteltasche.

Mallory blieb wie erstarrt stehen und schaute ihn ungläubig an. Da vernahm er eine Stimme: »Ausgezeichnet, Captain Guyon. Ich war schon nahe daran, an Ihnen zu zweifeln.«

Als sich Mallory umwandte, trat de Beaumont aus dem Schatten der dunklen Küche, neben sich Jacaud, der ein Maschinengewehr in den Händen hielt.

12

Zum finsteren Turm

Sie waren nun dicht an die Insel herangekommen. Marcel drosselte den Motor auf halbe Kraft und führte die *Foxhunter* langsam auf die dunkle Öffnung zu. Das Schnellboot war an einem dicken Tau am Heck festgebunden. Mallory schaute auf das Meer hinaus und gewahrte den Schatten, der vom Horizont her am Himmel aufzog und die Sterne verdeckte.

Guyon stand ein paar Schritt entfernt an der Reling und unterhielt sich leise mit de Beaumont, während Jacaud am Ruderhaus lehnte und immer noch das Maschinengewehr im Anschlag hielt. Ein Auge war halb geschlossen, die rechte Gesichtshälfte geschwollen und von einer blutunterlaufenen Prellung entstellt. Er starrte Mallory reglos an.

Sie glitten in den finsteren Eingang hinein. Mallory fröstelte, als die feuchte, kühle Luft an ihm hochkroch. Dann lag die Höhle vor ihnen. Sie maß von einem Ende zum anderen etwa einhundert Meter und war ungefähr siebzehn Meter breit. Unterhalb der Wasseroberfläche war sie, wie er schon früher herausgefunden hatte, noch breiter.

Die lange, steinerne Mole wurde von zwei Bogenlampen taghell erleuchtet. Sie glitten daran entlang und machten hinter einer herrlichen Dreizehn-Meter-Jacht fest. Auf deren Heck prangte der Name *Fleur de Lys.*

Das U-Boot lag am anderen Ende vertäut, gedrungen und schwarz und wirkte noch kleiner, als Mallory es sich vorgestellt hatte. Etwa ein Dutzend Männer in französischen Marineuniformen arbeitete geschäftig und lud unter Aufsicht eines schlanken, jungenhaft wirkenden Leutnants mit Schirmmütze und Matrosenjacke Vorräte an Bord. Als sie die kurze Leiter zur Anlegestelle hinaufstiegen, trat er vor und grüßte de Beaumont salopp.

»Wie stehen die Dinge, Fenelon?« erkundigte sich de Beaumont. »Irgendwelche Schwierigkeiten?«

Fenelon schüttelte den Kopf: »Wir werden pünktlich fertig sein.«

»Gut. Ich werde Ihnen um 9 Uhr morgen früh letzte Anweisungen geben.« Fenelon ging zu seinen Männern zurück. De Beaumont wandte sich an Mallory: »Ist es nicht herrlich? Und haargenau das, was wir für unsere Zwecke benötigen. Klein, kompakt – bedarf nur einer Besatzung von sechzehn Mann. Ist Ihnen der Typ bekannt?«

»Nur auf dem Papier.«

»Dies hier hat eine interessante Geschichte: gebaut bei der Deutschen Werft, 1945, sank einen Monat nach Indienststellung mit der gesamten Besatzung; nachdem man es gehoben hatte, wurde es den Franzosen übergeben.«

»Und jetzt gehört es Ihnen«, bemerkte Mallory. »Eine wechselvolle Karriere.«

Ein menschlicher Körper, der mit einer Persenning zugedeckt war, lag auf der jenseitigen Mauer. Die Füße, die noch in den Schwimmschuhen steckten, waren seitwärts geneigt, und die Lache aus Meerwasser, in der der Leichnam lag, war blutdurchtränkt.

»Den anderen haben wir nicht gefunden. Er ist wahrscheinlich von der Strömung in das Riff hineingerissen worden.« De Beaumont schüttelte angeekelt den Kopf. »Eine widerliche Art zu sterben.«

Diese Worte schienen eine Drohung zu beinhalten, aber Mallory ließ sich nicht herausfordern. De Beaumont lächelte leicht und führte sie zu einer steinernen Treppe, die sich mehr als dreißig Meter in das Halbdunkel hinauf erstreckte und dabei an der Höhlenwand einen weiten Bogen beschrieb. Sie stiegen die Stufen empor und gelangten zu einem Treppenabsatz, wo de Beaumont in einen Gang einbog und sie hindurchführte. Dabei passierten sie etliche Türen, von denen einige offenstanden. Man erkannte schmale Schlafstellen, auf denen sauber zusammengelegte graue Decken lagen. Aus einem Seitengang drangen Küchendüfte.

De Beaumont öffnete eine weitere Tür, und ein großer Saal tat sich vor ihnen auf. Mächtige, gebogene Eichenbalken wölbten sich über ihnen ins Dunkel. Eine breite Marmortreppe führte nach oben, darüber erstreckte sich eine Galerie. Auf der einen Wandseite erhob sich ein überdimensionaler, mittelalterlicher Kamin, in dem mit dicken Holzscheiten ein Feuer geschürt wurde.

»Ein herrlicher Anblick, was? Das Geld, das diese viktorianischen Industriellen nur zum Verschleudern gehabt haben müssen! Und dann, jeder Stein mit dem Schiff hierhergebracht.«

Seine Stimme klang gelassen, höflich. Man hätte ihn für einen selbstgefälligen Gastgeber halten können, der einem Freund sein neues Haus zeigt. Sie stiegen die Stufen hinauf und gingen auf der Galerie entlang, bis sie an eine Tür stießen, hinter der sich eine schmale Wendeltreppe verbarg. De Beaumont ging voran. In Abständen kamen sie an Fensterschlitzen vorüber, die einen weiten Blick auf das Meer freigaben, während sie immer höher stiegen.

Auf einem Treppenabsatz blieben sie vor einer Tür stehen. De Beaumont öffnete sie und ging hinein. Er ließ die Tür angelehnt, so daß man sehen konnte, daß sich in dem Raum eine große Anzahl elektronischer Geräte befand. An einem Funkapparat saß mit übergestülpten Kopfhörern ein Mann, der sich erhob, als de Beaumont eintrat. Das Murmeln einer angeregten Unterhaltung drang nach draußen, dann erschien der Colonel wieder in der Tür.

Er setzte seinen Weg die Wendeltreppe hinauf fort. Mallory, Guyon und Marcel folgten ihm, Jacaud bildete den Schluß. Schließlich erreichten sie einen kleinen Absatz, wo de Beaumont die nun letzte Tür öffnete.

Der Raum war kreisrund und ziemlich groß, behaglich eingerichtet, Perserteppiche schmückten den Fußboden. In einem Kamin loderten Holzscheite. Bis auf einen etwa sieben Meter langen Teil, der von einem Samtvorhang verdeckt war, zierten Bücher die gesamte Länge der Wände. De Beaumont zog den Vorhang zur Seite und legte ein halbrundes Fenster frei.

»Eine meiner kleinen Verbesserungen. An klaren Tagen kann man das französische Festland sehen.« Er wies auf einen Sessel am Kamin. »Wenn Sie bitte Platz nehmen wollen.«

Mallory setzte sich, und Jacaud postierte sich mit dem Maschinengewehr hinter ihm. Marcel stellte sich an das Fenster und hielt in der rechten Hand einen Revolver, den Lauf auf den Boden gerichtet. Guyon blieb an der Tür stehen. Mallory schaute ihn an, und Guyon erwiderte seinen Blick ruhig, mit ausdrucksloser Miene. Mallory wandte sich wieder de Beaumont zu, der ihm gegenüber Platz genommen hatte.

»Ich will Ihre Intelligenz nicht beleidigen, indem ich hier Spiegelfechterei betreibe, Colonel Mallory«, begann er das Gespräch. »Eine Zeitlang war ich Gefangener der Viets in Indochina. Es gibt kaum etwas, das sie mir nicht aus erster Hand beigebracht hätten; wie man beispielsweise Informationen gewinnt von jemandem, der nicht zur Zusammenarbeit bereit ist. Jacaud war Stabsfeldwebel in meinem Regiment. Er hat dieselben Erfahrungen gesammelt wie ich. Ich brauche wohl kaum zu betonen, daß er eine Gelegenheit willkommen heißen würde, Experimente anzustellen.«

»Sie brauchen nicht weiterzureden«, warf Mallory ein. »Ich habe begriffen.«

»Ausgezeichnet«, erklärte de Beaumont. »Dann können wir gleich zur Sache kommen. Wie Sie inzwischen selbst herausgefunden haben, ist Captain Guyon so etwas wie ein Doppelagent. Als die Leute vom ›Deuxième Bureau‹ ihm eine Stelle anboten, konnten sie nicht ahnen, daß er schon ein loyales Mitglied der O. A. S. war. Eine sehr zweckmäßige Einrichtung. Er bestätigt die Tatsache, daß das ›Bureau‹ keinen Grund zur Annahme hatte, daß sich die *Alouette* hier verborgen hält und daß sein Einsatz auf der Île de Roc auf Wunsch des britischen Geheimdienstes zustande kam. Mich interessiert, warum?«

»Wir hatten einen Mann hier, um Sie zu observieren«, gab Mallory Auskunft. »Nur Routine. Das geschah, weil es sich um Ihre Person und Ihre Stellung handelte. Seine Leiche wurde vor kurzer Zeit mit der Abendflut an Land gespült. Für den Staatsanwalt war es ein Unfall, Tod durch Ertrinken.«

»Er hatte die Angewohnheit, nach Einbruch der Dunkelheit lange Spaziergänge auf den Klippen zu machen und ein Nachtglas bei sich zu tragen«, erläuterte de Beaumont. »Ziemlich gefährlich. Man hätte ihn warnen sollen.«

»Da haben Sie einen Fehler gemacht«, stellte Mallory fest. »Für meinen Chef bedeutete das nur eins: Der Mann hatte etwas Wichtiges gesehen. Da die Franzosen alle Buchten und Flußmündungen auf ihrer Seite des Kanals durchkämmten, machte sich bei ihm das Gefühl breit, daß sich die *Alouette* in den Kanal-Inseln aufhalten könnte.«

»Sehr schade«, sagte de Beaumont. »Jetzt muß ich das hier früher aufgeben, als beabsichtigt. Andererseits wird keiner meiner kurz- oder langfristigen Pläne davon im geringsten betroffen sein.« Er erhob sich höflich lächelnd. »Unter glücklicheren Umständen hätte ich es begrüßt, ausführlicher mit Ihnen zu plaudern. Wir müssen eine ganze Menge gemein haben. Sie verstehen sicher, daß meine Zeit knapp ist.«

»Selbstverständlich«, bemerkte Mallory ironisch und stand auf.

Er hatte sich oft gefragt, wann dieser Augenblick kommen und wie er ihn empfinden würde. Das Seltsame war, daß er keine Angst hatte. Eher Neugier als alles andere. Unruhig ging Jacaud hinter ihm hin und her. Marcel trat von der Wand weg. Die Pistole lag immer noch an sein Bein geschmiegt mit dem Lauf nach unten.

De Beaumont zog einen Revolver aus der Tasche, ging zu Guyon und reichte ihn ihm. »Wollen Sie die Ehre haben, Captain Guyon? Das würdige Ende eines Soldaten, denke ich.«

Guyons Hand umklammerte den Griff des Revolvers. Er war blaß, als er Mallory anschaute. Ganz unvermittelt packte er de Beaumont vorn am Mantelkragen, zerrte ihn vor und rammte ihm die Mündung an die Kehle.

Einen Augenblick lang herrschte absolute Stille. Dann lachte de Beaumont leise auf. »Wissen Sie, unsere Freunde in Paris machen sich schon seit geraumer Zeit Gedanken über Sie, Guyon. Jetzt verstehe ich, warum. Sie lassen nach. Ich hätte angenommen, daß ein Offizier mit Ihrer Erfahrung zu unterscheiden gewußt hätte zwischen dem Gewicht eines Revolvers, der mit leeren Hülsen und einem, der mit echter Munition geladen ist.«

Er griff Guyons Hand und entwand ihm den Revolver. Guyon schaute Mallory mit gequältem Gesichtsausdruck an. »Manchmal kann man auch zu schlau sein wollen, mein Freund.«

»Nett, dich wieder auf unserer Seite zu haben«, meinte Mallory.

De Beaumont öffnete die Tür und nickte Marcel zu. »Begleite ihn hinunter und paß gut auf ihn auf. Ich schicke Colonel Mallory später nach.«

Er schloß die Tür hinter ihnen, wandte sich wieder Mallory zu und lächelte. »Jetzt, da wir wieder alle wissen, wo wir stehen, können wir es uns vielleicht für eine halbe Stunde gemütlich machen.« Er nahm eine Flasche und zwei Gläser aus einem Schrank und begab sich wieder zu seinem Sessel. »Dies hier ist wirklich ein besonders guter Cognac. Ich glaube, Sie werden ihn genießen.«

Mallory saß ihm im Sessel gegenüber und spürte Jacaud in seinem Rücken. Er war gespannt auf das, was nun kam. Er nahm das Glas Cognac entgegen, nippte daran und lehnte sich zurück. »Ich kann nicht begreifen, was Sie sich von alldem erhoffen. Morde und Mordanschläge werden Ihnen auch noch die letzte geringe Unterstützung, über die Sie verfügen, nehmen.«

»Das ist wohl eine Sache der Einstellung«, stellte de Beaumont klar. »Die einzige Art Politik, die in unserer modernen Welt verstanden zu werden scheint, ist die Politik der Gewalt. Palästina, Zypern, Algerien sind Beispiele für Siege, die nur durch den Einsatz absichtlicher und geplanter Gewalt errungen wurden. Das können wir auch.«

»Die Umstände sind vollkommen anders. In den Fällen, die Sie aufgezählt haben, waren es nationalistische Elemente, die Kolonialmächte bekämpften. In Ihrem Fall sind es Franzosen, die Franzosen ermorden.«

»Sie sind des Namens unwürdig, die Schweine, mit denen wir es bisher zu tun hatten. Großmäuler, Berufsliberale und Ränke schmiedende Politiker, die sich ihr Nest gebaut haben, als ich und meinesgleichen in vietnamesischen Gefangenenlagern schmorten.« De Beaumont lachte bitter auf. »Ich erinnere mich noch zu gut an unsere Heimkehr. Wir wurden auf dem Weg nach Marseille hinein von kommunistischen Dockarbeitern beschimpft.«

»Uralte Geschichte«, stellte Mallory fest. »Will heute keiner mehr wissen. Jedenfalls würden die nicht verstehen, wovon Sie reden, es sei denn, sie hätten dieselben Erfahrungen gemacht.«

»Aber Sie haben sie doch gemacht«, bemerkte de Beaumont. »Ganz tief drinnen, glaube ich, wissen Sie, was ich meine. Sie haben Ihre bösen Lektionen von den Chinesen gelernt. Das haben Sie doch ganz kühl in Ihrem Buch dargestellt. Was passierte, als Sie es in die Praxis umsetzten?«

Er starrte ins Feuer, eine tiefe Falte zeigte sich auf seiner Stirn. »Daß es in Algerien anders zugehen würde, dessen waren wir uns sicher. Wir haben die ›Fellaghas‹ im ›Dschebel‹ des Atlas-Gebirges bekämpft, in der Glut der Sahara, in den Gassen von Algier, und wir waren dabei, sie zu besiegen. Ganz zuletzt hatten wir sie sogar an der Gurgel.«

Er wandte sich zu Mallory: »Ich habe an jener Verschwörung von Teilen der Armee am 13. Mai 1958 teilgenommen. Wir hatten keine andere Wahl. Man hätte mich und meine Freunde festgenommen, uns mit der falschen Beschuldigung von Greueltaten den Prozeß gemacht, der nur dazu gedient hätte, die Großmäuler und Mitläufer daheim in Paris zu befriedigen. Wir haben de Gaulle an die Macht gebracht, weil wir an die Idee eines französischen Algeriens geglaubt haben, an ein größeres Frankreich.«

»Und kaum hatte er die Machtkontrolle in seinen Händen, tat er genau das Gegenteil von dem, was Sie beabsichtigt hatten«, fügte Mallory hinzu. »Eine der großen Ironien der Nachkriegsgeschichte.«

De Beaumont nahm noch einen Schluck Cognac und fuhr fort: »Noch ironischer ist, daß ich, Philippe de Beaumont, Nachkomme einer der bedeutendsten Familien Frankreichs, mitgeholfen habe, dem

Mann zur Macht zu verhelfen, der die Größe seines Landes zerstört hat.«

»Das sollte man erst noch abwarten«, meinte Mallory. »Ich würde sagen, daß Charles de Gaulle nur von einem Gedanken geleitet wurde – von tiefem Patriotismus. Was immer er getan hat, tat er aus dem Glauben heraus, daß es zu Frankreichs Bestem sei.«

De Beaumont zuckte die Achseln: »Haben wir also unterschiedliche Ansichten? Ist auch ohne Belang! Nach seinem Besuch am Dritten des nächsten Monats in St. Malo wird er für uns kein Problem mehr sein.«

»Ich weiß nicht, was Sie da vorhaben, aber ich würde mich auf nichts verlassen. Wie viele Male sind Anschläge Ihrer Leute schon mißlungen? Achtmal, glaube ich, nicht wahr?«

»Ich kann mir das Kompliment machen, daß meine Organisation wesentlich erfolgreicher operiert hat. Diese Angelegenheiten bedürfen eines klardenkenden Gehirns, Mallory. Alles, womit ich mich beschäftige, sind militärische Operationen, die bis in die kleinsten Einzelheiten geplant und unter strengsten Sicherheitsbedingungen durchgeführt werden. Die Operation *Alouette* habe ich höchstpersönlich von Anfang an geleitet. Meine Freunde in Paris haben davon keine Ahnung. Ich arbeite absolut selbständig und benutze sie nur als Informationsdienst.«

Mallory schüttelte den Kopf und meinte: »Sie werden sich nicht mehr lange halten können. Sie bewegen sich auf einem zu heißen Pflaster. Schon die *Alouette* ist für Sie zu einem Risikofaktor geworden, mehr als alles andere.«

»Sie könnten sich in keinem größeren Irrtum befinden.« De Beaumont erhob sich, griff ein paar Landkarten von dem Schrank an seiner Seite und ging damit zu einem kleinen Tischchen. »Kommen Sie herüber. Das wird Sie interessieren.«

Es waren Marinestabskarten von dem Gebiet zwischen Guernsey und der französischen Küste, die er rasch aneinanderlegte. »Hier sehen Sie die Île de Roc und St. Pierre, achtundzwanzig Kilometer südwestlich von Guernsey. Der nächstgelegene Punkt in Frankreich ist Pointe du Château, nur zweiunddreißig Kilometer entfernt. Kennen Sie dieses Gebiet?«

Mallory verneinte. »Der nächstgelegene Ort, den ich kenne, ist Brest.«

»Eine gefährliche Küste, voller kleiner Inseln und Riffs, einsam und wild. Sie werden Île de Monte erkennen, nur vierhundert Meter vor der

Küste gelegen, gegenüber dem Sumpfland der Gironde. Auf einer Insel etwa achthundert Meter im Hauptarm des Flusses innerhalb der Marschen befindet sich ein kleines Häuschen. Etwa zwölf Kilometer von der nächsten Straße entfernt und sehr einsam. Nicht mal Telefon. Es leben dort im Augenblick nur zwei Menschen.«

»Und die wollen Sie haben?«

»Nur den Mann: Henri Granville.«

Mallory richtete sich auf, eine tiefe Falte zerfurchte seine Stirn. »Sie reden von Granville, dem Procureur Général, der letzten Monat in den Ruhestand getreten ist?«

»Ich beglückwünsche Sie zu Ihren intimen Kenntnissen französischer Angelegenheiten. Er traf dort gestern mit seiner Frau ein. Sie sind ganz allein. Selbstverständlich darf das niemand wissen. Er mag die Einsamkeit – Einsamkeit und Vögel. Pech für ihn, daß einer meiner Kontakte in Paris gestern abend Wind davon bekommen hat und mich unverzüglich informiert hat. Ich werde Jacaud im Laufe des heutigen Vormittags mit der *Alouette* hinüberschicken. Granvilles Tod wird ziemlich Staub aufwirbeln.«

»Sie sind verrückt«, rief Mallory. »Er ist mindestens schon achtzig und zudem einer der beliebtesten Männer Frankreichs. Himmel noch mal, jeder liebt Granville! Politik hat doch damit nichts zu tun.«

»Dreimal hat Granville jetzt den Vorsitz bei Gerichtsverhandlungen geführt, in denen alte Kameraden von mir zum Tode verurteilt wurden«, erklärte de Beaumont. »Nun muß er die Schulden begleichen. Indem wir ihn schlagen, beweisen wir ein für allemal, daß wir ein Machtfaktor sind, mit dem gerechnet werden muß; und daß niemand, wie mächtig er auch immer ist und welche öffentliche Stellung er innehat, vor unserer Rache sicher ist.«

»Henri Granville hat niemanden ohne gute Gründe zum Tode verurteilt. Tun Sie ihm irgend etwas zuleide, werden Sie das ganze Volk gegen sich aufbringen«, stellte Mallory kopfschüttelnd fest. »Das werden Sie sich nicht erlauben können.«

De Beaumont lächelte, ging zum Feuer hinüber und schenkte sich einen weiteren Cognac ein. »Das glauben Sie!« Er nippte an seinem Glas und seufzte. »Ich werde Ihre Hinrichtung bis heute abend hinausschieben. Bis dahin wird Jacaud wieder zurück sein. Es wird mich mit Befriedigung erfüllen, Sie mit dem Wissen in den Tod zu schicken, daß Henri Granville Ihnen vorangegangen ist.«

»Warten wir ab!« meinte Mallory kühl.

De Beaumont wandte sich um und deutete auf eine zerfetzte Kriegsstandarte, die über dem Kamin hing. »Einer meiner Vorfahren trug sie eigenhändig nach Waterloo, nachdem sein Standartenträger erschossen worden war. Sie war bei mir in Dien-Bien-Phu. Ich habe es geschafft, sie sogar während der bitteren Monate der Gefangenschaft bei mir zu behalten. Sie erkennen darauf das Motto der Beaumonts.«

»›Wer wagt, gewinnt‹«, stellte Mallory fest.

»Wenn ich Sie wäre, würde ich das im Gedächtnis behalten.«

»Sie scheinen vergessen zu haben«, warf Mallory ein, »daß Ihr Vorfahr die Standarte bei Waterloo nicht allein vorwärts getragen hat, sondern da gab es ein Garderegiment, das ihm die gesamte Zeit über den Rücken stärkte. Und ich glaube mich zu erinnern, daß Sie bei Dien-Bien-Phu ein ganzes Fallschirmjägerregiment befehligten. Das ist das Frankreich, von dem ich spreche. Das wahre Frankreich. Etwas, wovon Sie überhaupt keine Ahnung haben.«

Einen Augenblick lang leuchtete es in de Beaumonts Augen auf. Aber er unterdrückte seine Wut und zwang sich zu einem Lächeln. »Bring ihn runter, Jacaud. Guyon und er können ihre letzten Stunden gemeinsam verbringen und versuchen, ein unlösbares Problem zu lösen. Der Gedanke daran wird mir Vergnügen bereiten.«

Jacaud stieß Mallory zur Tür hin. Als er sie öffnete, sagte de Beaumont ruhig: »Und übrigens, Jacaud, wenn ich Colonel Mallory das nächste Mal sehe, will ich ihn in demselben Zustand sehen, in dem er sich jetzt befindet. Wir verstehen uns?«

Jacaud drehte sich jäh um, ein Knurren entrang sich seiner Kehle. Einen Moment lang schien es, als wolle er de Beaumont widersprechen, doch dann wandte er sich plötzlich um und stieß Mallory vorwärts.

Sie stiegen die Wendeltreppe hinunter, Mallory voran, das Maschinengewehr spürte er in seinem Rücken. Die Galerie lag im Halbdunkel, das Feuer war nur noch ein Haufen glühender Asche. Sie durchquerten den Saal und gingen durch die Tür, die zu den Wohnquartieren und der Höhle führte.

Am Ende eines langen, weißgetünchten Ganges fanden sie Marcel, der vor einer Tür auf einem Stuhl saß und eine Zeitung las. Der Revolver steckte im Gürtel.

Er schaute Jacaud an und hob forschend die Augenbrauen: »Wann?«

»Heute abend, wenn ich vom Festland zurück bin.« Jacaud wandte sich zu Mallory und streichelte sein Maschinengewehr. Ein rötliches Glühen schien in den kalten Augen aufzuleuchten. »Persönlich, Colonel Mallory.«

Mallory wurde in die Zelle geschoben. Die Tür fiel hinter ihm ins Schloß. Guyon saß da und schaute ihn an.

Plötzlich begann er zu grinsen: »Du hast nicht zufälligerweise eine Zigarette bei dir, was?«

13

Kriegsrat

»Ich hatte jeglichen Glauben und jegliches Interesse daran verloren, was recht und unrecht war. Zum Schluß glaubst du nur noch an deine Freunde, den Kameraden, dem in der Nacht zuvor die Kehle durchgeschnitten wurde. Das wars, was sechs Jahre Algerien mir angetan haben.«

Raoul Guyon stand an dem kleinen, vergitterten Fenster und starrte in die Nacht. Als er sich umdrehte, wirkte er sehr müde.

»Und darum bist du zur O.A.S. gegangen?« fragte Mallory.

Guyon schüttelte den Kopf. »Das war 1958 in Algier. So viel Blut, daß es mich krank machte. Es gab da eine junge Maurin. Wir versuchten eine Zeitlang, uns gemeinsam vor dem Sturm zu verstecken. Man fand sie eines Morgens am Strand, nackt und verstümmelt. Ich mußte ihre Leiche identifizieren. Am darauffolgenden Tag wurde ich schwer verwundet und zur Genesung nach Frankreich geschickt. Als ich zurückkehrte, schienen meine Kameraden die einzig richtige Lösung gefunden zu haben: de Gaulle an die Macht zu bringen.«

»Du hast also an dem ersten Komplott teilgenommen?«

Guyon zuckte die Achseln: »Ich befand mich am äußersten Rand, war nur ein junger Offizier. Aber de Gaulle stand für mich für den Weg zur Ordnung aus dem Chaos. Nachher wurden die meisten von uns in andere Einheiten gesteckt. Ich war fünf Monate lang mit dem Kamel-Corps im Hoggar.«

»Und hast du dort gefunden, was du suchtest?«

»Beinah«, erinnerte sich Guyon. »Es war ein Tag voll Hitze und Durst, als ich es fast hatte: Die Felsen schimmerten, die Berge tanzten im blauen Dunst, und ich war ein Teil von ihnen. Beinah, aber nicht ganz.«

»Was geschah danach?«

»Man schickte mich nach Algerien zurück, in eine der schlimmsten Regionen: ein Gebiet aus Stacheldraht und Furcht, wo Gewalttätigkeiten wie eine Seuche ausbrachen und Leben kein Akt des Glaubens mehr war. Ich wurde kurz vor General Challes fehlgeschlagenem Umsturzversuch letztes Jahr noch einmal verwundet. Nicht ernsthaft, aber schwer genug, um mir einen Grund zu liefern, unbezahlten Urlaub zu erbitten. In der Nacht bevor ich ging, kam Legrande vom ›Deuxième Bureau‹ in mein Hotelzimmer und bot mir den Job dort an.«

»Und du hast akzeptiert?«

»Es bot mir die Möglichkeit, dort wegzukommen. Später in Paris kamen dann O. A. S.-Agenten auf mich zu. Als ehemaliger Fallschirmjägeroffizier und Verfechter des ersten Staatsstreichs, der de Gaulle wieder zur Macht verhalf, schien ich eine naheliegende Wahl zu sein.«

»Und du hast Legrande davon unterrichtet?«

»Sobald ich mit ihm in Kontakt treten konnte. Das war das Komische. Ich brauchte nicht einmal selbst die Entscheidung zu treffen. Es war so, als ob sie schon für mich vorbereitet worden wäre. Er redete mir zu, das Angebot anzunehmen. Aus seiner Sicht war ein Agent mit meinen Kontakten natürlich sehr wertvoll.«

»Und trotzdem hat man uns so informiert, als hege das ›Deuxième Bureau‹ keinen ernsthaften Verdacht gegen de Beaumont. Du hast doch sicherlich irgendwelche Informationen durch deine Pariser Kontakte auf der anderen Seite über ihn sammeln können.«

»Nicht unbedingt. Ich arbeitete nur am Rande der Organisation. De Beaumont wurde als ein mit ihren Zielen übereinstimmender Mann gehandelt. Andererseits ist seine politische Haltung in Frankreich bekannt. Es gab jedoch keine Hinweise, daß er aktiver Kämpfer wäre.«

»Und in dieser ganzen Zeit hat man dich vollständig akzeptiert?«

»Das habe ich natürlich geglaubt. Als neueingestellter Mitarbeiter beim ›Deuxième Bureau‹ war klar, daß ich von ihnen nur begrenzt mit Informationen gespeist würde. Aber ich gab auf Legrandes Anweisung hin ausgewählte Informationen weiter. Natürlich bin ich an die wirklich dicken Fische nie herangekommen, aber ich habe daran gearbeitet. Zweimal erlaubte er mir sogar, einige aus den niederen Chargen zu warnen, als ihre Verhaftung bevorstand.«

»Was wußtet ihr über die *Alouette?*«

»Das war eine Sache, die uns von Anfang an verwirrte: Wir hatten nicht die leiseste Ahnung über ihren Schlupfwinkel, nicht einmal in O. A. S.-Kreisen. Daher hat Legrande mir aufgetragen, meine Pariser Kontakte darüber zu informieren, daß ich zu einer Routineüberprüfung de Beaumonts auf die Kanal-Inseln geschickt würde, um ganz sicherzugehen, daß er sich in der Zeit wohlverhalten würde. Legrande ging davon aus, daß dies ein für allemal beweisen würde, ob eine Beziehung zwischen ihnen bestünde oder nicht.«

»Das schien wohl nicht wichtig genug, um es uns mitzuteilen.«

»Das tut mir leid, aber Legrande lebt nie im Augenblick – nur in der Zukunft. Er sah eine mögliche Situation voraus, in der sich meine zusätzlichen Aktivitäten als nützlich erweisen konnten. Unter diesen Umständen schien es klüger, mich nur als Raoul Guyon vorzustellen, einen offiziellen Mitarbeiter des ›Bureau‹ und nichts weiter.«

»Man sieht, daß der alte Fuchs immer noch glaubt, die Karten so spielen zu können, wie sie fallen«, bemerkte Mallory. »Das zeigt sich in seinem Pokerspiel.«

»Diese Bemerkung deckt sich mit der, die er über dich machte, kurz bevor ich abgereist bin.«

Mallory grinste. »Mindestens ein positives Ergebnis ist dabei schon herausgekommen: De Beaumont hat zweifellos Verbindung zur O. A. S. in Paris; denn er wurde von deiner Ankunft in Kenntnis gesetzt. Doch eines verstehe ich nicht, warum er sich nicht gewundert hat, daß du ihnen nichts von der Alouette-Affäre erzählt hast.«

»Das war das erste, was er mich fragte, als er mit dem Boot herüberkam. Eine Frage, die schwer zu beantworten war.«

»Und wie hast du es getan?«

»Ich erzählte ihm, daß das ›Bureau‹ glaubte, daß die ganze Angelegenheit das Werk einer unabhängigen Gruppe wäre. Daß sich das für mich persönlich dadurch bestätigt hatte, daß sie selbst in O. A. S.-Kreisen offensichtlich unbekannt war und daß ich als ehemaliger Fallschirmjägeroffizier, der am Staatsstreich vom Juni 1958 teilgenommen hatte, nur um von de Gaulle betrogen zu werden, es vorziehen würde, mit ihnen zusammenzuarbeiten.«

»Und das hat er so akzeptiert?«

»Mir schien es damals so.«

»Für mich klingt das alles ganz schön verzwickt.«

»Für de Beaumont offensichtlich auch.« Guyon lächelte gequält. »Andererseits hatte ich keine Zeit, mir irgend etwas Besseres zurechtzulegen, und ich tat meinen ersten Schritt gegen dich, kurz bevor sie es taten. Du erinnerst dich?«

»Das war schnell gedacht.«

Der junge Franzose zuckte die Achseln: »Als ich sah, was sie mit dem Funkgerät gemacht hatten, schien es mir logisch, anzunehmen, daß sie sich noch an Bord befanden und uns unter Beobachtung hielten. Ich hielt es für klüger, ihnen mein Vertrauen zu beweisen, solange ich es noch konnte. Ich erinnerte mich, daß du den kleinen Sender zuvor in die Tischschublade gelegt hattest.«

»Und du bist de Beaumont vorher nie begegnet?«

Guyon schüttelte den Kopf: »Wie ich dir früher schon gesagt habe, nur in einer Menschenmenge. Natürlich wußte ich eine ganze Menge über ihn. Er war einer jener wirklich großen Fallschirmjägeroffiziere.«

»Ich habe mir noch einmal alles durch den Kopf gehen lassen, was er mir oben erzählt hat«, sagte Mallory nun. »Nichts, was wirklich einen Sinn ergäbe. Am Ende muß er doch verlieren. Ein Mord an einem so beliebten alten Mann wie Henri Granville würde ausreichen, um ihn und alle Leute, die wie er denken, um die Sympathie des französischen Volkes zu bringen. Trotzdem macht er weiter. Ich frage mich, warum?«

»Er war immer schon ein seltsamer Hitzkopf. Eine Kreuzung aus religiösem Fanatiker und Soldat. Die Kapitulation von Dien-Bien-Phu, die Erniedrigung in den Lagern der Viets und unser späterer Rückzug aus Indochina waren Gründe einer dauerhaften Schmach für ihn. Wie viele andere auch schwor er, daß so etwas nie wieder geschehen dürfe.«

»Und trotz allem, was er tat, geschah es erneut.«

Guyon nickte: »De Beaumont ist der letzte Sproß aus einer der vornehmsten Familien. Sein einziger Erbe ist ein Bruder, der Professor für politische Geschichte an der Sorbonne ist. Ein Mann mit erklärter Sympathie für die Linke. Einer seiner Vorfahren war einer der wenigen Aristokraten, die die Revolution von 1789 rückhaltlos unterstützten, ein anderer war General unter Napoleon. Einhundertfünfzig Jahre lang waren die Beaumonts eine der bedeutendsten Familien Frankreichs.«

»Wäre wohl ein nationales Unglück, wenn er verhaftet würde?«

»Genau. Die Regierung zeigte sich mehr als glücklich, als er sich entschloß, auf die Kanal-Inseln zu ziehen. In der Zeit sah es so aus, als könne man sich des brennenden Problems de Beaumont auf diese einfache Art entledigen.«

»Zu dem er nun doch geworden ist«, stellte Mallory fest, »und zwar in vielfacher Hinsicht.«

»Du denkst dabei an seine Drohung, de Gaulle bei seinem Besuch in St. Malo im nächsten Monat zu erledigen?« Guyon legte sich auf den Rücken und verschränkte die Hände hinter dem Kopf. »Das beunruhigt mich eigentlich wenig. Sie werden de Gaulle nicht kriegen. Der ist unverwüstlich, wie einer jener Felsen draußen im Riff nach einem Sturm: ein bißchen verwittert, aber immer noch aufrecht.«

»Dann bleibt trotzdem noch die Sache mit Granville«, bedeutete Mallory. »Und das Scheußliche daran ist, daß es für uns keine Möglichkeit zu geben scheint, das zu ändern.«

Er zündete sich eine Zigarette an, legte sich auf den Rücken und starrte an die Decke. Noch einmal ließ er sich die Ereignisse der letzten Stunden durch den Kopf gehen. Eine Weile später sagte er mit ruhiger Stimme: »Die oberste Regel in diesem Spiel ist, daß vor allem anderen zuerst der Job kommt. Die meisten Männer, mit denen ich bisher zusammengearbeitet habe, hätten in deiner Lage mit de Beaumont gemeinsame Sache gemacht und hätten, wenn nötig, mich auch umgebracht.«

»Vielleicht sah ich die Situation etwas anders«, stellte Guyon fest.

»Du hast dich so schnell bewegt, daß du nicht einmal den Gewichtsunterschied, der durch die leeren Hülsen zustande kam, bemerkt hast. Warum?«

»Das frage ich mich auch schon seit einer geschlagenen Stunde. Es ist sicher nicht einfach, es zu erklären. Laß es mich so ausdrücken: daß plötzlich wieder Menschen da sind, die wichtig geworden sind, und laß es dabei bewenden.«

Er drehte sich zur Wand. Mallory lag auf dem Bett, rauchte seine Zigarette und dachte darüber nach, wie komisch es doch war, daß ein junger Mann, dessen Gefühle vom Feuer zweier grausamer Kriege aus ihm herausgebrannt schienen, von der ältesten und elementarsten aller menschlichen Emotionen wieder ins Leben zurückgerufen wurde – der Liebe.

Ihn fröstelte, und seine steifen Glieder schmerzten. Er zog sich die Decke über die Beine und schaute auf die Uhr. Es war schon fast fünf Uhr morgens. Er lag in der Dunkelheit und lauschte dem Regen und dem Wind. Kurze Zeit später trug ihn der Schlaf hinfort.

Er merkte, daß ihn jemand rüttelte, und er öffnete die Augen. Raoul Guyon hockte neben ihm. Graues Licht sickerte durch das vergitterte Fenster herein. Mallory rappelte sich auf und setzte sich auf die Bettkante.

»Es regnet immer noch?«

Guyon nickte: »Hat die ganze Nacht nicht aufgehört. Es ist schon fast acht.«

Mallory ging zur Tür und spähte durch das Eisengitter auf den Gang hinaus. Ein junger Matrose saß auf einem Stuhl und las. Ein schwerer Armeerevolver steckte im Halfter an seiner Hüfte.

Mallory öffnete das Fenster. Die Eisenstangen, die in die Mauer eingelassen waren, wirkten fest und unverrückbar. Er schaute in den grauen Morgen über das Riff zur Île de Roc hinüber. Regen prasselte hernieder, und die Sicht war schlecht. Ein kalter Nebel trieb dicht über dem Wasser.

»Ich würde gern wissen, was die da drüben jetzt machen«, sagte Guyon an seiner Seite.

»Sie müssen doch spätestens jetzt festgestellt haben, daß etwas schiefgelaufen ist.« Mallory zuckte mit den Achseln. »Wenn sie nur über einen Funken Verstand verfügen, werden sie Owen Morgan eingeweiht haben und in deinem Boot nach Guernsey gefahren sein, um Hilfe zu holen.«

»Diese Möglichkeit wird de Beaumont doch sicher einkalkuliert haben.«

»Vermutlich hat er das, und das beunruhigt mich.«

Man hörte ein Klappern, und die Tür öffnete sich. Als die beiden sich umdrehten, kam Marcel herein und stellte sich an die Seite, den Revolver in der rechten Hand. Der junge Matrose folgte ihm. Er trug ein Tablett, das er auf dem Bett abstellte. Sie verschwanden beide umgehend wieder, ohne ein Wort gesprochen zu haben, und verriegelten die Tür hinter sich.

Das Essen war einfach: Brot, Käse und heißer Kaffee. Mallory bemerkte plötzlich, wie hungrig er war. Sie ließen sich zu beiden Seiten des Tabletts nieder und aßen. Zum Nachtisch teilten sie sich die letzte Zigarette.

Dann legte sich Mallory wieder auf das Bett und wartete darauf, daß irgend etwas geschah, während Guyon unruhig auf und ab ging. Der Regen hämmerte gegen das Fenster. Es war fast zehn Uhr, als die Tür wieder geöffnet wurde und de Beaumont mit Marcel eintrat.

Er schien gut gelaunt und lächelte heiter: »Guten Morgen, Gentlemen. Ich hoffe, Sie hatten eine angenehme Nacht. Ist Ihnen die Unterkunft genehm?«

»Ich habe schon Schlimmeres gesehen«, gab Mallory zu.

»Kann ich Ihnen irgend etwas besorgen lassen?«

»Der letzte Wunsch des Verurteilten?« Mallory zuckte die Schultern.

»Wir würden uns über ein paar Zigaretten freuen. Das ist schon alles.«

Marcel zog eine Schachtel Gauloises aus seiner Tasche und warf sie auf das Bett. »Noch irgend etwas?« fragte de Beaumont höflich.

Mallory steckte sich eine Zigarette an, dann warf er Guyon das Päckchen zu. »Ich glaube nicht.«

»Dann wollen Sie mich bitte entschuldigen. Es wird Sie vielleicht interessieren, zu erfahren, daß Jacaud und seine Leute wie geplant vor einer Viertelstunde nach Pointe du Château aufgebrochen sind. Unter diesen Umständen finde ich, daß es an der Zeit ist, unseren Freunden auf der Île de Roc einen Besuch abzustatten.«

»Ich würde mich nicht darauf verlassen, dort jemanden zu Ihrem Empfang anzutreffen.«

»Oh, sie werden schon noch dort sein. Das kann ich Ihnen versichern.«

De Beaumont lächelte leicht, so als freute er sich über einen kleinen, persönlichen Scherz, nickte Marcel zu und ging hinaus. Die Tür fiel zu, und die Riegel wurden wieder vorgeschoben. Es klang wie grausame Endgültigkeit. Guyon warf sich herum und machte eine Geste der Verzweiflung. Mallory mahnte ihn zur Ruhe. Er ging zur Tür und bemerkte, daß der junge Matrose wieder auf seinem Stuhl saß und in einer Zeitschrift blätterte.

Mallory schritt zum Fenster und sah hinaus. Ein paar Augenblicke später hörte er das Geräusch eines Motors, und die *Foxhunter* kam ins Blickfeld. Sie preschte am Riff entlang in Richtung Île de Roc.

»Da fährt sie hin.«

Guyon trat ans Fenster und schaute stirnrunzelnd hinaus. »Warum hat er die *Foxhunter* genommen?«

»Einfacher zu bedienen auf der kurzen Strecke als die *Fleur de Lys*, und für das Schnellboot ist zu hoher Seegang.«

Guyon dachte an Fiona, ließ die Zigarette zu Boden fallen und trat wütend darauf herum. »Seine letzte Bemerkung hat mich verärgert. Er klang zu selbstsicher, so als ob er ganz sicher sei, daß der General und die Frauen noch auf der Insel sind.«

»Ich gehe davon aus, daß er es weiß«, meinte Mallory. »Es war eine lange Nacht. Er hatte die Gelegenheit, alles Nötige zu unternehmen. Aber das ist jetzt nicht so wichtig. Er wird sie vermutlich nur herüberholen, um sie in sicherem Gewahrsam zu haben, bis er sich davonmacht.«

»Da kannst du recht haben.«

»Ich denke an Henri Granville, der irgendwo in den Marschen der Gironde sitzt und nicht weiß, daß irgendwann nach Mittag jemand an seine Tür klopfen wird. Ich kann mir schon jetzt Jacauds Lächeln vorstellen.«

»Und es gibt nichts, was wir dagegen unternehmen können.«

»Es gäbe allerdings eine ganze Menge, wenn es uns gelänge, hier rauszukommen. Da ist immer noch der Funkraum im Turm oder die *Fleur de Lys,* die eine noch größere Hilfe wäre. Ein Boot ihrer Größe muß über ein Funktelefon verfügen.«

Guyon schüttelte den Kopf: »Dieses Sumpfgebiet ist einer der einsamsten Plätze hier an der Küste. Selbst wenn wir meine Leute in Paris erreichten, wäre es zu spät, um Henri Granville zu warnen. Sie würden nicht mehr rechtzeitig zu ihm vordringen können.«

»Aber uns könnte das gelingen«, warf Mallory ein. »Die *Alouette* muß die ganze Strecke unter Wasser zurücklegen. Dazu wird sie gute drei Stunden brauchen.«

»Es ist schon fast eine Stunde her, daß sie aufgebrochen sind«, machte Guyon Mallory aufmerksam.

»Die *Fleur de Lys* kann mit doppelter Geschwindigkeit fahren. Wir wären immer noch in der Lage, Jacaud zuvorzukommen.«

»Nur, wenn wir in der nächsten halben Stunde hier rauskommen«, stellte Guyon fest. »Ich habe schon lange aufgehört, an Wunder zu glauben.«

»Wir brauchen kein Wunder. Nur ein bißchen Glück.« Mallory zog ihn auf das Bett herunter. »Jetzt hör mir mal gut zu.«

Es war kalt im Gang, und den jungen Matrosen fröstelte. Er stand auf und versuchte, durch Bewegung seinen Kreislauf wieder in Gang zu bringen. Dabei entfernte er sich ein paar Schritte von seinem Stuhl. Er war gelangweilt und auch ein bißchen verängstigt. Zu Anfang hatte die ganze Angelegenheit wie ein Abenteuer ausgesehen, wie eine Kreuzfahrt. Nun war er nicht mehr so überzeugt davon. Er kehrte zu seinem Stuhl zurück; da vernahm er einen gedämpften Schrei aus der Zelle.

Er zuckte zusammen, und ein Ausdruck von Verwirrung lag auf seinem Gesicht. Ein weiterer Schrei ertönte und dann das Krachen eines umstürzenden Bettes. Er erreichte gerade rechtzeitig das Gitter, um mitanzusehen, wie Guyons Faust in Mallorys Gesicht landete und diesen an die Wand zurückwarf.

»Du hast mich hier mit reingezogen, du Schwein«, schrie der junge Franzose. »Dafür bring' ich dich um! Ich bring' dich um!«

Er stürzte sich erneut auf Mallory, der sich unter einem erneuten Hieb wegduckte, dann vorschnellte und Guyon ein Bein stellte. Einen Moment später kniete er auf dessen Brust. Er hatte die Hände um seinen Hals geschlungen und würgte ihn.

Der Matrose stieß einen Schreckensschrei aus. Er schob die Riegel zurück und lief in die Zelle, den Revolver in der rechten Hand. Er packte Mallory am Kragen. Zu seiner großen Überraschung sprang Guyon plötzlich auf, griff brutal nach seinem Handgelenk und entwand ihm den Revolver. Der Mund des jungen Seemanns öffnete sich zu einem Schrei, der jedoch durch Mallorys kurzen Haken an die Kinnlade erstickt wurde.

Mallory hob den Revolver auf, nickte Guyon zu, und sie stürzten rasch hinaus. Alles war ruhig. Guyon verriegelte die Tür, und sie liefen den Gang entlang.

Es herrschte eine eigentümliche Stille, bis sie den Hauptgang erreichten, wo sie entfernte Stimmen und das Klappern von Pfannen in der Küche vernahmen. Sie huschten weiter bis zum entgegengesetzten Ende. Mallory öffnete vorsichtig die Tür, und sie gelangten auf den Treppenabsatz, von wo sie die Höhle überblicken konnten.

Die Anlegestelle war menschenleer. Nur die *Fleur de Lys* und das Schnellboot lagen an der Mole vertäut. In höchster Eile hasteten sie die Stufen hinunter, verharrten kurz am unteren Ende und liefen dann zur *Fleur de Lys* hinüber.

Als sie in das Ruderhaus eintraten, erkannten sie sofort, daß das Funktelefon aus seiner Halterung an der Wand abmontiert war. Mallorys Mund verzog sich zu einem verkrampften Grinsen. »Er denkt an alles, das muß man ihm lassen.«

»Eigentlich war das zu erwarten.« Guyon zuckte mit den Schultern. »Ein guter Soldat versucht immer, alle Eventualitäten in seine Berechnungen einzubeziehen.« Er schaute sich um und schüttelte den Kopf. »Dieses Boot scheint mir eine Nummer zu groß zu sein für uns beide.«

»Wir schaffen das schon«, versicherte Mallory. »Wir müssen. Der Tank ist voll, und das ist die Hauptsache. Lauf vor und mach die Leinen los, damit wir ablegen können.«

Guyon hastete zum Bug und löste die vordere Leine. Als er zur hinteren lief, ertönte ein entsetzter Schrei. Er blickte auf und sah den Matrosen oben auf dem Treppenabsatz. Guyon stürmte an Deck entlang und warf die hintere Leine über Bord. Der Matrose zog einen Revolver und feuerte zwei wilde Schüsse ab, während er die Stufen hinabhetzte.

Er kam zu spät. Schon heulten die Motoren auf, und Mallory steuerte die *Fleur de Lys* zur Höhle hinaus. Gischt schlug gegen das Fenster und Wellen krachten über das Deck herein, als das Schiff auf eine scharfe Wende auf der Leeseite des Riffs vollzog und Kurs auf Pointe du Château nahm.

14

Mit Waffengewalt

Hamish Grant öffnete die Tür und lauschte dem ruhigen Atmen. Fiona lag ausgestreckt auf dem Sofa, und Anne schlief im Ohrensessel, über ihre Beine war eine Wolldecke gebreitet.

Als er sich anschickte, die Tür wieder zu schließen, schlug sie die Augen auf und fragte leise: »Wie spät ist es?«

»Kurz nach acht. Jagbir hat frischen Tee gemacht.«

Sie stand auf, legte die Decke über Fiona und folgte ihm nach draußen. »Gibt es irgend etwas Neues von ihnen?«

Der alte Mann schüttelte den Kopf: »Noch nichts.«

Die Küche lag zum Hof hin. Sie war ein großer, freundlicher Raum. Holzbalken trugen die niedrige Decke. Jagbir stand am Herd und war damit beschäftigt, Eier zu braten. Als Anne hereinkam, schenkte er ihr Tee in eine Tasse ein und reichte sie ihr. Sie stellte sich vor das Fenster und trank den Tee in bedächtigen Schlucken.

Das große Fenster gab den Blick frei auf die Wolken, die draußen über den Feldern hingen. Regen tropfte aus der Dachrinne, und braune Blätter trieben über das Kopfsteinpflaster. Anne trat an das Fenster und starrte in den Regen hinaus. Sie dachte an Mallory.

Hamish Grant trat an ihre Seite und drückte ihre Hand. »Er hat gesagt, es würde bis zum Frühstück dauern. Ich würde mir an deiner Stelle nicht allzusehr den Kopf zerbrechen.«

»Tu ich auch nicht«, sagte sie fest. »Wenn ich von irgend etwas überzeugt bin, dann ist es seine Fähigkeit, auf sich selbst achtzugeben. Er hätte sich aber inzwischen einmal melden können.«

»Das wird er vermutlich auch über kurz oder lang.«

Sie trank ihre Tasse aus und ging zur Tür. »Ich glaube, ich werde zum Hafen hinunterlaufen und schauen, was da vorgeht.«

»Jagbir wird mit dir gehen.«

Sie schüttelte den Kopf: »Laß ihn weiter das Frühstück vorbereiten. Ich werde nicht lange bleiben. Und laß Fiona weiterschlafen bis ich zurück bin. Sie kann den Schlaf gut gebrauchen.«

Anne schritt durch den Flur, streifte sich den Schaffellmantel über, öffnete die Haustür und eilte hinaus. Sie band sich einen Schal um den Kopf, während sie die Auffahrt hinunterging, und bog hinter dem Tor in die Straße ein.

Die Sichtverhältnisse waren schlecht. Grauer Nebel trieb in Fetzen über das Wasser. Der im Zentrum der Insel gelegene Hügel stach grün vom Himmel ab. Sie hastete die Straße entlang und hielt an der Biegung inne, um einen Blick auf die Anlegestelle zu werfen. Dort lag nur ein Boot, Raoul Guyons kleines Motorboot, und am Eingang zur Mole stand der Wagen.

Sie eilte den Hügel hinunter und nahm dabei eine Abkürzung durch das nasse Gras. Das Auto war mit Tauperlen überzogen, der Motor kalt. Einen Moment blieb sie nachdenklich stehen und schritt dann auf der Mole entlang zu Guyons Boot. Sie stieg hinein, sah sich in der kleinen Kabine kurz um und wandte sich wieder zum Gehen.

Da stieg ihr ein beißender Geruch, der sich unangenehm von der frischen Morgenluft abhob, in die Nase. Sie blieb stehen und gewahrte den Ölfleck, der unter der Tür des Maschinenraums hervorsickerte und eine immer größer werdende Lache bildete. Sie öffnete die Tür und erblickte eine wirre Masse zerstörter Rohre und zerschmetterter Klappen und Ventile.

Sie kniete nieder und starrte in den Motor. Ihre Sinne gefroren. Als sie sich erhob, hallten Schritte auf den Holzbohlen der Anlegestelle, und sie hörte Owen Morgan rufen: »Hallo, Sie da unten!«

Anne ging die Kabinentreppe hinauf und kam an Deck zurück, gerade als er in das Boot kletterte. Er trug einen alten blauen Lotsenmantel und Gummistiefel. Regentropfen überzogen seine grauen Haare wie Reif. Er lachte sie an, aber sein Lächeln erlosch, als er ihr verstörtes Gesicht sah.

»Stimmt was nicht?«

»Sehen Sie sich mal den Motor an.«

Er stieg hastig die Treppe hinunter. Mit sehr ernster Miene kam er zurück. »Was kann jemanden dazu bewegen, so etwas zu tun?«

»Er wollte sichergehen, daß wir die Insel nicht verlassen können«, antwortete sie ihm.

Seine Stirn legte sich in Falten. »Also, was halten Sie davon, wenn Sie mich in die Vorgänge einweihen? Wo ist die *Foxhunter*? Ich habe sie heute morgen sehr früh hinausfahren hören.«

»Das sind bestimmt Colonel Mallory und Monsieur Guyon gewesen«, klärte sie ihn auf. »Sie hätten inzwischen wieder zurück sein sollen. Ich bin sehr besorgt, daß ihnen etwas zugestoßen sein könnte.«

»Sind sie in irgendwelchen Schwierigkeiten?«

»Das könnte sein; aber die Zeit ist zu knapp, um jetzt nähere Einzelheiten zu erklären, Owen. Wir müssen so schnell wie möglich nach Guernsey rüberfahren. Können wir dazu Ihr Boot benutzen?«

»Ich habe es eigentlich vor zwei Tagen schon die Helling hinaufgezogen und es in das Bootshaus gebracht, um es für den Winter fertig zu machen«, bekannte er. »Natürlich ist es kein Problem, es wieder hinunterzulassen, wenn es wirklich so dringend ist. Ich kann es in einer halben Stunde seetüchtig machen.«

»Tun Sie das«, bat Anne. »Ich gehe inzwischen nach Hause, um den anderen Bescheid zu geben. Ich erkläre Ihnen später alles, wenn ich zurückkomme.«

Sie hastete die Mole entlang, setzte sich hinter das Steuer des Wagens und versuchte, den Wagen zu starten. Es bedurfte eines langwierigen Spiels mit dem Choke, bis der Motor ansprang. Owen hatte schon die Hälfte der Strecke zum Bootshaus, das seitlich vom Hotel stand, zurückgelegt, als sie endlich davonfuhr.

Die Aufregung jagte ihm eine Gänsehaut über den Rücken. Was auch immer vorgefallen sein mochte, es mußte etwas sehr Ernstes sein. Soviel war jedenfalls aus Anne Grants Verhalten zu ersehen, und für einen Mann, dessen ganzes Leben aus einer Folge von Abenteuern bestanden hatte, übte die Aussicht auf neue Taten eine ungeheure Faszination aus. Als er nur noch ein paar Schritte vom Bootshaus entfernt war, erinnerte er sich, daß ein Vorhängeschloß die Tür versperrte. Er drehte sich um und eilte den Weg hinauf zum Seiteneingang des Hotels.

Er ging in die Küche, wo Juliette am Spülbecken stand und das Frühstücksgeschirr abwusch. »Wo ist der Schlüssel zum Bootshaus?« fragte er sie.

Sie wandte sich ihm überrascht zu: »Am Nagel hinter der Tür, wo er immer hängt. Stimmt was nicht?«

»Ich muß das Boot klarmachen«, antwortete er. »Die Grants möchten, daß ich sie nach Guernsey hinüberfahre. Kann auch nicht erklären, warum, weiß es selbst nicht. Aber es muß etwas Ernstes sein.«

Morgan griff nach dem Schlüssel und ging wieder hinaus. Nachdem er die Küche verlassen hatte, stand Juliette Vincente wie erstarrt am Spülbecken und stierte mit leerem Blick zur Tür. Einen kurzen Augenblick später trocknete sie sich sorgfältig die Hände ab, hängte das Handtuch weg und ging die Treppe hinauf in ihr Schlafzimmer.

Owen Morgan zog die schweren Türen des Bootshauses auf und ging hinein. Seine Barkasse saß fest in einer Betonnut; ein Stahlseil, das auf einer Winde an ihrem Heck aufgerollt war, hielt sie straff an ihrem Platz.

Er sprang an Deck, zog die Hülle vom Motorgehäuse und erschrak augenblicklich, die Kehle wie zugeschnürt: Der Motor befand sich in genau dem gleichen Zustand wie der von Guyons Boot. Empfindliche Rohre und Ventile waren zerschlagen und irreparabel demoliert. In dem Wirrwarr lag ein schwerer Hammer aus seiner eigenen Werkzeugtasche.

Er richtete sich wieder auf und vernahm hinter sich das Scharren eines Schuhs auf dem Steinboden. Er drehte sich um und erblickte Juliette. Sie hatte sich seine alte Kordjacke übergeworfen und verbarg ihre Hände tief in den Taschen.

»Was ist los, Owen?« fragte sie.

Da überkam es ihn blitzartig in einer einzigen, unerklärlichen Eingebung, daß sie es war, die die Verantwortung für diese Untat trug, und seine Augen weiteten sich. »Warum, Juliette?« rief er. »Warum hast du das getan?«

»Mein Bruder ist in Algerien gefallen, Owen«, ihre Stimme war matt und leblos. »Er starb für Frankreich. Sie haben es ihm zurückgezahlt, indem sie das, wofür er gestorben ist, wieder aufgaben. Ich konnte nicht einfach dastehen und das geschehen lassen.«

Wut flammte in ihm auf wie Feuer, das durch trockenes Laub züngelt. »Was erzählst du mir da für einen verdammten Unsinn, Mädchen? Was hat das mit meinem Boot zu tun?«

Er kletterte zu ihr hinauf, doch sie wich zurück und zückte den Revolver. Morgan blieb stehen und starrte sie sprachlos an. Sein Gesicht war so weiß, daß die Haut fast durchsichtig war, und ein Ausdruck verwirrten Erstaunens lag darauf.

»Ich bins, Juliette. Owen.« Er trat einen Schritt auf sie zu.

»Geh ganz langsam an mir vorbei, Owen«, flüsterte sie. »Die Hände auf den Rücken. Zwing mich nicht, dich zu töten.«

Er stand wie angewurzelt, die Beine gespreizt und brach in ein wildes Gelächter aus: »Mich töten, Mädchen? Du?«

Im nächsten Augenblick stürzte er auf sie zu, streckte die eine Hand nach dem Revolver aus, während die andere nach der Jacke griff. In diesem Moment blitzte es in ihren Augen auf, und ihm wurde mit furchtbarer Gewißheit klar, daß dies der letzte Fehler seines Lebens war.

Der Knall des Schusses wurde mit ohrenbetäubendem Lärm mehrfach von den engen Wänden des Bootshauses zurückgeworfen. Die Wucht der Kugel, die seinen Körper durchschlug, ließ ihn rückwärts taumeln. Er schwankte auf die Kante der Rampe zu, die Hände krampften sich um seinen Bauch und ein breiter Blutschwall schoß aus seinem Mund. Dann stürzte er rückwärts auf das Boot.

Juliette Vincente trat an den Rand der Rampe und schaute auf ihn hinunter. Er lag da ganz still, seine Augen waren auf einen Punkt gerichtet, der Millionen von Meilen hinter ihr lag. Sie steckte den Revolver in die Tasche zurück, ging hinaus und verschloß die schweren Türen wieder. Als sie sich umdrehte, bog die *Foxhunter* gerade um die Landzunge in den kleinen Hafen ein.

Hamish Grant saß am Küchentisch, die Reste seines Frühstücks vor sich und lauschte andächtig dem, was Anne ihm zu berichten hatte.

Als sie geendet hatte, schüttelte er unwirsch den Kopf: »Hat keinen Wert, sich vorzumachen, daß die Sache besonders gut aussieht. Aber eines ist sicher: daß wir selbst gar nichts tun können.«

»Dann ist als Guernsey unsere letzte Hoffnung?«

Er nickte und erhob sich. »Ich glaube, es ist besser, wenn wir alle gemeinsam fahren. Es zahlt sich nie aus, sich aufs Glück zu verlassen. Die Lage hier könnte sehr ungesund werden.«

Fiona kam herein und brachte seinen alten Armeemantel. »Den wirst du brauchen können, Vater. Es ist ziemlich kalt.«

Es war das erste Mal seit ihrer Kindheit, daß sie ihn anders als mit ›General‹ anredete, und er freute sich darüber. Seine Hand suchte ihr Gesicht, das er nur verschwommen wahrnahm, und er streichelte ihre Wange.

»Keine Bange, Fiona. Wir werden die Sache schon wieder hinkriegen.«

Sie hielt seine Hand einen Moment lang fest in ihrer, wandte sich dann um und ging in die Diele voran. Anne saß bereits hinter dem Steuer des Wagens, der mit laufendem Motor vor dem Haus wartete. Der General und Jagbir setzten sich in den Fond, Fiona neben Anne auf den Beifahrersitz. Unverzüglich gab Anne Gas und fuhr los.

Es regnete immer noch heftig. Anne stellte die Scheibenwischer an und beugte sich vor, um die Schlaglöcher in der ungeteerten Straße rechtzeitig zu erkennen. Der Wagen näherte sich dem Kamm des Hügels, und sie legte einen langsameren Gang ein, um sich für den steilen Abstieg zum Hafen hinunter bereitzumachen. Sie überwanden die Kuppe. Da stieß Fiona einen Entsetzensschrei aus, und Anne trat entschieden auf die Bremse.

Vor ihnen, mitten auf der Straße, standen de Beaumont, Marcel und drei weitere Männer und blickten aufs Meer hinaus. Etwa vierhundert Meter vor der Küste war die *Fleur de Lys* zu erkennen, die mit hohem Tempo in südwestlicher Richtung auf das französische Festland zubrauste. Marcel deutete mit ausgestrecktem Arm in ihre Richtung. Er wandte sich de Beaumont zu, um ihm etwas zu sagen, da erblickte er den Wagen.

Als sich die Männer über die Straße verteilten, trat Anne in einer Reflexbewegung das Gaspedal tief durch und der Wagen schoß den Weg hinunter. Mit vor Schrecken weit aufgerissenen Augen, ihre Stimmen vom Lärm des Motors übertönt, sprangen die Männer an den Fahrbahnrand zurück. Das Auto fegte an ihnen vorbei und jagte die Straße hinunter. Die Kurve am unteren Ende wurde Anne zum Verhängnis: Das Tempo war zu hoch. Sie konnte den Wagen nicht in der Spur halten. Er brach aus und schleuderte über das Gras auf den Steilhang zum Hafen hinunter.

Anne bremste scharf. Sie schlitterten eine atemberaubend lange Strecke, und einen schrecklichen Moment lang hatte es den Anschein, als würden sie über die Felskante auf den Strand und die Felsen darunter geschleudert. Ein kleiner Felsblock verhinderte das Unglück, als das Auto mit der Stoßstange dagegen prallte und so zum Stehen kam. Anne riß die Tür auf und sprang hinaus.

Von Owen Morgan oder seinem Boot war nichts zu sehen. Sie schaute zum Bootshaus hinauf und bemerkte, daß die schweren Türen immer noch verschlossen waren. Sie lief zum Auto zurück, aus dem gerade der General mit Jagbirs Hilfe herauskletterte. Der kleine Gurkha richtete sich auf, wobei sich sein Mantel kurz öffnete und den Blick freigab auf den aus Elfenbein und Silber gefertigten Griff seines ›Kukri‹, der geschwungenen Klinge, die in einer Scheide aus Leder steckte, die in den Hosenbund geschoben war.

Fiona kam von der anderen Seite um den Wagen herumgelaufen. Da vernahmen sie ein schwaches Rufen vom Hügel herab. Anne schaute hinauf und erkannte de Beaumont und seine Männer, die ihnen entgegenliefen. Einer blieb stehen und hob sein Gewehr. Er feuerte einen Warnschuß ab, der in dem kleinen Hafen widerhallte.

Hamish Grant warf sich herum: »Was ist mit Owen?«

»Keine Spur von ihm oder seinem Boot«, rief Anne. »Nur die *Foxhunter* liegt am Anleger.«

Jegliche Hoffnung, daß sie die Jacht vor de Beaumont und seinen Leuten erreichen könnten, wurde vollends zunichte gemacht, als ein Matrose aus dem Ruderhaus heraustrat, zu ihnen hinüberschaute und dann wieder hineinhastete.

»Laßt uns zum Hotel hochlaufen«, schrie Anne.

Sie hetzte den Hügel hinauf. Fiona eilte voraus und Hamish Grant versuchte mit Hilfe seines Stocks, mit ihnen Schritt zu halten. Ein weiterer Ruf von de Beaumont durchschnitt die Luft. Der Mann, der die *Foxhunter* bewachte, kam mit einem Gewehr an Deck gelaufen und feuerte einen Schuß ab, der das Holz einer der Türen des Bootshauses splittern ließ.

Anne spürte den Geschmack von Blut in ihrem Mund und die Brust schmerzte. Sie griff nach Hamish Grants Hand und kletterte weiter. Ihre Füße rutschten auf dem feuchten Untergrund. Doch dann erreichten sie die Terrasse und liefen zur überdachten Vorhalle.

Fiona riß die Tür auf und hastete voran in das Hotel hinein. Die Bar war menschenleer, ein Feuer brannte im Kamin. Es herrschte eine absolute Stille. Anne hörte ihr Herz laut pochen.

Hamish Grant lehnte sich an einen Tisch und rang heftig nach Atem. Anne rief laut: »Owen! Owen Morgan! Wo sind Sie?«

Obgleich kein Geräusch zu vernehmen war, erklang unvermittelt eine sanfte Stimme hinter ihr: »Er ist nicht hier.«

Anne drehte sich verdutzt um und blickte in das ruhige Gesicht von Juliette Vincente. »Um Himmels willen, Juliette, wo ist er? Was ist hier los?«

»Ich glaube, daß Sie hier an den falschen Ort gekommen sind, Madame.« Juliette zog ihre Hand aus der Tasche, darin lag die Pistole. »Und jetzt warten wir in aller Ruhe auf Graf de Beaumont.«

Im selben Augenblick stürzte Jagbir vor und stieß dabei den furchterregenden Kriegsschrei der Gurkhas aus. Mit einer Hand riß er den messerscharfen ›Kukri‹ unter seinem Mantel hervor. Die Klinge zischte durch die Luft.

Juliette Vincente schoß zweimal. Die Kugeln drangen in den Körper des kleinen Asiaten. Dann fiel er über sie. Noch einmal schoß sie aus kürzester Distanz, da sauste die schwere Klinge herab und drang tief in ihren Hals. Sie stürzten zusammen zu Boden. Jagbir über ihr, den ›Kukri‹ in seiner rechten Hand. Noch im Tod hielt er ihn so fest, wie er ihn im Leben gehalten hatte.

Fiona schrie laut auf. Die Tür wurde aufgerissen. Hamish Grant schwenkte herum, zog die Webley aus der Tasche und zielte auf den dunklen, verschwommenen Schatten, der sich gegen das Licht abhob. Es war de Beaumont.

Hinter dem General splitterte ein Fenster, und der Lauf eines Gewehres wurde ihm schmerzhaft in den Rücken gebohrt. »Wenn der General klug ist, wird er die Pistole fallen lassen«, sagte Marcel ruhig.

Hamish Grant zögerte einen Moment zu lange mit seiner Entscheidung, da war es schon zu spät. De Beaumont kam auf ihn zu und entwand ihm sanft die Webley.

»Und nun, alter Freund, wollen Sie bitte Vernunft annehmen.«

15

Die Fleur de Lys

Die *Fleur de Lys* stieß ihren schlanken Rumpf in den Wind, setzte über eine hohe Welle hinweg, während sich Wasser über ihren Bug ergoß. Mallory lehnte im Ruderhaus über dem Kartentisch. Hinter ihm klickte das Ruder unheimlich hin und her, um das Abdrehen des Schiffs nach Steuerbord auszugleichen. Die automatische Steuerung hatte die Kontrolle übernommen.

Die Marinekarten, die er in den flachen Schubladen unter dem Tisch entdeckt hatte, waren sehr umfassend. Die eine, auf der der Küstenverlauf der Pointe du Château und das Marschland der Girondemündung abgebildet waren, gaben ihm über alles Aufschluß, was er zu wissen benötigte.

Die Tür zur Kajütentreppe ging auf, und Guyon erschien. Er hatte eine gelbe Öljacke übergezogen und trug in jeder Hand einen Becher mit dampfendem Kaffee.

»Wie kommen wir voran?«

Mallory schaute auf die Uhr. »Fast Mittag. Wird nicht mehr lange hin sein. Wir machen ungefähr siebenundzwanzig Stundenkilometer.«

»Ich habe in der Kombüse den Wetterbericht im Radio gehört, kurz bevor ich heraufkam«, berichtete Guyon. »Sieht nicht gut aus. Zunehmende Winde und im Küstenbereich Nebel.«

»Wir geraten schon hinein.«

Mallory nahm ein paar Schlucke von dem Kaffee. Guyon spähte durch das Fenster. In der Ferne erwartete sie der Nebel wie ein feuchtes Leichentuch, und schwere, graue Wolken hingen über dem Meer. Schon hoben sich im Nordwesten die Wellen und bildeten Schaumkronen.

»Was glaubst du, wie weit wir noch von der *Alouette* entfernt sind?« fragte Guyon.

Mallory zuckte die Achseln. »Unter Wasser macht sie nur halb so viel Tempo wie wir. Bedenkt man ihren Vorsprung, dann werden wir jetzt ganz schön dicht an ihr dran sein.«

Er beugte sich wieder über die Karte. »Sie muß irgendwo nahe der Küste der Île de Yeu auftauchen, bevor sie in den Hauptarm der aus dem

Sumpfland herausfließenden Gironde hineinfährt.«

»Wie tief ist da das Wasser?«

Mallory verfolgte den Kurs mit einem Bleistift. »Zwischen sieben und neun Meter. ›Starke, dauernd wechselnde Gezeitenströmungen. Keine verläßlichen Angaben zu machen.‹ Ich weiß, was das bedeutet: An einem Tag ist dort eine Sandbank, am nächsten elf Meter tiefes Wasser. Diese Sumpfgebiete, in denen die Gezeiten wirken, sind alle gleich.«

»Aber mit der *Fleur de Lys* können wir hineinfahren?«

»Ich glaube schon. Vermutlich nicht ganz so weit, daß wir bis zur Hauptinsel vordringen können, auf der sich das Häuschen befindet. Es ist auf der Karte eingezeichnet. Eine halbe Meile landeinwärts.«

Guyon richtete sich auf und verzog den Mund zu diesem unnachahmlichen, schiefen Grinsen. »Die Sache beginnt interessant zu werden, was?«

»Das kann man wohl sagen.«

Nach und nach begann der Nebel sie einzuhüllen, bis sie durch eine seltsame, abgeschlossene Welt hindurchglitten. Mallory übernahm das Ruder und verringerte die Geschwindigkeit auf achtzehn Stundenkilometer. Etwa eine halbe Stunde später gerieten sie in einen Bereich mit freier Sicht, und sie erkannten die Küste von Pointe du Château kaum achthundert Meter über Backbord.

Als sie näherkamen, bemerkten sie eine Reihe von Felsen und kleineren Inseln, die sich aus dem Meer heraushoben und parallel zur Küste verliefen. Die setzten sich fort bis zu dem großen Gebirgskamm der Île de Yeu, die in einiger Entfernung aus dem Nebel ragte.

Mallory bat Guyon, das Steuer zu übernehmen und ging zum Kartentisch zurück. Als er sich wieder aufrichtete, hatte er ein eigenartiges Funkeln in seinen Augen.

»Ich glaube, wir können hier ein bißchen Zeit sparen. Aber das bedeutet, daß wir etwas riskieren müssen. Die *Alouette* ist gezwungen, die küstennahe Fahrrinne zu benutzen. Es bleibt ihr keine andere Wahl. Auf dieser Seite der Île de Yeu ist eine andere Durchfahrtsmöglichkeit eingezeichnet zwischen der Insel und dem Riff. Nur fünfeinhalb Meter tief.«

»Das könnte der *Fleur de Lys* den Boden weghauen«, warf Guyon ein.

Mallory zuckte mit den Schultern: »Ist doch de Beaumonts Boot, nicht meins.«

Guyons Mundwinkel verzogen sich zu einem Grinsen: »Dann schlage ich vor, daß du das Ruder übernimmst.«

Mallory änderte den Kurs um einen Strich. Der junge Franzose ging die Treppe zum Salon hinunter und kam mit zwei Rettungswesten zurück.

»Als ich ein kleiner Junge war, hat eine Zigeunerin meiner Mutter gesagt, daß ich mich immer vor Wasser in acht nehmen sollte. Ist natürlich abergläubischer Unsinn. Mein bretonisches Blut jedoch sagt etwas anderes. Ich fände den Gedanken entsetzlich, daß ausgerechnet heute mir das Wasser zum Verhängnis werden könnte.«

Mallory stellte den Autopiloten ein, glitt mit seinen Armen durch die Träger der Rettungsweste und übernahm dann wieder das Ruder. Sie befanden sich jetzt auf einem Kurs parallel zu den Inseln. Die *Fleur de Lys* tanzte in den wirbelnden Wassern, und die Wellen schlugen heftig gegen ihren Körper.

Immer noch hämmerte der Regen gegen das Fenster, und das Wasser rann in Schleiern daran herunter, wobei die Umrisse aller festen Gegenstände verschwammen und der ganzen Szenerie ein traumartiges Gepräge verlieh. Sie fuhren sehr dicht an der Île de Yeu entlang. Weiße Gischt toste schäumend über den ausgezackten Rücken des Riffs.

Mallory riß das Steuer hart nach Backbord. Die *Fleur de Lys* erzitterte, eine Welle schlug gegen ihren Rumpf, und das Deck legte sich schräg. Guyon flog quer durch das Ruderhaus, und Mallory fiel auf die Knie. Das Ruder wirbelte heftig herum, aber schon rissen seine Hände es in die richtige Position zurück. Als er die Spitze des Schiffs herumholte, schlingerte es vorwärts in das klare Wasser hinein, das sich wie ein Band zwischen dem Riff und der Insel hinzog.

Er drehte die Maschinen voll auf. Die *Fleur de Lys* reagierte hervorragend. Sie näherten sich mit nie für möglich gehaltener Geschwindigkeit der Einfahrt der angepeilten Fahrrinne. Dann waren sie auch schon drinnen. Die See toste zu beiden Seiten über die mächtigen Felsen. Um sie herum tauchten Felsspitzen auf und wieder unter, die Wellen schäumten über sie hinweg. Raoul Guyon hielt sich mit blassem Gesicht krampfhaft am Kartentisch fest.

Unvorhersehbare, wechselnde Strömungen rissen am Ruder, und einen unheimlichen Augenblick lang schwankte das Boot nach Backbord. Mallory warf das Ruder herum. Durch den ganzen Bootskörper lief ein leichtes, hörbares Zittern, als er über eine Sandbank schrammte; dann befanden sie sich wieder in offenen Gewässern.

Nebelschwaden schwebten vom Land her. Der faulige Geruch des Sumpflandes, der vom ablandigen Wind zu ihnen getragen wurde, stieg den beiden Männern in die Nase. Mallory drosselte die Maschinen, die tieftönend rumpelten, während sie das Boot weitertrieben.

Das Marschland tauchte vor ihnen aus dem Nebel auf, dunkel und unheimlich, darauf lauernd, sie aufzunehmen. Über ihnen zog ein Schwarm Gänse wie vom Wind getriebene Totengeister entlang. Aus dem Wasser hoben sich lange, schmale Sandbänke, und landeinwärts zog sich kilometerlang rauhes, grasbewachsenes Marschland, ein Labyrinth von Wasserarmen, Sumpf und ein Sperriegel aus wogendem Schilfgras.

Sie umfuhren die Spitze einer Sandbank und erblickten die Öffnung des Flußarmes vor sich. Guyon beugte sich vor und stieß einen Warnruf aus. Direkt an der Einfahrt in den Fluß lag die *Alouette* wie ein gestrandeter Wal. Ihr grau-schwarzer metallener Panzer glänzte feucht. Fenelon stand zusammen mit Jacaud im Kommandoturm, und sie beobachteten drei Matrosen, die damit beschäftigt waren, einen Außenbordmotor am Heck des geräumigen Schlauchbootes festzumachen.

Mallory ließ die *Fleur de Lys* mit Vollgas vorwärtsjagen. Ihre Bugwelle schwappte quer über den Rumpf des U-Bootes und riß einen Matrosen in das Wasser. Ein entsetzter Schrei ertönte. In kaum drei Meter Abstand rasten sie am U-Boot vorüber. Mallory sah das blanke Entsetzen auf Fenelons Gesicht geschrieben, und Jacaud verzog ungläubig die Stirn. Da waren sie auch schon vorbei und im schützenden Nebel verschwunden.

Mallory verringerte die Geschwindigkeit auf knapp zehn Stundenkilometer und öffnete das Fenster. Nebelfetzen trieben herein, scharf und kalt. Der Engländer starrte gebannt in das Halbdunkel und beobachtete das Schilf, das an ihnen vorbeitrieb. Ein paar Augenblicke später wurden sie sanft gestoppt, und ein leichtes Zittern durchlief das Boot.

Rasch schaltete Mallory den Rückwärtsgang ein, aber es schien sich nichts zu bewegen. Dann plötzlich reagierte die *Fleur de Lys* und glitt langsam rückwärts.

»Das war's denn wohl«, stellte er fest. »Wir werden wahrscheinlich nicht viel weiter kommen.«

Er stoppte die Maschinen, ging hinaus aufs Deck und kletterte auf das Dach des Ruderhauses. Das Schilf stand hier sehr dicht. Nur zur Linken tat sich eine kleine Lagune auf, die kreisrund und etwa dreißig Meter im Durchmesser war.

Dorthin wies er mit der Hand, als Guyon zu ihm hinaufgeklettert kam. »Unsere einzige Chance.«

Er sprang hinunter auf das Deck, lief in das Ruderhaus und warf die Motoren wieder an. Sie begannen zu rattern, und er wirbelte das Ruder herum. Das Boot stach, an Schnelligkeit zulegend, in das Schilf hinein.

Einen Atemzug lang hatte es den Anschein, als bildete das Sumpfgras ein unüberwindliches Hindernis, doch dann wich es gemächlich zur Seite, und die *Fleur de Lys* glitt hindurch in die Lagune. Mallory stellte die Motoren ab. Das Boot trieb sachte zum jenseitigen Ende, wo er es zum Halten brachte, als der Bug sanft auf eine Sandbank auflief.

»Wir dürfen keine Zeit verlieren«, sagte er. »Einer von uns bleibt bei der Jacht, der andere macht sich auf den Weg zu Granville und seiner Frau.«

»Das sollte ich besser machen«, schlug Guyon vor. »Wir haben gemeinsame Bekannte. Ich glaube, er wird mir vertrauen.«

Mallory zog die Karte hervor. »Es ist besser, wenn du zu Fuß gehst und die dazwischenliegenden Kanäle durchschwimmst.« Er öffnete eine Schublade und holte einen Taschenkompaß heraus. »Halt dich scharf nach Westen, dann kannst du die Hauptinsel gar nicht verfehlen. Ungefähr vierhundert Meter entfernt.«

»Granville hierherzubringen könnte eventuell schwierig werden«, warf Guyon ein: »Er ist ein alter Mann.«

»Aber er ist mit diesem Sumpfland vertraut. Darum kommt er doch hierher. Du mußt nur den bestmöglichen Weg herausfinden.« Mallory zog den Revolver, den er dem jungen Matrosen im Schloß abgenommen hatte, und reichte ihn Guyon. »Nicht viel, aber besser als gar nichts.«

Der Franzose schob sich den Revolver in die Tasche der Öljacke und eilte auf das Deck hinaus. Er sprang vom Bug hinunter auf die Sandbank und lief eilig in das Schilf.

Mallory zündete sich eine Zigarette an und stellte sich an die Reling in den fast lautlosen Regen. Etwa fünf Minuten später vernahm er das Rattern eines Außenbordmotors, das von dem durch den Hauptarm gleitenden Schlauchboot zu ihm herübergetragen wurde. Es verhallte in der Ferne und wurde ganz vom Nebel geschluckt. Dann herrschte wieder totale Stille.

Während Guyon sich seinen Weg durch das Schilfgras bahnte, hörte er das gequälte, wiederholte Pfeifen eines Brachvogels irgendwo zu seiner Linken und das Schreien von Wildgänsen und -enten, die von ihm aufgescheucht wurden und sich in die Lüfte erhoben. Er erreichte ein erhöht liegendes Gebiet, vergewisserte sich anhand des Kompasses der Richtung und eilte weiter. Er war eingehüllt in die Einsamkeit des feucht glänzenden Sumpfgebietes, abgeschiedener Bäche und des allgegenwärtigen Schilfs.

Dann gelangte er an eine Stelle, wo der feste Boden aufhörte und er durch einen schmalen Bach waten mußte. Seine Füße sanken in weichen Morast ein. Guyon schmeckte das Salz auf seinen Lippen und spürte es in den Augen brennen. Aber er hastete weiter voran durch das Sumpfgras in den grauen Schleier aus Nebel und Regen.

Allmählich bekam er wieder festeren Boden unter die Füße, und er lief nun über Sand und rauhes Gras. Kurze Zeit später stand er am Ufer eines seichten Sees und erspähte das kleine Haus auf der ungefähr fünfzig Meter entfernten Insel, das aus dem Nebel herausragte.

Er schritt weiter voran, zog den Revolver hervor und hielt ihn sich über den Kopf. Es war nicht sehr wahrscheinlich, daß ihm das Wasser etwas anhaben konnte, aber es gab keinen Grund, auch nur das geringste Risiko einzugehen.

Das Weitergehen fiel ihm überraschend leicht, da der Morast von hartem Sand gestützt wurde. So gelangte er rasch wieder auf trockenes Gelände. Er lief auf das flache Häuschen zu und erblickte dabei den schmalen, hölzernen Steg, der aus dem Nebel hervorlugte. Guyon blieb jäh stehen und spähte hinüber: Es war kein Boot, nicht einmal einer dieser für diese Gegend besonders tauglichen Nachen zu sehen. Er verharrte einen Augenblick nachdenklich und schritt auf das Haus zu.

Der Rauch eines Holzfeuers kroch ihm in die Nase. Er sah ihn bläulich aus dem grobbehauenen Kamin aufsteigen. Er erklomm die ausgetretenen Holzstufen zur Veranda, öffnete die Tür und ging hinein.

Der Wohnraum war einfach, aber behaglich eingerichtet. Kleine Teppiche lagen über den gewachsten Holzfußboden verteilt, ein Sofa und zwei gemütliche Sessel standen um den Kamin gruppiert, und ein paar gutgefüllte Bücherregale zierten die Wände.

Holzscheite schwelten ungleichmäßig auf der steinernen Feuerstelle. Die hochaufgeschüttete Asche drumherum sollte verhindern, daß sie zu rasch verbrannten. Das alles vermittelte Guyon den Eindruck, daß

Henry Granville und seine Frau nicht anwesend waren. Mit dieser Möglichkeit werden die anderen wohl auch gerechnet haben.

Das große Hobby des alten Herrn war die Ornithologie, über die er sogar schon ein Buch geschrieben hatte. So war es ganz offensichtlich, daß er jetzt irgendwo mit seiner Frau in einem Boot im Schilf unterwegs war, das so viele Quadratkilometer des Sumpflandes bedeckte. Vermutlich steckte er seit der Morgendämmerung an irgendeinem verborgenen Nistplatz und fotografierte.

Guyon verließ das Haus und lief zum Bootssteg hinunter. Ganz schwach drang durch den Nebel das Geräusch eines Außenbordmotors an sein Ohr. Jacaud und seine Leute! Für sie war ihr weiteres Verhalten klar vorauszusehen: Sie brauchten einfach nur auf das Erscheinen von Granville zu warten. Nicht einmal suchen mußten sie ihn.

Nun gab es nur noch eine Möglichkeit: Guyon watete in den See hinein und kämpfte sich zum anderen Ufer durch. Dann fühlte er wieder festen Boden und lief am Ufer entlang auf die Stelle zu, von wo das Rattern des Motors erklang.

Trotz der klammen Kälte des Marschlandes rann Fenelon der Schweiß in den Achselhöhlen. Seit jenem Augenblick des ersten Schocks, als die *Fleur de Lys* am Ende der Flußmündung an ihnen vorbeigeschossen war, fühlte er sich krank und unwohl. Und dann kam auch noch de Beaumonts Nachricht über Funk, und seine Sinne schienen ihm zu schwinden, als der Funker sie entschlüsselte.

Die Meldung war eindeutig und klar: Unter diesen Umständen sollten sie unverzüglich zurückkehren. Das jedoch hatte Jacaud nicht für gut befunden. Er hatte darauf bestanden, weiter in das Sumpfland einzudringen, und Fenelon war vor dieser kalten Wut zurückgeschreckt und hatte klein beigegeben.

Zu beiden Seiten erhoben sich die Schilfwälder wie bleiche Geister; das einzige Geräusch war das des Motors. Er saß im Heck und hielt die Ruderpinne; in der Mitte des Bootes saßen zwei Matrosen mit Gewehren. Jacaud hatte sich auf dem runden Bug niedergelassen und trug ein Maschinengewehr quer über dem Rücken. Wie er so in den Nebel spähte, sah er aus wie ein riesiger Raubvogel.

Er wandte sich zu den Männern im Boot. Über sein hartes, brutales Gesicht rann die Nässe. »Wir müssen jetzt fast da sein. Stellt den Motor ab, wir werden paddeln.«

»Du verplemperst deine Zeit, Jacaud«, rief Guyon vergnügt. »Ich bin dir diesmal zuvorgekommen. Henri Granville und seine Frau befinden sich auf dem sicheren Weg von hier weg.«

Das Schlauchboot trieb weiter auf eine Sandbank zu, die aus dem Schilf herausragte. Auf einer kleinen Erhebung am anderen Ende stand Guyon. Er riß seine Hand hoch und feuerte zweimal. Einer der Matrosen stöhnte auf und fiel über den Rand des Bootes, das Gewehr noch fest umklammert.

Jacaud streifte das Maschinengewehr ab. Es ratterte mit einem langen, stotternden Feuerstoß los, der scharf durch das Schilf peitschte. Aber er kam zu spät. Guyon war schon wie ein Geist in den Nebel verschwunden. Man hörte nur noch sein spöttisches Lachen in der Nähe, dann war es wieder ganz still.

Der zweite Matrose beugte sich über den Bootsrand, um seinen Kameraden wieder hereinzuziehen. Jacaud drehte sich zu ihm und schlug ihm den Arm hoch: »Laß ihn. Wir haben keine Zeit.«

Der Matrose wich erschreckt vor dieser Teufelsfratze zurück, die ihn mit tödlicher Wut anstarrte. Das Merkwürdige war nur, daß, als Jacaud zu sprechen begann, seine Stimme ganz ruhig war: »Zurück zur *Alouette,* und zwar mit Volldampf. Mallory muß zur Île de Roc zurück. Ihm bleibt keine Wahl. Sein Mädchen ist immer noch da. Wenn wir Glück haben, erwischen wir sie auf dem Weg zur offenen See hinaus.«

Auf Mallory wirkte die Gewehrsalve in der Ferne wie ein körperlicher Angriff, und er ging in machtloser Wut an Deck auf und ab. Er hoffte inständig, daß, was immer auch schiefgelaufen sein mochte, Guyon in der Lage gewesen war, damit fertig zu werden. Ungefähr zehn Minuten später hörte er das Rattern des Außenbordmotors wieder, als das Schlauchboot auf dem Flußarm zurückkehrte. Er verhielt sich ganz still, stützte ein Beim auf die Reling und lauschte dem flußabwärts fahrenden Boot.

Dann kletterte er hastig auf das Dach des Ruderhauses und schaute angespannt nach Westen in den Nebel. Es dauerte länger als fünfzehn Minuten, bis er das klagende Schreien von Gänsen vernahm, die sich aus dem Schilf erhoben. Das Schlagen ihrer Flügel wurde schwächer, und er nahm eine Bewegung zu seiner Linken wahr.

Auf gut Glück hielt er die Hände zum Sprachrohr gewölbt vor den Mund und rief: »Raoul! Hierher!«

Einige Augenblicke später erschien Guyon aus dem Nebel und taumelte über die Sandbank. Mallory eilte vor zum Bug und half ihm, an Bord zu kommen. Er war bis auf die Haut durchnäßt, fror bitterlich und sein Gesicht war kreidebleich und verzerrt.

»Sind sie schon vorbei?«

Mallory nickte. »Was ist passiert?«

Guyon erstattete kurz Bericht. Er zitterte wiederholt, als der Wind in seine feuchten Kleider blies. »Was tun wir als nächstes?«

»Wir werden schauen, daß wir so schnell wie möglich hier wegkommen«, entgegnete Mallory. »Ich glaube, daß ich nicht falsch liege, wenn ich annehme, daß Jacaud an der Flußmündung auf uns warten wird. Wenn wir schnell genug dorthin zurückkehren könnten, hätten wir eine Chance, die offene See zu erreichen, bevor sie fertig sind.«

»Und dann zurück zur Île de Roc?«

»Ja, das ist meine Absicht. Du gehst jetzt besser nach unten, suchst dir ein paar trockene Klamotten und machst dir einen Drink. Ich werde hier oben die Dinge in Gang bringen.«

Er ging in das Ruderhaus und warf die Maschinen an. Als er den Rückwärtsgang einlegte, löste sich die *Fleur de Lys* problemlos von dem weichen Morast. Mallory riß das Ruder scharf herum, bis der Bug wieder auf die Schilfwand wies, die sie vom Fluß trennte.

Er wiederholte das schon einmal praktizierte Manöver und jagte die *Fleur de Lys* mit Vollgas in den Schilfwald hinein. Es klappte auch dieses Mal. Das Schilf teilte sich, ohne viel Widerstand zu leisten, und das Boot raste in den Fluß zurück. Mallory warf das Ruder nach Steuerbord und riß die Jacht scharf herum, dabei streifte sie das gegenüberliegende Ufer und wirbelte dort den Schlamm auf.

Dann ließ er sie gemächlich durch den Regen flußabwärts gleiten. Guyon kehrte aus dem Salon zurück. Er hatte sich eine khakifarbene Hose, Gummistiefel und einen dicken, weißen Rollkragenpullover übergezogen. In einer Hand hielt er eine Flasche mit Cognac, in der anderen einen Zinnkrug.

»Wie geht es dir?« fragte Mallory.

Guyon lachte und hielt die Flasche hoch. »Was erwartest du? – Es ist Courvoisier. Willst du auch einen?«

»Na klar.«

Mallory trank den Cognac in zwei raschen Schlucken. Während er wie brennendes Feuer seinen Körper durchströmte, zog Mallory das Päckchen Gauloises aus der Tasche, das sie von Marcel erhalten hatten, und warf es Guyon zu.

»Besser jetzt eine, wo's noch einigermaßen ruhig ist. In den nächsten zehn Minuten kann es ganz schön heiß zugehen.«

Er bediente sich selbst und öffnete das Fenster des Ruderhauses. Der Regen schlug ihm ins Gesicht. Vom Meer her wehte ein leichter Wind über das Marschland und riß den Nebel zu bizarren Formen auseinander.

Die Sichtverhältnisse erlaubten dem Blick nur dreißig bis vierzig Meter weit zu schweifen, aber die Schilfwälder wichen allmählich zurück, und der Flußarm wurde merklich breiter. Das Wasser kräuselte sich zu langen, anschwellenden Wellen, die immer stärker gegen den Boden des Bootes schlugen. Sie hatten nun fast die besagte Stelle erreicht. Als eine gekrümmte Sandbank auf Backbordseite in ein paar Meter Entfernung auftauchte, stoppte Mallory die Maschinen und ließ das Boot in der Strömung treiben. Ein leichtes Zittern fuhr durch die Jacht, und dann lag sie still.

»Was hast du vor?« wollte Guyon wissen.

»Ich möchte gern herausfinden, was die Gegenseite treibt. Bleib du hier. Ich werde nicht lange brauchen.«

Mallory sprang über Bord, landete knietief im Wasser und watete heraus auf die Sandbank, bis die *Fleur de Lys* nicht mehr zu sehen war. Einige Augenblicke später stand er am entgegengesetzten Ende, wo sich das Wasser schon über den Sand ergoß, und schaute hinüber zur Île de Yeu. Von der *Alouette* war nichts zu sehen. So drehte er um und lief den Weg, den er gekommen war, zurück. Das Wasser spritzte auf, als er über den von der einsetzenden Flut überspülten Sand eilte.

Die *Fleur de Lys* schaukelte schon langsam in den anschwellenden Kanal hinein. Er zog sich an Guyons ausgestrecktem Arm hoch und kletterte über die Reling.

»Keine Spur von ihnen. Ich werde jetzt das letzte aus dem Boot herausholen und mit Volldampf auf das Meer hinausbrausen. Die müssen sich schon was verdammt Gutes einfallen lassen, um uns noch aufzuhalten.«

Mallory ging in das Ruderhaus, startete den Motor und ließ das Boot rückwärts in den Fluß gleiten. Die Sicht wurde ständig besser, der Nebel lichtete sich, und die *Fleur de Lys* stürmte in der Mitte des Fahrwassers zur offenen See hin. Ihre Bugwelle spritzte zu beiden Seiten hoch auf.

Die Flußmündung tauchte vor ihnen auf, klar und offen zum Meer.

Mallory steuerte ein paar Strich nach Backbord, um der großen Sandbank, die sich fünfzig Meter vor ihnen aufbaute, auszuweichen. Sie fuhren um die Spitze herum und wurden von der gegenläufigen Strömung erfaßt. Dann sahen sie die *Alouette*, die plötzlich ruhig vor ihnen lag. Man schien auf sie zu warten.

Jacaud stand im Turm hinter dem schweren, auf dem Drehgelenk aufgebauten Maschinengewehr. Sobald sie in sein Blickfeld gerieten, eröffnete er das Feuer. Kugeln zischten über Deck. Mallory duckte sich sofort weg, als sie die Scheiben im Ruderhaus zerschlugen.

Guyon kauerte in der Türöffnung. Den Revolver hatte er auf einen Arm gestützt und versuchte, zu einem ruhigen Schuß zu kommen. Das jedoch war unmöglich. Während noch weitere Kugeln in den Rumpf einschlugen, riß Mallory das Steuer herum. Durch das plötzliche Manöver verlor Guyon das Gleichgewicht.

Es war der Nebel, der sie rettete, eine dichte, breite Nebelbank, die der Wind über das Riff hereinwehte, und die sie augenblicklich verschlang. Guyon rappelte sich hoch und lauschte dem Rattern des Maschinengewehrs, das Jacaud immer noch bediente. Bald darauf trat Stille ein.

Guyon schaute Mallory an und seufzte. »Ich glaube, das sollte einen weiteren Drink wert sein.«

Als sie aus der Nebelbank heraus in die offene See glitten, schaltete Mallory wieder auf volle Fahrt. Er schaute zu Guyon und grinste ihn an. »Da scheint alles in Ordnung, Gott sei Dank.«

Der Franzose stieg in den Salon hinab und kehrte mit dem Courvoisier zurück. »Er hat ein heilloses Durcheinander da unten angerichtet. Wo man hinschaut, Löcher. De Beaumont wird darüber nicht sehr erfreut sein.«

Mallory nippte an seinem Cognac und zündete sich eine Zigarette an. »Das werden wir bestimmt bald herausfinden.«

Guyon ging in die Kabine hinunter und ließ Mallory zurück, der mit sichtlichem Vergnügen an seiner Zigarette zog. Alles würde gut werden, davon war er überzeugt. Manchmal überkamen einen solche Gefühle. Der Wind hatte noch mehr aufgefrischt, und Wasser spritzte gegen die zersplitterten Scheiben des Ruderhauses. Er ließ den Steuermannsstuhl von der Wand herunter und setzte sich.

Einige Zeit später erschien Guyon mit ein paar belegten Broten und heißem Kaffee. Mallory schaltete den Autopiloten ein. »Soll ich übernehmen?« fragte Guyon.

Der Engländer schüttelte den Kopf. »Unter diesen Voraussetzungen sollten wir eigentlich höchstens zwei Stunden brauchen, bis wir dort sind.«

Es war nur etwa eine halbe Stunde später, als er bemerkte, daß sie zusehends an Geschwindigkeit verloren. Seine Versuche, die Instrumente wieder richtig einzustellen, schlugen fehl. Darum schaltete er die automatische Steuerung ein und ging nach unten.

Guyon lag mit geschlossenen Augen und unter dem Kopf verschränkten Händen auf einer Chaiselongue im Salon. Als Mallory hereinkam, schlug er die Augen auf und setzte sich hin.

»Irgendwas nicht in Ordnung?«

»Weiß noch nicht«, erklärte Mallory, »aber wir verlieren ganz schön an Tempo, und das Boot reagiert nicht mehr so auf das Ruder, wie es sollte.«

Die *Fleur de Lys* legte sich zur Steuerbordseite, und sie vernahmen das Rauschen von Wasser unter ihren Füßen. Mallory kniete sich nieder, zog den Teppich zurück und spähte hinunter. Mit ernster Miene blickte er wieder hoch.

»Da müssen mindestens zwei Dutzend Löcher entlang der Wasserlinie sein. Das Boot leckt wie ein Sieb. Kein Wunder, daß das verdammte Ding so langsam geworden ist.«

Sie eilten an Deck in das Ruderhaus. Die elektrische Pumpe war in einem Schrank in einer Ecke untergebracht. Der Zustand der Türen jedoch, sie waren von Kugeln zersplittert, sagte ihnen schon, was sie vorfinden würden. Mallory untersuchte kurz das zerschmetterte Gerät und drehte sich dann mit grimmigem Gesicht um: »Hinter dem Maschinenraum findest du eine Handpumpe. Gib alles, was du hast, und bleib so lange dran, wie du kannst, dann werde ich dich ablösen.«

»Ich verstehe, die Dinge stehen schlecht, was?«

»Nur, wenn uns die *Alouette* in diesem Zustand erwischt«, stellte Mallory fest.

Guyon verließ wortlos das Ruderhaus und ging auf das Deck hinaus. Kurze Zeit später vernahm Mallory das rhythmische Klappern der Handpumpe. Er schaute zum Fenster hinaus auf den bräunlich-weißen Wasserstrahl, der sich über das Deck ergoß, übernahm erneut das Ruder und wartete darauf, daß die *Fleur de Lys* an Gewicht verlor.

16

Meeressturm

Als die *Fleur de Lys* zuerst in Fenelons Blickfeld geriet, erstarrten seine Sinne, so, als wollten sie sich weigern, im Augenblick das aufzunehmen, was schlichtweg eine Unmöglichkeit war. Über das Fadenkreuz glitt ein Wasserschleier, der vorübergehend die Sicht verdunkelte, darum ließ er das Periskop noch ein wenig weiter ausfahren.

Die *Fleur de Lys* mit ihren unverwechselbaren, ihm so vertrauten Umrissen kam in sein Blickfeld. Aufgeregt trug er dem Matrosen an seiner Seite auf: »Hol Monsieur Jacaud her. Sag ihm, er solle sich beeilen.«

Kurz darauf erschien Jacaud. »Was gibt's?«

»Schau mal.«

Der hünenhafte Mann packte die Griffe des Periskops und neigte seinen Kopf. Dann drehte er sich um, und als er Fenelon anblickte, zuckte ein Muskel in seiner rechten Wange.

»Was mag da schiefgegangen sein?«

Fenelon zuckte mit den Schultern. »Vielleicht hast du mit dem Maschinengewehr ihren Motor zerstört oder sogar ihren Rumpf durchlöchert. Was spielt das schon für eine Rolle? Soll ich auftauchen? Wir müßten in der Lage sein, sie ohne größere Schwierigkeiten zu entern.«

Jacaud schüttelte den Kopf. In seinen kalten Augen glimmte etwas auf. »Ich habe eine bessere Idee. Erinnerst du dich an die *Kontoro*? Du sagtest, ein Torpedo würde genügen. Zeig uns, was du kannst.«

Fenelon fühlte, wie das Blut in seine Schläfen schoß, und sein Herz begann heftig zu klopfen. »Mein Gott, das ist gut. Die werden gar nicht mehr herausfinden können, wovon sie getroffen wurden.«

»Das ist mir egal«, sagte Jacaud, »solange danach nichts mehr von ihnen übrig ist.«

Die *Alouette* war mit zwei Fünfzig-Zentimeter-Torpedos ausgerüstet, die im Bug in Stellung gebracht waren. Fenelon holte tief Atem, nahm Haltung an und gab klare, kurze Befehle.

»Position des Feindes: eins-zwei-fünf. Geschwindigkeit: sechs Knoten. Entfernung: eintausendfünfhundert.«

Diese Daten, die in eine komplizierte, elektronische Vorrichtung eingegeben wurden, beinhalteten den Neigungswinkel, den die Torpedos einhalten mußten, wenn sie, aus einer bestimmten Entfernung abgeschossen, dasselbe Ziel zur selben Zeit erreichen sollten.

Einen Augenblick später rief der Maat: »Neigung eins-drei Grad rechts, Sir.«

Fenelon zog die Periskopgriffe in Augenhöhe und preßte die Augen an die Gummi der Augenmuschel. »Beide Geschütze fertig machen!«

»Beide Geschütze fertig, Sir.«

Fenelon fühlte die Schweißtropfen über sein Gesicht rinnen, und sein Herz schien in seiner Brust zu zerspringen. Er hatte so oft Männer über diesen Moment reden hören, Männer, die sich auskannten, die ihm alles davon erzählt hatten. Nun war es auch für ihn zum ersten Mal soweit.

»Fertig machen zum Feuern!«

Die *Fleur de Lys* lag eindeutig im Brennpunkt. Seine Hände umklammerten die Griffe.

»Erstes Torpedo, Feuer!«

Das U-Boot schwankte etwas, als die Rakete hinausschoß, und der Mann am Geschütz bestätigte: »Torpedo abgefeuert.«

»Zweites Torpedo, Feuer!«

Wieder schwankte das U-Boot.

»Torpedo abgefeuert.«

Fenelon drehte sich zu Jacaud: »Willst du's dir anschauen?«

Er stieß ihn rauh zur Seite und beugte sich zu den Griffen.

Immer noch arbeitete Guyon schweißtriefend an der Pumpe. Die *Fleur de Lys* bewegte sich schwerfällig vorwärts. Mallory hatte den Autopiloten angestellt und war auf das Dach des Ruderhauses gestiegen, von wo er das Meer mit dem Fernglas absuchte.

Daß die *Alouette* sie jetzt einholen würde, war so gut wie sicher. Sie machten kaum mehr als elf Stundenkilometer und konnten kaum noch das Eindringen des Wassers stoppen. Unter Wasser war das U-Boot fünf bis sieben Stundenkilometer schneller, und er wußte, daß sie sich weit außerhalb der Hauptschiffahrtswege befanden. Ihre einzige Hoffnung bestand darin, daß zufälligerweise ein unvorhergesehenes Fischerboot auftauchte, was wegen des schlechten Wetters mehr als unwahrscheinlich war.

Er schwenkte das Fernglas noch einmal in einem weiten Bogen und erstarrte, als er über Steuerbord etwas aus dem Wasser ragen sah. Das war eindeutig ein Periskop, die verräterische Bugwelle war deutlich auszumachen. Und dann sah er den breiten, aufwallenden Schaumstrahl, der dicht unter der Wasseroberfläche auf sie zugebraust kam.

»Torpedo!« schrie er und sprang auf das Deck, verlor das Gleichgewicht und rollte zur Seite. Er rappelte sich auf, taumelte in das Ruderhaus und packte das Ruder. Verzweifelt riß er es herum. Nur langsam reagierte das Boot und drehte ab. Guyon erschien an seiner Seite und half mit seinem zusätzlichen Gewicht, das Ruder herumzureißen. Eine starke Dünung, die von Westen heranrollte, gab ihnen einen letzten Stoß.

Mallory ließ Guyon allein am Ruder zurück und stürzte an die Reling. Er kam gerade rechtzeitig, um das Kielwasser des vorbeirasenden Torpedos an der Steuerbordseite zu sehen. Einige Sekunden später kam auch der zweite vorbeigeschossen.

Jacaud bekam einen Wutanfall. Er drehte sich zu Fenelon und packte ihn heftig am Kragen. »Du hast vorbeigeschossen, verdammter Idiot! Vorbeigeschossen!«

»Aber das ist unmöglich!«

Fenelon beugte sich zum Periskop, doch Jacaud riß ihn zurück. »Von jetzt an gebe ich hier die Befehle. Bring uns nahe an die *Fleur de Lys* heran und tauch dann auf. Ich werde diesen verfluchten Mallory jetzt eigenhändig erledigen.«

Mallory stand wieder am Steuer der *Fleur de Lys*, während Guyon verzweifelt die Pumpe bediente. Aber es war zwecklos. Die Jacht schwankte heftig, Wellen brachen über den Bug herein, und das Gewicht des Wassers in ihrem Innern hielt sie unten.

Die *Alouette* hatte ihre beiden Torpedos abgefeuert, und Mallory wußte, daß Typ XXIII keine weitere schwere Munition mit sich führte. Er schaute zum Fenster hinaus und blickte auf den Nebel, der wieder in Schwaden hereinschwebte. Kein anderes Schiff war weit und breit in Sicht, und sein Mut begann zu sinken. Unter diesen Umständen war nicht schwer zu erraten, was Jacaud als nächstes plante.

Es versetzte ihm trotzdem einen leichten Schock, als das Meer wie ein kochender Kessel aufwallte und die *Alouette* nicht einmal fünfzig Meter entfernt zur Oberfläche durchstieß. Noch als das Wasser über ihren Rumpf abfloß, erschien Jacaud auf dem Turm. Ein Matrose kam hinzu, und sie bauten das Maschinengewehr auf sein Drehgelenk auf.

Guyon stand in der Tür, den Revolver in seiner rechten Hand bereithaltend: »Was nun?«

»Ich glaube, das ist ziemlich klar«, stellte Mallory mit matter Stimme fest, »wenn ich gehen muß, dann werde ich ihn mitnehmen. War nett mit dir zusammen.«

»Das gilt für Sie ebenso, ›mon colonel‹.« Raoul Guyon nahm Haltung an wie bei einer Parade: »Eine Ehre, Sir.«

Er lief auf dem Deck entlang zum Bug. Mallory schwang das Ruder herum und richtete die *Fleur de Lys* gegen den Wind. Einen kurzen Augenblick später hielt sie direkt auf die *Alouette* zu.

Jacaud eröffnete das Feuer. Kugeln hämmerten in das Vorderschiff. Mallory kauerte sich zusammen und hielt die Hände fest am Ruder. Guyon lag flach auf dem Deck, hielt sich mit einem Arm an einer Eisenstütze fest und wartete auf den Augenblick des Zusammenpralls. Er hatte noch zwei Kugeln in seinem Revolver und hoffte inständig, daß es ihm zu guter Letzt noch gelingen möge, beide in Jacauds Körper jagen zu können.

Jacaud feuerte immer noch mit dem Maschinengewehr vom Kommandoturm der *Alouette*. Fenelon trat neben ihn, blaß und mit einem ängstlichen Gesichtsausdruck, sein Mund zu einem lautlosen Schrei geöffnet.

Mallory hörte die Kugeln, die in das Ruderhaus einschlugen, während er sich wegduckte, um außer Sicht zu bleiben. Dann wurde das Boot von einer hohen Welle erfaßt, und einen Atemzug lang sah es so aus, als würde es in der Luft schweben. Doch dann glitt es auf der anderen Seite hinunter direkt in die *Alouette* hinein. Ihr Bug mahlte sich in die Seite des Turms, dort wo er mit dem Rumpf verbunden war.

Ein schauriges Krachen von Metall ertönte, als sich der Bug in die Eisenplatten hineinfraß, die Ballasttanks durchschnitt und die Druckbehälter zerriß. Die *Alouette* legte sich auf die Seite, der Kommandoturm neigte sich nach vorn. Das Maschinengewehr glitt ins Wasser. Jacaud und Fenelon klammerten sich verzweifelt fest.

Guyon rappelte sich auf und lehnte sich über die Reling, zielte und feuerte seinen letzten Schuß aus dem Revolver ab. In diesem Augenblick schwankte die *Fleur de Lys* zu einer Seite, und Guyon stürzte kopfüber ins Meer.

Die *Fleur de Lys* glitt weiter, ihr Stahlrumpf schabte über das U-Boot und drückte es unter Wasser. Dann war sie darüber hinweg, und ihr Bug tauchte in eine Welle. Mallory zog sich hoch, ergriff das Ruder und bemühte sich, das Boot herumzureißen.

Erstaunlicherweise reagierte die *Fleur de Lys* auf dieses Manöver. Sie hob sich mit noch klopfenden Maschinen träge über eine Woge. Mallory schaute durch die zersplitterten Fensterscheiben zum U-Boot zurück.

Das hatte sich inzwischen wieder aufgerichtet. Die Vorderluke wurde geöffnet und etliche Matrosen sprangen heraus. Jacaud kletterte die Außenleiter am Turm herunter und stellte sich neben sie.

Sie deuteten auf etwas, das im Meer trieb. Da erkannte Mallory Raoul Guyon, der von einer Welle erfaßt und von ihr auf das U-Boot zugetragen wurde. Als sie ihn über den Rumpf des Schiffes schwemmte, stürzten sich die Männer auf ihn.

Für Mallory gab es da nichts zu tun, darum ließ er die Jacht weiter in den Nebel hinein vorwärtstreiben. Als er fünf Minuten später zurückblickte, war die *Alouette* schon außer Sichtweite.

Nach und nach verlor die *Fleur de Lys* an Geschwindigkeit, da die Kraft ihrer Maschinen nachließ. Nebelfetzen jagten über das Wasser, und der Wind nahm von Minute zu Minute zu. Ganz in der Ferne sah er die Île de Roc, die sich kaum über den Horizont erhob. Dann, fünf Minuten später, setzten die Motoren, eine zischende Dampfwolke ausstoßend, vollends aus.

Mallory stieg hinunter in den überfluteten Salon, griff sich die Flasche mit dem Courvoisier und kletterte an Deck zurück. Allmählich begann der Nebel sich zu lichten, aber der Wind war kalt, und die Dünung wurde stärker.

Er löste das Beiboot aus seiner Halterung und wartete, bis sich die grünlichen Wellen über das Deck ergossen, bevor er das Dingi am Heck zu Wasser ließ und hineinkletterte. Mit ein paar Ruderschlägen entfernte er sich von der Jacht, verharrte dann und schaute zu, wie die *Fleur de Lys* allmählich in den Fluten versank.

Wenige Augenblicke lang schäumte das Wasser noch auf. Dann beruhigte es sich, bildete eine riesige, weiße Gischtfläche, in deren Zentrum eine Taurolle, eine Kiste und ein, zwei lockere Holzsparren herumtrieben. Es war immer ein bedrückender Anblick, ein gutes Schiff dahingehen zu sehen. Er blies die Rettungsweste auf und hob die Cognacflasche an die Lippen. Dann begann er zu rudern.

Die *Alouette* trieb flach über dem Wasser. Ihre kraftvollen Dieselmotoren arbeiteten noch und zogen sie quälend langsam auf die Insel zu. Jacaud stand im Kommandoturm und wartete, in seinem Mundwinkel klebte eine Zigarette. Er beobachtete, wie die Insel in der Abenddämmerung immer näher kam.

Im Innern des U-Boots wurden die Zustände zusehends schlimmer. Die Männer arbeiteten im bereits knietiefen Wasser, und der Maat hatte alle Hände voll zu tun, um sie ruhigzuhalten.

Fenelon lag in seiner Koje in der kleinen Kajüte. Seine Lippen bewegten sich tonlos, während er zur Decke hinaufstarrte. Er zitterte, als litte er an Schüttelfrost, und wenn jemand versuchte, ihn anzusprechen, stierte er ihn nur abwesend mit leerem Blick an.

Guyon lag zusammengekrümmt in einer Ecke auf der Brücke des Kommandoturms. Blut schoß aus einer häßlichen Platzwunde an der Stirn, die er erlitten hatte, als Jacaud ihn bewußtlos schlug, als sie ihn aus dem Wasser gezogen hatten.

Jacaud drehte ihn mit einem Fuß um und machte sich Gedanken, auf welche Weise er ihn erledigen würde. Es wäre ein leichtes gewesen, ihn dem Meer zu überlassen oder sich seiner mit einem gezielten Kopfschuß zu entledigen; aber das wäre alles zu einfach gewesen. Guyon hatte etwas ganz Besonderes verdient. Er war ein Verräter, und das Schlimme war, er war es die ganze Zeit über gewesen.

Das gleichmäßige Stampfen der Motoren wurde unruhiger, es ging über in ein stotterndes Rattern, und dann setzten die Maschinen vollends aus. Die darauf folgende Stille wurde von erschrockenen Schreien im Innern des U-Bootes gebrochen. Die Vorderluke wurde aufgerissen, und die Matrosen strömten heraus. Sie brachten ein paar Schlauchboote mit, auch das große, das Jacaud mit dem Außenbordmotor in den Girondemarschen benutzt hatte.

Jacaud hob Guyon hoch und warf ihn sich ohne viel Kraftanstrengung über die Schulter. Er kletterte die Leiter hinunter, schritt auf dem Rumpf des U-Boots entlang und blieb wenige Meter vor den verschreckten Matrosen stehen. Sie befanden sich nunmehr kaum vierhundert Meter von dem großen Riff entfernt, das die Île de Roc mit St. Pierre verband. Die Gezeitenströmung trieb sie weiter hinein. Jacaud hatte kein besonderes Verlangen, solange zu warten und zuzusehen, was mit der *Alouette* geschehen würde, wenn sie auf die schrecklichen Felsen geschleudert würde.

Er nickte dem Maat zu: »Ich nehme das Boot mit dem Außenbordmotor. Du kommst mit.«

Ein Gewirr entsetzter Schreie erhob sich in den Reihen der Matrosen, und einer trat vor und rief: »Warum du? Warum nicht wir?«

Jacaud zog die Lüger aus seiner Tasche und feuerte dem Mann zwei Kugeln in die Brust. Der heftige Aufprall ließ ihn rückwärtstaumeln und ins Meer stürzen. Die Männer verstummten augenblicklich und drängten zurück.

Kurz danach ratterte das große Boot davon. Der Maat saß hinten und bediente den Motor. Jacaud hatte sich im Bug niedergelassen und beobachtete ihn, während Guyon ausgestreckt auf dem Boden lag.

Die Strömung riß das zum Untergang verurteilte U-Boot schon mit sich fort auf das Riff zu, und die Männer an Deck schrien wild durcheinander. Einer nach dem anderen stiegen sie in die verbliebenen Boote und wurden augenblicklich vom Sog der Strömung mitgerissen.

Fenelon lag im Bauch der *Alouette* auf seinem Bett, von allen vergessen. Erst als das Wasser seine Koje erreichte, kam er wieder zu Sinnen. Er richtete sich auf, starrte eine Zeitlang auf das steigende Wasser, und plötzlich kam wieder Leben in ihn.

Er verließ seine Kabine und kämpfte sich durch das Wasser. In diesem Augenblick verloschen die Lichter, und er schrie auf, als ihn die Dunkelheit umhüllte. Verzweifelt tastete er sich weiter.

Kaum hatte er den Kontrollraum, in den noch Licht durch den offenen Kommandoturm eindrang, erreicht, da stürzte auch schon das Wasser an der Leiter herunter, und die ganze Welt schien sich auf den Kopf zu stellen.

Er nahm noch das Krachen der herabstürzenden Metallplatten wahr..., dann wurde er von einem Schwall grünlichen Wassers gnädig umfangen. Das Meer riß die *Alouette* mit sich in das Riff hinein. Einen Atemzug lang schwebte sie am Rand der Felsen, dann sank sie hinunter in die Finsternis der Mittleren Passage.

17

Der Lauf zur Insel

Die Ruder stachen ins Wasser und tauchten wieder auf. Mallory legte seine ganze Kraft in die Riemen. Seine Arme jedoch waren schon sehr ermüdet, und in einer Handfläche hatte sich eine Blase gebildet, die von einem Splitter im Griff herrührte.

Es war mehr als eine Stunde vergangen, seit die *Fleur de Lys* gesunken war, und fast die ganze Zeit über war er unentwegt gerudert, ohne dabei eine weite Strecke zurückgelegt zu haben. Noch immer hing der Nebel gespenstisch über dem Wasser. Einmal glaubte er, einen matten Schrei zu hören, und als er sich umdrehte, erblickte er einen kurz aufblitzenden gelben Punkt auf einem Wellenkamm. Es war eines der Schlauchboote der *Alouette,* das von der Strömung hinaus ins offene Meer gezogen wurde.

Einige Zeit später legte er eine Verschnaufpause ein und ruhte sich auf den Rudern aus. Die Île de Roc war immer noch gut achthundert Meter entfernt, und es war klar zu erkennen, daß die Gezeitenströmung ihn auf einen Kurs parallel zur Insel zog und ihn über kurz oder lang in die offene See hinaus mit sich reißen würde.

Selbst wenn es ihm gelingen sollte, die Schiffahrtsroute von der Île d'Ouessant kanalaufwärts zu erreichen, so wäre es doch in einer Stunde dunkel, und Mallory gab sich keinen Illusionen hin, was das Überleben einer Nacht im Kanal in einer solchen Nußschale anging.

In der Flasche befand sich noch der klägliche Rest von etwa zwei Doppelten, die er nun in bedächtigen Schlucken zu sich nahm. Die leere Flasche schleuderte er in das Meer hinaus. Als der Wind wieder Regentropfen herantrieb, griff er nach den Rudern und begann, sie erneut durch das Wasser zu ziehen.

Der auflebende Wind verjagte die letzten Nebelfetzen. Ein unangenehmer, unberechenbarer Wellenschlag bildete sich um ihn herum, und Mallory zog an den Riemen und starrte in das Zwielicht, das Tag und Nacht voneinander trennte. Sein Kopf war absolut leer; all seine Kraft, geistige wie körperliche, hatte er auf das eine unmöglich erscheinende Ziel gerichtet.

Als er nach etwa zwanzig Minuten wieder eine Pause einlegte, bemerkte er zu seinem Erstaunen, daß er nun schon ziemlich dicht an die Insel herangekommen war. Er vernahm ein leichtes Plätschern gegen den Kiel des Dingis, und es schwenkte herum, wobei es an einem spitzen Felsen vorüberglitt und von einer küstennahen Strömung erfaßt wurde.

Er legte sich mit neuer Kraft in die Riemen, vergaß den Schmerz in seiner Hand, von der das Blut gleichmäßig herabtropfte. Die Strömung tat ein übriges, ihn der Küste näher zu bringen. Die Wellen schlugen jetzt höher herein, als sie von der Brandung über die Felsen gepeitscht wurden, und über das Heck des Bootes begann Wasser hereinzubrechen.

Mallory mühte sich weiter an den Rudern ab, um die Richtung beizubehalten, aber es war zu viel für ihn. Er ließ sie los, kniete sich nieder und hielt sich mit beiden Händen am Bootsrand fest, gespannt darauf, was geschehen würde.

Die Klippen waren nun sehr nahe gerückt. Der Gischt schäumte weiß über den schmalen Küstenstreifen und brach sich an der Felsbank. Hinter Mallory rollte eine breite, ansteigende Dünung heran, gewann an Kraft und zog ihn mit sich fort. Plötzlich erschütterte ein heftiger Aufprall sein Rückgrat. Um ihn herum schäumte das Wasser, und Gischt spritzte hoch auf. Das Boot wurde über schroffe Felsen vorwärtsgerissen, das Holz splitterte. Dann wurde es jäh zum Halten gebracht, als es sich in eine Felsspalte bohrte.

Mallory wartete ab, bis sich die Wassermassen mit einem saugenden Geräusch wieder zurückgezogen hatten, kletterte dann hastig aus den Bootstrümmern und taumelte über die letzten Felsen, die ihn vom Ufer trennten. Dann befand er sich wieder auf sicherem Grund. Er hatte den kleinen Sandstreifen am Fuß der Klippen erreicht.

Er setzte sich nieder und stützte den Kopf in seine Hände. Alles begann sich zu drehen. Der Geschmack von Salzwasser saß in seinem Hals.

Geraume Zeit später stand er auf, um sich die Felswände anzuschauen. Sie erhoben sich in nur etwa zwanzig bis fünfundzwanzig Meter Höhe und neigten sich leicht nach hinten. Sie waren von breiten Wasserrinnen zerfurcht.

Der Aufstieg war leicht genug, so daß er nur ein paar Minuten später vorwärtsstolpernd den Rand erreichte. Er wandte sich um, und ließ den Blick über das Meer schweifen. Der Nebel war nun vollends verschwunden, doch die Dunkelheit fiel schnell herein, und der Mond ging schon dicht über dem Horizont auf.

Mallory hastete durch das nasse Gras. Er folgte dem Hang in einem leichten Bogen und erreichte zehn Minuten später den Rand des Hügels, der sich vom Haus der Grants gesehen am gegenüberliegenden Ende des Hafens erhob.

Die Bucht erschien ihm so seltsam öde, und aus dem Kamin des Hotels stieg kein Rauch. Er erblickte Guyons kleines Motorboot, den Wagen der Grants, der vor einem Felsbrocken hing und die langen Bremsspuren dahinter, die sich den grasbewachsenen Hang hinauf bis zur Straße hinzogen. Er hetzte den Hügel hinab.

Er ging um das Hotel herum zum Vordereingang und rief laut; doch er erhielt keine Antwort. Als er die Tür aufstieß und in die Bar hineinschritt, war er schon innerlich auf etwas Außergewöhnliches vorbereitet, zumindest auf Spuren eines Kampfes.

Jagbir und Juliette Vincente lagen immer noch zusammengekrümmt vor der Bar, eine Lache getrockneten Blutes breitete sich über die Strohmatten aus.

Es war ganz still, zu still, und Mallory glaubte einen kurzen Augenblick lang, das Tosen des Meeres in seinen Ohren zu hören. Die ganze Situation mutete ihn so unwirklich an, so als würde das alles außerhalb seiner Wirklichkeit geschehen. Er drehte sich um und stolperte hinaus.

Er vergeudete fünf Minuten damit, zum Anleger hinunterzulaufen in der verzweifelten Hoffnung, das Guyons Boot seetüchtig sein könnte. Als er den Hügel erklommen hatte und auf das Haus der Grants zustapfte, war es schon ganz dunkel geworden.

Er betrat das Haus durch die Küche und wurde von der Stille empfangen, einer merkwürdigen, geheimnisvollen Stille, in die sich ein Haus hüllt, wenn sich keine Menschenseele darin befindet. Das Gefühl einer erdrückenden Einsamkeit erfaßte ihn.

Dann rief er mit heiserer, gebrochener Stimme: »Anne?«

Doch nur das Haus lauschte ihm. Er taumelte in das Wohnzimmer, öffnete die Vitrine und goß sich einen Brandy ein. Er schlürfte ihn schweigend und erinnerte sich dabei an sie, als sie hier vor so langer Zeit im weichen Schein der Lampe am Feuer gestanden hatte.

Die Dunkelheit schien mit einem seltsamen Flüstern über ihn hereinzubrechen. Er schloß die Augen ganz fest, um das Gefühl von Panik zu bekämpfen, von Verzweiflung, das von ihm Besitz ergriff. Der schreckliche Augenblick ging vorüber. Er stellte das Glas ab und verließ das Haus durch die Terrassentür.

Der Mond stand klar am Himmel, und die Sterne breiteten sich über ihn bis zum Horizont. Als Mallory die Kuppe des Hügels am westlichen Ende der Insel erklommen hatte, lag St. Pierre mit seinem Schloß wie ein Scherenschnitt aus schwarzem Karton vor seinen Augen. Ein atemberaubend schöner Anblick, wie aus einem Kindermärchen.

Unter ihm vollzog sich der Gezeitenwechsel, weiße Wasser brachen über das Riff herein, und Felsspitzen reckten sich in das Mondlicht. Von Minute zu Minute würde das Wasser jetzt absinken, bis es schließlich für eine knappe Stunde den schroffen Weg, der die beiden Inseln verband, freigab. Eine Stunde nur, dann würde die Flut wieder tosend hereinbrechen. Aber es gab keinen Grund, sich darüber jetzt noch Gedanken zu machen. Er war seit der Landung mit dem Ruderboot in einer solchen Hetze gewesen, daß er sogar vergessen hatte, sich seiner Schwimmweste zu entledigen. Unwillkürlich strich er mit der Hand darüber. Dann lief er am Rand der Klippen entlang, bis er an eine kleine Felsschlucht gelangte, die zum darunterliegenden Ufer hin leicht schräg abfiel. Dort machte er sich an den Abstieg.

Marcel öffnete die schwere Tür, und de Beaumont trat ein. Der Raum hatte keine Fenster, war aber von einer nackten Glühbirne, die von der Mitte der Decke herunterhing, taghell erleuchtet. Guyon und Hamish Grant saßen auf ein paar alten Kisten und sprachen leise miteinander.

Sie erhoben sich; der alte Herr stützte sich dabei auf seinen Stock. Guyon war sehr blaß, schwarze Ringe lagen unter seinen Augen. Die tiefe Schramme auf seiner Stirn war blutverkrustet und entzündet.

»Mir scheint, ich muß Ihnen gratulieren, Captain Guyon«, sagte de Beaumont ruhig.

Guyon schüttelte den Kopf. »Nicht nötig. Sie waren von Anfang an verloren. Schade, daß Sie das nicht früher bemerkt haben.«

»Ich wär' mir da nicht so sicher. Noch ist das Spiel nicht vorüber.«

»Das wird es in dem Augenblick sein, wo Colonel Mallory an Land geht.«

»Und was ist, wenn er das gar nicht kann? Aus dem, was man mir berichtet hat, schließe ich, daß die *Fleur de Lys* gerade sank, als sie zuletzt gesehen wurde.«

»Sie vergessen Granville und seine Frau. Die werden jetzt sicher schon die Behörden unterrichtet haben. Ihre Uhr läuft ab, de Beaumont. Sie hatten von Anfang an unrecht. Wir brauchen Sie und Ihre gedungene Räuberbande nicht, um uns vorzuschreiben, wie wir Frankreich zu regieren haben.«

Marcel machte einen Schritt auf Guyon zu, doch de Beaumont hielt ihn zurück. »Laß ihn weiterreden.«

»Die wahre Größe eines Landes liegt in den Herzen seiner Bürger, nicht in der Zahl seiner Besitztümer. Und Frankreich ist das Volk. Auf die eine oder andere Art war Blutvergießen und Leiden alles, was man ihm seit 1939 zugefügt hat, und davon hat es jetzt genug. Nur Sie nicht, Colonel. Sie können, selbst wenn Sie es wollten, nicht aufhören.«

»Was ich getan habe, habe ich zum größeren Ruhme Frankreichs getan«, erklärte de Beaumont.

»Oder zum größeren Ruhme Philippe de Beaumonts? Was ist richtig? Erkennen Sie überhaupt noch den Unterschied? Haben Sie das jemals gekonnt?«

De Beaumonts Gesicht schien einzufallen, und zum ersten Mal seit Guyon ihn kannte, wirkte er wie ein alter Mann. Er wandte sich ab und ging hinaus. Marcel zögerte noch einen Moment und folgte ihm dann. Die Tür schloß sich, und die Riegel schnarrten wieder davor.

»Ganz nette Rede«, sagte Hamish Grant in die Stille, die nun folgte.

»Die absolut in den Wind gesprochen war«, stellte Guyon mißmutig fest und stützte seinen Kopf auf die Hände.

»Aber wert, gehört zu werden.« Der alte Mann schlug ihm freundschaftlich auf die Schulter und nahm seinen Platz wieder ein. Dann begann erneut das Warten.

De Beaumont hatte sich an das große Fenster in seinem Turmzimmer gestellt und sah hinaus aufs Meer. Ganz weit im Westen schien der Horizont mit orangefarbenem Feuer verziert. Die Île de Roc reckte sich dunkel gegen den Himmel.

Die Schönheit des Anblicks war für einen Menschen fast zuviel. Er öffnete das Fenster und atmete die salzige Luft tief ein. Die Lichter eines Schiffes hinter der Insel schienen ganz weit weg zu sein.

Das Leben war ein immerwährendes Anfangen und Aufhören, soviel hatte er zumindest gelernt. Er erinnerte sich an Dien-Bien-Phu, als er im Regen am Rand des Schützenlochs stand und die Trikolore eingeholt wurde. Kleinwüchsige, gelbhäutige Bauern von den Reisfeldern waren über die aufgebrochene Erde ausgeschwärmt und hatten ihn und was von seinen Männern noch übrig war, gefangengenommen.

Und dann: Algerien. Jahre des Blutvergießens, des Todes in den Straßen und den Bergen. Er hatte vorbehaltlos daran geglaubt, daß der Zweck die Mittel heiligt. Aber was war, wenn der Zweck, das Ziel nie erreicht wurde? Was war, wenn man nur mit blutbefleckten Händen zurückgelassen wurde? Blut, das grundlos vergossen worden war, von dem er sich nie mehr reinwaschen konnte.

Eine unerklärliche Traurigkeit überkam ihn, und er fühlte sich jeglicher Emotionen beraubt. Ein leichter Luftzug ächzte um den Turm, dann war es wieder still. In diesem kurzen Augenblick schien ihm, daß sein Herz sich versteinerte. Während sein Blick über das mondbeschienene Meer wanderte, wußte er mit bitterer Gewißheit, daß er geirrt hatte, daß bei einer abschließenden Analyse alle seine Taten umsonst gewesen waren, und daß alles, was Guyon gesagt hatte, der Wahrheit entsprach.

Er trat an den Kamin und hob den Kopf, um einen langen Augenblick seine Augen auf der alten Kriegsstandarte ruhen zu lassen. Er nickte, als hätte er einen stillschweigenden Entschluß gefaßt.

Er hob den Telefonhörer und drückte einen Knopf, der ihn mit einem Nebenanschluß verband. Als der Hörer am anderen Ende aufgenommen wurde, sagte de Beaumont knapp: »Schicken Sie Jacaud herauf.«

Er legte auf, ging zu einer schmalen Tür, hinter der sich unter einem der kleineren Türmchen ein Schlafzimmer befand. Er öffnete und trat ein. Anne Grant saß in einem Sessel am Fenster, Fiona lag auf dem Bett.

Sie standen auf und schauten ihn erwartungsvoll an. Er verbeugte sich höflich und machte einen Schritt zur Seite und gab die Tür frei. »Wenn Sie bitte so freundlich wären.« Sie zögerten merklich, eilten dann aber an ihm vorbei. Er schloß die Tür, schritt zum Kamin hinüber und wandte sich ihnen zu.

»Was haben Sie mit meinem Vater gemacht?« fragte Fiona aufgebracht.

»Es besteht kein Grund, beunruhigt zu sein. Ihm wird nichts geschehen. Ich gebe Ihnen mein Wort.«

»Und Raoul Guyon?«

De Beaumont lächelte unmerklich. »Es ist in der Zwischenzeit eine ganze Menge passiert, von dem Sie noch nichts wissen. Captain Guyon befindet sich momentan bei General Grant. Bis auf eine schlimme Rißwunde am Kopf scheint er in einigermaßen guter Verfassung zu sein. Zumindest war er es, als ich ihn vor einer Stunde sah.«

»Sie haben kein Wort über Colonel Mallory verloren«, bemerkte Anne besorgt.

De Beaumont zuckte die Achseln. »Das einzige, was ich der Wahrheit entsprechend sagen kann, meine Liebe, ist, daß ich in diesem Augenblick nicht die leiseste Ahnung habe, wo er sich befindet.«

Jemand klopfte an die Tür, sie öffnete sich und Jacaud kam herein. Er trat zur Mitte des Raumes und blieb abwartend stehen. Die kalten Augen in seinem brutalen Gesicht zeigten keine Regung.

»Lassen Sie die Tanks der *Foxhunter* füllen, und bereiten Sie sie zum Auslaufen vor«, gab de Beaumont ihm Anweisung.

»Das habe ich schon besorgt. Laufen wir aus?«

»Ich gehe davon aus, daß das die vernünftigste Lösung ist. Selbst wenn Mallory es nicht geschafft haben sollte, Land zu erreichen, so wird mit größter Wahrscheinlichkeit Granville die französischen Behörden informiert haben. Die müssen zugegebenermaßen erst mit dem britischen Geheimdienst Kontakt aufnehmen, aber ich glaube nicht, daß das noch lang dauern wird, bis wir hier mit irgendeiner Art offiziellen Delegation rechnen müssen.«

»Wohin fahren wir – Portugal?«

»Sie vielleicht, Jacaud, aber ich nicht.« Philippe de Beaumont entnahm seiner Dose eine Zigarette und paßte sie sorgfältig in die Spitze ein. »Wir laufen in einer halben Stunde nach Jersey aus. Wenn Sie mich in St. Helier an Land gebracht haben, sind Sie ein freier Mann. Sie und die übrigen Leute können hingehen, wohin Sie wollen.«

Jacaud zog die Augenbrauen zusammen. »Jersey? Warum wollen Sie gerade dorthin?«

»Weil es dort einen Flughafen gibt, mein lieber Jacaud, und einen Frühflug nach Paris. Ich beabsichtige, diesen zu nehmen.«

»Sie müssen verrückt sein. Sie werden keine zehn Meter auf den Champs-Élysées entlanggehen können, ohne erkannt zu werden.«

»Das ist auch völlig gleichgültig«, stellte de Beaumont schlicht fest. »Sehen Sie, ich habe vor, mich den französischen Behörden zu stellen.«

Nun verlor Jacaud zum ersten Mal seine Fassung: »Sich selbst aufgeben? Das bedeutet unweigerlich die Hinrichtung.«

»Das sollte man der Entscheidung des Gerichts überlassen.« De Beaumont schüttelte den Kopf. »Ich war im Unrecht, Jacaud. Wir alle waren es. Ich hatte geglaubt, daß das, was ich tat, das Beste für Frankreich wäre. Jetzt sehe ich ein, daß ich es tatsächlich nur zu meinem Besten wollte. Weitere Gewalttaten und weiteres Blutvergießen würden gar nichts erreichen. Das haben mich die Ereignisse der letzten beiden Tage gelehrt.«

»Was wird mit den Frauen und dem Alten? Was machen wir mit ihnen?«

»Wir können sie freilassen, bevor wir aufbrechen. Es wird nicht lange dauern, bis man sie hier findet.«

»Und Guyon?«

»Den werden wir auch freilassen.«

Jacaud geriet in Wut und stieß erregt hervor: »Den will ich noch auf dem Rücken vor mir liegen sehen, und wenn es das Letzte wäre, was ich auf dieser Erde noch täte. Verdammt noch mal, ich hätte ihn absaufen lassen können.«

»Oberfeldwebel Jacaud!« mahnte de Beaumont mit eiskalter Stimme. »Ich habe Ihnen bestimmte Befehle erteilt. Sehen Sie zu, daß sie ausgeführt werden. Verstanden?«

Einen gefährlichen Moment lang glimmte es wie Feuer in Jacauds Augen auf. Doch dann, ganz unvermittelt, gab er nach. »Ich bitte den Colonel um Verzeihung.«

»Gewährt. Lassen Sie Captain Guyon und General Grant frei, und bringen Sie sie zu mir herauf. Wir brechen in einer halben Stunde auf.«

Jacaud öffnete die Tür und ging hinaus. De Beaumont seufzte und sagte wie zu sich selbst: »Dreiundzwanzig Jahre Blut und Krieg, das kann kein Mensch ertragen.«

Anne, die blaß geworden war, hatte diese Bemerkung gehört und sagte jetzt: »Ich bemitleide Sie, Colonel de Beaumont.«

Er nahm ihre Hand und küßte sie sanft. Dann ging er zu der Tür, die zu dem Schlafzimmer führte und öffnete sie: »Wenn Sie bitte hier warten möchten.«

Sie gingen an ihm vorbei, und er schloß die Tür hinter ihnen. Dann begab er sich zum Kamin, starrte einen langen Augenblick auf die Fahne, setzte sich dann an den Schreibtisch und nahm einen Federhalter zur Hand.

Marcel saß am Tisch in seinem winzigen Zimmer, vor sich eine Flasche Cognac, und las in einer alten Zeitschrift, deren Seiten er langsam umblätterte. Mit seinen Gedanken war er ganz woanders. Sie hätten diesen Ort sofort verlassen sollen, als Jacaud mit der Nachricht kam, daß die *Alouette* verloren war. Das war für ihn ganz klar. Er fragte sich, was de Beaumont gewollt hatte, und nahm einen Schluck aus dem Glas. Da wurde hinter ihm die Tür aufgerissen und Jacaud kam herein.

Sein Gesicht war weiß, die Haut spannte sich über seine hervorspringenden Wangenknochen, und seine Augen strahlten etwas Unergründliches aus, das Marcel eine Gänsehaut über den Rücken jagte.

»Was gibt's? Was ist da oben los?«

Jacaud griff nach dem Glas, füllte es mit Cognac und stürzte ihn hinunter. »Er will, daß wir ihn nach Jersey bringen. Von dort will er nach Paris fliegen, um sich den Behörden zu stellen.«

»Er ist verrückt.« Marcels Gesicht färbte sich gelb vor Wut. »Wirst du das zulassen?«

»Den Teufel werd' ich tun. Wenn sie ihn haben, kriegen sie uns alle. Das wäre nur eine Frage der Zeit.«

»Was soll mit den Gefangenen geschehen?«

»Er will sie laufenlassen.«

Marcel sprang vor Schreck auf: »Wir sollten hier schnell abhauen. Die Sache fängt an, wirklich gefährlich zu werden.«

»Wir werden schon rauskommen, aber allein«, erklärte Jacaud. »Nur du und ich. Alle anderen können zum Teufel gehen. Aber vorher muß ich noch mit de Beaumont ins reine kommen. Er weiß zuviel.«

»Und Guyon?«

»Auf dieses Vergnügen muß ich leider verzichten. Du kannst dich um ihn und den Alten kümmern. Wir treffen uns in einer Viertelstunde an der Anlegestelle.«

Er eilte hinaus. Marcel hob die Flasche an die Lippen, nahm einen tiefen Schluck und schleuderte sie in die Ecke.

Marcel huschte hastig den Gang entlang, bis er am Ende an eine massive Holztür stieß. Er zog seinen Revolver aus der Tasche und überprüfte ihn kurz. Vier Kugeln steckten noch in der Trommel. Er schob die Riegel zurück, stieß die Tür mit dem Fuß auf und trat in den Raum.

Raoul Guyon und General Grant erhoben sich und stellten sich ihm gegenüber. Marcel warf die Tür ins Schloß und ging auf sie zu.

»Sie zuerst, Guyon«, sagte er und riß die Hand hoch.

Guyon ließ sich zur Seite fallen, und die Kugel schlug in die Wand. Im selben Augenblick krachte Hamish Grants Stock gegen die Glühbirne und hüllte den Raum in Dunkelheit.

Marcel schrie jäh auf und feuerte zweimal. In dem Sekundenbruchteil des Aufblitzens sah er den Schatten, der sich nach rechts hinüber bewegte, dann schoß er noch zweimal. Beim zweiten Mal traf der Hahn nur eine leere Kammer. Er schleuderte die nutzlose Waffe schluchzend ins Dunkel und hetzte zur Tür hin.

Ein Fuß scharrte hinter ihm, und ein starker Arm legte sich um seinen Hals. Ein peinigender Schmerz schoß durch seinen Körper, und er fühlte die unnachgiebige, brutale Kraft. Er rang heftig, doch Hamish Grant steigerte den Druck, seine Finger schlossen sich wie Stahlbänder um den Hals, und der Franzose brach zusammen.

Der alte Mann ließ ihn zu Boden fallen und rief heiser: »Raoul, wo sind Sie?«

Da spürte er eine Bewegung neben sich. »Hier, General.«

Hamish Grant streckte ihm eine Hand entgegen und berührte ihn an der Schulter. »Sind Sie verletzt?«

»Keine Spur«, beruhigte ihn Guyon. »Aber wir sollten hier verschwinden. Wir müssen die Mädchen finden.«

Vorsichtig öffnete der alte Herr die Tür und trat in den Gang hinaus. Da sah er einen dunklen Schatten. Jemand packte mit festem Griff seine Handgelenke und eine gequälte, vertraute Stimme sagte: »Alles in Ordnung, General? Ich bin's.«

18

Letzte Runde

Mallory kämpfte sich über eine glitschige Masse rundgeschliffener Steine und hielt auf dem oberen Rand einer von der Natur geformten abgeschrägten Felsklippe an. Nie zuvor in seinem gesamten Leben hatte er sich so einsam gefühlt. Zu beiden Seiten erstreckte sich das Meer, und vor ihm lag im hellen Mondschein das unheimliche, wirre Labyrinth schroffer Felsen und ausgespülter Steinblöcke, die das Riff bildeten.

Bei Flut wäre dieser Hang, auf dem er nun stand, sicher von gut neun Meter Wasser überspült. Er setzte seinen Weg fort, rutschte und stolperte über den Morast aus schleimigem Tang, und sank an manchen Stellen bis zu den Knien ein.

Eine dreiviertel Stunde hatte er für die Hälfte des Weges gebraucht. Mit jeder Minute, die verstrich, wurde es wahrscheinlicher, daß, wenn er sein Tempo nicht steigern konnte, die Flut hereinbrechen und ihn über diese grausamen Felsen reißen würde.

Er gelangte an einen im Mondlicht glänzenden Sandstreifen und lief darauf so schnell es ging weiter. Der Sand gab seinen Schritten für knappe hundert Meter Halt und lief dann aus in Kies und Steinsplittern.

Danach geriet er in einen Wald von Schilfrohr. Er benötigte zehn lange Minuten, um den Weg hindurch zu finden. Als er sich herausgekämpft hatte und einen schrägen, tangbewachsenen Hang erreichte, hielt er kurz an und schaute auf das im Mondschein glänzende Wasser der Mittleren Passage.

Die erstreckte sich vor ihm als dunkler Tunnel, dessen lichte Höhe bei Niedrigwasser fast sieben Meter betrug. Der von der See hereinwehende Wind, der ihm feine Gischttropfen ins Gesicht blies, gab den Ausschlag für seine Entscheidung. Bei seinem Tempo war es klar, daß er unweigerlich von der Flut erfaßt würde. Deshalb blieb ihm nur eine Chance, dem Hochwasser zuvorzukommen, und er glitt in das Wasser hinab.

Merkwürdigerweise machte ihm die Kälte gar nichts aus, als ihn das Wasser umfing, und die Rettungsweste war ein ausgezeichnetes Hilfsmittel. Er legte sich auf den Rücken und ließ seine Arme kraftvoll nach hinten in das Wasser schlagen.

Die Passage lag im Schatten. Das Wasser war ruhig und glatt. Das Rauschen des Meeres davor schien aus einer anderen Welt zu kommen. Er dachte daran, was tief unter ihm lag, Dutzende von Metern tief in der Finsternis. Er verscheuchte den Gedanken und konzentrierte sich auf die zu bewältigende Aufgabe.

Ungefähr fünfzehn Minuten später gewahrte er die veränderte Situation draußen, als Gischt durch Felsspalten hereinsprühte und ihm ins Gesicht spritzte. Augenblicklich hob sich der Wasserspiegel und mit jeder weiteren Minute kam das Gewölbe über ihm näher.

Er rollte sich herum und schwamm nun mit kräftigen Arm- und Beinschlägen auf dem Bauch weiter. Kurz darauf gelangte er in eine zerklüftete, kleine Bucht. Als er hier von einer Welle erfaßt und hochgehoben wurde, griff er nach einem Felssims und zog sich daran aus dem Wasser.

Die Flut kam zurück. Weit draußen auf dem Meer erhellte ein Wetterleuchten den Himmel. Da sah er vor sich das Ende des mächtigen Hauptriffs, und ein langer, dünner Felsgrat, der in eine Kiesbank überging, erstreckte sich knapp dreihundert Meter weit bis nach St. Pierre.

Er begann zu laufen. In seinen Ohren brüllte die See, die hungrig nach ihm schnappte, als sie nun flimmernd hereinbrach, um das Land zu überfluten. Blau-grüne Lichter tanzten auf dem Wasser, lösten sich auf, so schnell, wie sie erschienen.

Zu seiner Rechten leuchteten erneut Blitze auf, und ein dunkler Schatten breitete sich über den Himmel und ließ das Licht der Sterne verlöschen. Dann lag vor ihm ein langer Kiesstrand, und er hastete weiter.

Er hatte ihn schon halbwegs überquert, da stürzte die See herein und stieg ihm bis zu den Knien. Er kämpfte sich vorwärts und stemmte sich gegen die Kraft, die an ihm zerrte. Das Wasser war schon hüfthoch, als er die Felsblöcke erreichte, die in ungeheuren Massen am Fuß der Insel verstreut lagen. Da verlor er den Boden unter seinen Füßen, und er strauchelte. Er griff nach einem Felsvorsprung, und es gelang ihm, sich hochzuziehen.

Der Meeresspiegel stieg immer noch, und Mallory stürzte sich vorwärts, der Bedrohung, die hinter ihm lauerte, bewußt. Er lief am Fuß der Klippen entlang und stieß an einen zerklüfteten Felsen, der in weniger als zwanzig Meter Entfernung vom Eingang zur Höhle aufragte.

Er sprang wieder ins Wasser und machte ein paar kräftige Schwimmbewegungen, die sich jedoch als überflüssig erwiesen, da er von der Gezeitenströmung am Kamm einer hohen Woge geradewegs in die Höhle hineingespült wurde. Einen Augenblick später stieß er hinter dem Heck der *Foxhunter* gegen die Mauer der Anlegestelle. Er schwamm herum zu einer Treppe und kletterte aus dem Wasser heraus.

Nun erst bemerkte er, wie erschöpft er war. Nie zuvor in seinem Leben hatte er sich so müde gefühlt. Das Tosen der See schien sich in seinem Kopf festgesetzt zu haben. Er riß sich die Schwimmweste vom Körper, überquerte auf leisen Sohlen die Mole und erklomm die Treppe, wobei er sich dicht an der Wand hielt. Als er zu dem oberen Absatz gelangte, lauschte er in den Gang. Alles war ruhig. Vorsichtig huschte er durch die Tür. In diesem Teil des Ganges befanden sich drei weitere Türen, die zu Zimmern führten, die als Unterkünfte der Männer der *Alouette* gedient hatten. Hastig durchsuchte er sie, in der Hoffnung, irgendeine Waffe zu finden. Doch er hatte kein Glück.

Als er wieder in den Gang hinaustrat, hörte er das gedämpfte Knallen von mehreren Schüssen, die nahebei abgegeben wurden. Er lauschte gespannt. Dann fiel noch ein Schuß. Seine Sinne waren zum Zerreißen angespannt. Er huschte den Gang entlang und blieb am Ende stehen.

Hinter ihm wurde eine Tür geöffnet. Er flog herum und sah die Hände, die sich ihm entgegenreckten. Hamish Grant trat in das Licht.

Der große Saal war in Dunkel gehüllt. Das Feuer im Kamin war längst erloschen. Die einzige spärliche Beleuchtung rührte von einer schwachen Lichtquelle am hinteren Ende des Raumes her. Mallory trat ein und blieb horchend stehen. Kein Ton war zu hören, und er schritt weiter, Guyon und Hamish Grant folgten ihm.

Der Lichtschein, der von einer Wandlampe in der Galerie ausging, schien aus irgendeinem Grund immer schwächer zu werden, während er die Treppe hinaufging. Er blieb stehen und schwankte leicht hin und her. Guyons besorgte Stimme kam wie aus weiter Ferne.

»Ist alles in Ordnung?«

Mallory schlug die Augen auf, nickte und ging weiter. Er setzte ganz mechanisch einen Fuß vor den anderen. Schließlich kamen sie an die Tür, hinter der sich die Wendeltreppe in den Turm befand. Er stieß sie auf. Seine Kraftreserven schienen völlig erschöpft zu sein.

Guyon und der General drängten sich in den engen Flur. Mallory verriegelte die Tür. »Was immer jetzt auch geschehen mag, es kann niemand anderes mehr herein«, erklärte er. Die Worte waren wie von einer fremden Stimme gesprochen.

Er atmete tief ein, sammelte noch einmal alles, was an körperlichen und geistigen Reserven noch vorhanden war, und stieg ihnen voran die Treppe hinauf. Die Wände drehten sich. Durch die Fensterschlitze sah man den Nachthimmel, und irgendwo grollte bedrohlich ein Donner.

Sie kamen an den ersten Treppenabsatz, an dem der Funkraum lag. Die Tür stand offen, der Raum war menschenleer. Mallory trat an die Funkanlage heran und schaltete sie ein. Ein feines Knistern ertönte. Er nahm das Mikrofon auf – da erschollen weit oben im Turm drei kurz aufeinanderfolgende Schüsse. Fiona Grant schrie laut auf.

Jacaud hielt auf dem Treppenabsatz an, zog die Luger aus der Tasche seiner Matrosenjacke und nahm den Ladestreifen heraus. Er konnte schon anhand des Gewichtes feststellen, daß er ganz sicher nicht gefüllt war. Aber er hatte keine Zeit mehr, nachzuladen. Er hieb den Ladestreifen heftig in den Griff zurück, steckte die Pistole wieder in die Tasche und öffnete die Tür.

De Beaumont saß an seinem Schreibtisch und schrieb. Sein Haar schimmerte silbern. Er tupfte den Bogen sorgfältig mit einem Löscher ab, legte den Federhalter aus der Hand und blickte auf.

Eine Falte zog sich über seine Stirn. »Was ist geschehen, Jacaud? Wo sind General Grant und Guyon?«

»Marcel kümmert sich jetzt um sie«, erwiderte Jacaud ruhig.

»Kümmert sich um sie? Ich verstehe nicht.«

»Nein, mein tapferer Colonel?« Jacaud lachte hart. »Haben Sie wirklich geglaubt, daß ich mich an die Seite drängen lasse und Ihnen erlauben würde, nach Paris zu fliegen, um dort den ›Grand Seigneur‹ zu spielen, ein de Beaumont bis zum bitteren Ende?«

»Wie können Sie es wagen!« rief de Beaumont heiser.

»Für Sie ist es immer nur ein Spiel gewesen«, fuhr Jacaud ungerührt fort. »Ein großartiges, herrliches Spiel, bei dem Hörner erklingen und Standarten im Wind flattern, wie in einem mittelalterlichen Bühnenstück. So haben Sie gelebt, und so wollen Sie auch sterben. Aber diesmal nicht, Colonel. Die werden Sie so stark auspressen, daß Sie ihnen alles erzählen werden, was Sie seit Ihrem dritten Lebensjahr erlebt haben. Pech für Sie, daß das auch meine Person mit einbezieht.«

De Beaumont griff nach einem gläsernen Briefbeschwerer, schleuderte ihn mit aller Kraft und streckte seine Hand zum Griff der Schublade, in der der Revolver lag. Jacaud sprang zur Seite, so daß der Briefbeschwerer gegen die Wand krachte. Dann schoß er.

Die Kugel drang de Beaumont in die linke Schulter. Er wurde herumgeschleudert, und Jacaud schoß noch zweimal. Die Wucht der Einschläge warf den Colonel nach vorne. Er versuchte, sich am Kaminsims festzuklammern und reckte seine Arme zur alten Kriegsstandarte empor. Seine Finger ergriffen den Saum, und die Fahne flatterte herab und bedeckte ihn wie ein scharlachrotes Leichentuch.

Die Tür zum Kämmerchen wurde aufgerissen, und Anne und Fiona Grant stürzten herein. Das junge Mädchen schrie laut auf und riß die Hände vor das Gesicht. Jacaud beachtete sie nicht. Er durchschritt langsam den Raum und blickte auf de Beaumont herab, in dessen Augen ein Ausdruck ungläubigen Staunens lag.

Hinter ihm wurde die Tür krachend aufgerissen. Als Jacaud sich umdrehte, stürzte Raoul Guyon auf ihn zu. Jacauds erste Kugel schlug in die Wand neben der Tür, die zweite traf Guyon genau oberhalb der linken Brust und stoppte ihn in seiner Bewegung. Er stöhnte auf und fiel vornüber auf die Knie. Jacaud hob die Luger, zielte sorgfältig und schoß noch einmal.

Der Hahn schlug auf eine leere Kammer. Anne warf sich auf ihn und griff nach seinem Arm. Er versetzte ihr einen Hieb mit dem Handrükken, der sie rückwärts an die Wand taumeln ließ. Dann suchte er in seiner Tasche nach Ersatzmunition.

Mallory schien den ganzen Türrahmen auszufüllen. Die Augen wie dunkle Schatten in einem Gesicht, das von der Erschöpfung gezeichnet war. Er bewegte sich vorwärts, schwankte leicht von einer Seite auf die andere und hielt seinen Blick starr auf Jacaud gerichtet. Seine Miene war ausdruckslos. Ein wandelnder Toter.

Jacaud ließ die Luger zu Boden fallen, packte den Feuerhaken aus Messing, der am Kamin lehnte und wog ihn in seiner Hand. Über sein Gesicht breitete sich ein grausames Lächeln.

»Komm doch näher, du Schweinehund, komm her!«

Mallory stand da mit herabhängenden Schultern, Müdigkeit überzog sein Gesicht. Jacaud sprang auf ihn zu und ließ den im Licht glänzenden Feuerhaken niedersausen.

Für Mallory war dieser Schlag nur wie ein Ast, der sich im Wind wiegte. Als der Schürhaken auf ihn herabsauste, griff er nach dem

Handgelenk, riß den Arm hoch, drehte ihn nach außen und hielt ihn hart wie eine Eisenklammer; es war derselbe Griff, den er damals vor so langer Zeit auf dem Pier in Southampton angewandt hatte.

Jacaud stieß einen lauten Schrei aus und ließ den Feuerhaken fallen. Die Muskeln in seiner linken Schulter begannen zu reißen. Mallory packte das Handgelenk mit der anderen Hand und drehte es herum.

Man hörte das Knacken brechender Knochen, und Jacaud schrie abermals. Mallory hielt den Arm fest umklammert und trieb Jacaud den Kopf voraus quer durch den Raum auf das große Fenster zu. Es zerbarst in einem Splitterregen, und Jacaud tauchte hinab in die Dunkelheit. Seinen letzten Schrei trug der Wind davon.

Raoul Guyon war an Fionas Knie gestützt. Sein Gesicht war vor Schmerz eingefallen. Hamish Grant stand in der Tür. Als sich Mallory umwandte, sein Gesicht von herumfliegenden Glassplittern blutig, starrten sie ihn alle mit seltsamem Blick an.

Seine Beine wurden schwach und er fiel. Starke Arme fingen ihn auf und legten ihn sanft auf den Boden. Er blickte auf in das dunkle Gesicht Anne Grants, das so voll Liebe zu ihm war.

»Raoul?« flüsterte er. »Was ist mit Raoul? Ist es ernst?«

»Er wird es überstehen.«

Da war noch etwas anderes, etwas Wichtiges. Er dachte verzweifelt nach. Dann fiel es ihm wieder ein. »Der Funkraum – unten. Wir müssen Jersey rufen. Dort liegen drei Torpedoboote und warten auf das verabredete Signal.«

»In Ordnung«, beruhigte sie ihn. »Alles ist gut. Wir kümmern uns darum.«

Sie bettete seinen Kopf an ihre Brust und legte die Arme um ihn. Er ließ sich von ihrer Zärtlichkeit umfangen, das Meer toste immer noch in seinen Ohren, und er schlief ein.